Über dieses Buch Den Helden bei Pavese gelingt selten etwas nach Wunsch. Die Personen in seinen Erzählungen (wie in seinen Romanen) wollen lieben und geliebt werden, ihre Sehnsüchte ausleben, Einsamkeiten entrinnen. Doch es gelingt ihnen nicht, sie vermögen keine tragfähigen Bindungen zu schaffen; Angst vor Nähe, Pessimismus und Skepsis ruinieren immer wieder alles. Sie scheitern permanent, leben aneinander vorbei, resignieren oder flüchten in den Tod. Wie Carlotta, die Hauptfigur in der Titelgeschichte dieses Bandes. Zwar schlägt Pavese in seinen Erzählungen wiederholt Themen wie Bedenkenlosigkeit der Jugend oder Leidenschaften an, aber in seiner Sicht der Dinge, die sich aus seinen gegen sich selbst unerbittlichen Tagebüchern herauslesen läßt, sind harmlose Idyllen nicht möglich. Für den wichtigsten italienischen Nachkriegsautor war Dichtung, so schrieb Walter Jens, »kein unverbindliches Spiel, sondern ein Erkenntnismedium«. Die Erzählungen Paveses zwingen den Leser zu unwirklichen Erkenntnissen über sich selbst. Kann Literatur mehr?

Der Autor Cesare Pavese wurde 1918 in San Stefano/Cueno als Sohn eines Justizbeamten geboren, studierte Literaturwissenschaft in Turin, war dann Lehrer, anschließend Lektor bei Einaudi; wurde vom faschistischen Regime nach Kalabrien verbannt; erfolgreich als Autor und Übersetzer aus dem Englischen (darunter Defoe, Faulkner, Joyce, Melville, Steinbeck); wurde 1950 mit dem bedeutendsten italienischen Literaturpreis, dem Premio Strega, ausgezeichnet; wenige Monate später beging Pavese Selbstmord in einem Turiner Hotel.
Vom selben Autor sind als Fischer Taschenbuch lieferbar: ›Der Genosse‹ (Bd. 5302), ›Am Strand‹ (Bd. 5303), ›Unter Bauern‹ (Bd. 5304), ›Der schöne Sommer‹ (Bd. 5899), ›Der Teufel auf den Hügeln‹ (Bd. 5965), ›Die einsamen Frauen‹ (Bd. 5305) und ›Der böse Blick‹ (Bd. 5347). Ein weiterer Band mit Erzählungen ›Nacktheit‹ (Bd. 5349) ist in Vorbereitung.

Cesare Pavese
Die Selbstmörder

Erzählungen

Band 2

Aus dem Italienischen
von Charlotte Birnbaum

Fischer
Taschenbuch
Verlag

Veröffentlicht im Fischer Taschenbuch Verlag GmbH,
Frankfurt am Main, April 1987
Band 2 der ›Sämtlichen Erzählungen‹
Lizenzausgabe mit freundlicher Genehmigung
der Claassen Verlags GmbH, Düsseldorf

Die italienische Originalausgabe erschien 1960
unter dem Titel ›Racconti‹
bei Giulio Einaudi Editore, Turin.
Umschlaggestaltung: Jan Buchholz / Reni Hinsch
unter Verwendung einer Illustration von Dirk Görtler
Gesamtherstellung: Clausen & Bosse, Leck
Printed in Germany
980-ISBN-3-596-25348-9

Inhalt

Erste Liebe

Bevor ich Nino kennenlernte, hatte ich nie bemerkt, daß die Jungen, mit denen ich auf der Straße schrie und rannte, schmutzig waren und grob geflicktes Zeug trugen. Ich beneidete sie sogar, weil sie barfuß gingen und weil manche die Hacken auf die Stoppeln zu setzen verstanden, ohne sich wehzutun. Meine blassen Städterfüße dagegen zogen sich zusammen schon wenn ich versuchte, sie auf das Kieselpflaster zu setzen.

Von dem, was ich bei ihnen gelernt hatte, interessierten Nino nur bestimmte Flüche. Nino wohnte in einem kleinen Landhaus am Ausgang des Dorfes; er hatte viele ältere Schwestern, die mich einschüchterten. Ich blieb unter dem Mauervorsprung stehen und sah zwischen den Eisenstäben hindurch in der Hoffnung, Nino käme schon die Stufen zum Garten herab; wenn er sich verspätete, pfiff ich leise – ich tat, als sei ich eine Schlange, und verstärkte den Ton nur ganz allmählich, damit der Hund nicht bellte. Nino rannte auf mich zu, denn er hatte ebensolche Angst vor dem Hund.

Es war unmöglich, Nino vorzuschlagen, er solle Schuhe und Strümpfe ausziehen oder mit den anderen spielen. Ohne je mit ihm darüber gesprochen zu haben, merkte ich nach wenigen Begegnungen, daß ich mich ihm gegenüber dieser Kameraden schämte. Aber das Schöne ist dies: nach dem, was ich ihm zufällig erzählte, schien er sie alle zu kennen, mit ihren Spielen Bescheid zu wissen, zu verstehen, was sie untereinander sprachen – er war einfach wie einer von uns, außer daß er ein Hemd trug und kurze Ho-

sen, die noch sauberer waren als meine, und gern, die Hände in der Tasche, in abgelegenen Gassen herumstreifte, zwischen dem Kraut hindurch oder direkt in die Fenster spähte, den Vorüberkommenden nachsah und ab und zu eine Grimasse zog.
Wir waren dreizehn, vierzehn Jahre alt, und im Grunde fühlte auch ich mich in jenem Sommer mit den zerlumpten Jungen nicht mehr ganz wohl: waren sie so alt wie wir, so waren sie zu nachgiebig und dumm, erschienen sie uns so hoch aufgeschossen und lebhaft wie wir, so waren sie schon achtzehn, und man stimmte nicht mehr überein.
Wovon Nino und ich in den ersten Tagen sprachen, weiß ich nicht mehr genau. Ich erinnere mich nur, daß ich einmal fragte, wie viele Schwestern er habe. »Keine«, antwortete er. »Wie denn: und alle diese Mädchen? Sind das nicht deine Schwestern?« »Sie sind alle wie die Mama«, sagte er und drehte das Gesicht nach der Seite, wie er es oft tat. »Richtige Schwestern – die gibt es ja doch nicht.«
Ich erzählte ihm, daß ich einmal mit einem beurlaubten Soldaten auf der Jagd gewesen war; ich erzählte es ihm so oft und ausführlich, daß Nino eines Tages zu mir sagte: »Bum.« »Was ist los?« fragte ich. »Ich gehe auch auf die Jagd; kann ich das etwa nicht?«
Ich versuchte, ihn mit zur ›Bialera‹, wie wir sie nannten, zu nehmen, zu dem Wassergraben, wo ein paar Freunde am Morgen mit Reusen fischten; sie waren ganz mit Wasser und Schlamm bespritzt. Nino hielt sich abseits, er lächelte abwesend, wenn ich vom Wasser her seinen Blick und seine Zustimmung suchte; und als ihm einmal der Sohn vom Schmied die triefende Fischreuse zuwarf und ihm zurief, er solle sie auffangen, trat er zur Seite und fing sie nicht auf. Da nannten sie ihn einen schlappen Kerl, aber ich versuchte ihn zu rechtfertigen und erklärte ihnen, er habe einen neuen Anzug an. Aber Nino beschimpfte

sie, und als sie anfingen, Schlamm nach ihm zu werfen, schrie er wütend, er wisse jemanden, der werde es ihnen schon zeigen!

Nino verbrachte die Vormittage zu Hause damit, daß er durch alle Zimmer ging; als ich ihn das erstemal holen wollte und in der Richtung auf sein Fenster einen langen Hals machte, erschien eine große, schöne Frau, sah durch den Garten und winkte mir, näherzukommen. Ich tat, als merke ich es nicht, und entwischte. Ich fürchtete, Nino würde das hinterher erwähnen, aber das geschah nicht.

Von diesem Tag an teilte ich meine Zeit entsprechend ein. Fast jeden Morgen ging ich heimlich auf die Ziegenweide mit den kräftigen Freunden von früher und verblüffte sie mit Geschichten von der Stadt, die nach und nach so etwas wie ein Besitz von mir wurde, wo ich auf den Tramwagen und in den Aufzügen ungewöhnliche Abenteuer erlebte. Immer wieder unterbrach ich mich und rannte, wie sie, einer Ziege nach oder schälte einen Zweig oder jagte Heupferdchen. Am Nachmittag aber, in den heißen Stunden, die ich früher im Heustadel oder im Stall verbracht hatte, holte ich Nino ab. Mir schien allerdings, als verlöre ich dabei meine Zeit, ich langweilte mich irgendwie, und doch war ich jeden Tag dort; und wenn wir nach einem Spaziergang zurückkehrten, der uns kreuz und quer durchs Land, steil zur Kirche hinauf oder in die Felder geführt hatte, wäre ich am liebsten mit dem Freund in den Garten gegangen, hätte mich auf die Weidenrutensessel gesetzt und mich vor den Schwestern geniert. Aber als Nino mich das erstemal dazu aufforderte, wagte ich es nicht zu tun.

Als wir von unserem Abenteuer am Wassergraben zurückkamen, riet ich ihm, seine Familie nicht in unsere Angelegenheiten hineinzuziehen. Nino grinste und sagte, wenn ich Angst hätte, die Frauen zu Hause könnten etwas von

meinen zerlumpten Kameraden erfahren, so solle ich darüber beruhigt sein. Schließlich sei ich sein Freund.
Das bewies er mir eines Nachmittags. Wir gingen am Laden für Düngemittel vorüber, und Nino wurde sichtlich vergnügt. Auf der schmalen Straße stand ein niedriges Auto, das ich schon kannte. Von der Schwelle her – die Tür war angelehnt – kam leises Stimmengewirr, und plötzlich übertönte die Stimmen ein kräftiges Lachen, auf das ein noch rauheres Gelächter folgte. Nino beugte sich vor, mitten in den üblen Geruch von Schwefel und Dünger, und sagte: »Jetzt kommt er heraus.« Es erschien ein alter Tagelöhner, erkannte uns und nickte uns zu; dann riß er die Tür auf und schrie: »Wirf heraus!«
Es flog ein kleiner, fester Sack heraus, den der Alte im Fluge griff und in das Auto legte. Ein weiterer flog heraus, und wieder einer.
»Hilf uns, Signorino«, sagte der Tagelöhner, das Zahnfleisch entblößend. Nino sprang über die Schwelle und verschwand. Ich blieb neben dem Auto stehen und versuchte herauszukriegen, was für Schatten sich drinnen bewegten.
Als das Auto fast voll war und ich dem Alten half, die kleinen Säcke zu ordnen, erschienen auf der Schwelle Nino und ein kraushaariger Mann mit einem Tuch um den Hals, rotem Gürtel und Stiefeln. Er hatte die Ärmel aufgekrempelt und füllte die ganze Tür aus. Nino reichte ihm bis zum Ellenbogen.
Er sagte zu Nino und auch zu mir mit einer lachenden Stimme: »He, ihr, habt ihr Freundschaft geschlossen?« Er blinzelte mir zu und packte meine Hand; ich machte mich los. Da bog er mir zwei, dreimal kräftig den Vorderarm und sagte dann: »Nino, laß dich nicht verhauen, er ist stärker als du.« Dann richtete er sich wieder auf, sah überall umher und fragte: »Fertig?«

Er zog eine Zigarette heraus und zündete sie an, sprang ins Auto, rief uns ›Auf Wiedersehen!‹ zu und fuhr los.
An diesem Abend erzählte Nino mit großem Eifer; er konnte auf dem Mauervorsprung, auf den wir uns setzten, gar nicht still halten, aber seine Augen waren nicht so unruhig wie sonst. Bei meinen Fragen strahlte er.
Bruno war Fahrer, aber er war ihm ein wirklicher Freund. Er hatte sie alle am Tag ihrer Ankunft am Bahnhof abgeholt und hatte auf der ganzen Fahrt um den Hügel herum zum Landhaus mit ihm geredet und ihm alles erklärt, während er der Mama und den Schwestern, wenn sie redeten, kaum Antwort gab. Und noch jetzt fragte er ihn manchmal, wie sich seine Schwestern, diese Kälbchen, die Zeit vertrieben, und Kälbchen bedeutete ›dumm wie Kälber‹. Nur etwas an seinen Schwestern gefiel Bruno: die amerikanischen Zigaretten; er ließ sie sich von Nino, sooft der es einrichten konnte, mitbringen – samt der Packung, denn für ihn lag der Wert in der Packung.
Nino erzählte an dem Abend von allem: er erzählte von dem Bad bei sich zu Hause, in dem es besser duftete als auf den Wiesen, und wie gern er Bruno dorthin führen würde, damit er sich seinen Gestank abwüsche – er roch richtig, aber doch angenehm nach Mann; aber vor allem würde er gern mit ihm und mir im Auto fahren, in die Dörfer auf den Hügeln, und sich dabei vergnügen und fahren lernen.
Bruno hatte es ihm versprochen, aber es kam nie dazu. Bruno quälte die Menschen gern, und zu ihm – so etwas machte Bruno Spaß – sagte er immer, alle seien stärker als er. Hierbei zwickte Nino mich so heftig, daß es mir beinahe die Haut zerriß, und sprang zurück. »Wir wollen sehen, ob du stärker bist«, schrie er erbittert und hob einen Stein auf.
›Warum tust du das?‹ hätte ich Nino natürlich gefragt,

wenn wir wie sonst ruhig am Gittertor des Landhauses gestanden hätten, ehe wir uns trennten. Aber in dem Fall hätten wir ja auch nicht geredet. Ich konnte nicht verstehen, warum Nino unser friedliches Gespräch unterbrechen mußte, um sich mir gegenüber so hinterlistig zu zeigen. Ich badete nicht in einer so schönen Wanne wie er, aber es tat mir leid, daß ich der Stärkere war.
»Er sagt zu allen, sie wären stärker«, sagte Nino, ließ den Stein fallen und näherte sich mir mit einem tückischen Gesicht.
Ich getraute mich nicht, ihm mit einem ebenso tückischen Lächeln zu antworten.
»Dir gefällt Bruno auch, was?« fuhr Nino fort. »Stell dir vor: ihm gefallen die Kälber, meine Schwestern.«
»Alle zusammen?« rief ich.
»Alle«, sagte Nino.
»Aber die Männer wählen sich eine aus«, sagte ich.
»Wie dumm du bist! Er kann sie doch nicht heiraten!«
»Du hast doch gesagt, er redet nur mit dir.«
»Natürlich, weil sie ihm nicht antworten. Sie sind dumm.«
Ich kehrte nach Hause zurück, und alles war mir verleidet, ich schämte mich, weil mein Vater einen Schnurrbart trug, und weil das Wachstuch, von dem wir aßen, Weinflecke aufwies. Meine kleine Schwester schrie. Ich war noch nie Auto gefahren und dachte: wie schön wäre es, das mit Nino und Bruno zu tun! Aber daß Ninos Schwestern dumm waren, und er so tückisch, verdroß mich. Zum Glück hatte ich ihm nicht erzählt, daß ich eines Nachts von ihnen geträumt hatte.
Am Morgen danach schämte ich mich, wie sonst mit den Jungen zur Weide zu gehen, ich wollte meine Zeit verbringen wie Nino: ich frühstückte, wusch mich, ging durch das Haus – kurz, ich wollte es bis zum Mittag genauso

machen wie er. Aber um zehn war ich im Hof und wußte nicht mehr, was ich anfangen sollte.
Die niedrigen Apfelbäume hinten, an der Rustikamauer entlang, kannte ich auswendig. Ich bummelte unter den Bogengang gegenüber, wo der Reisigstoß vom Jahr zuvor war; die Frau des Halbpächters kam mit einem Eimer vorüber. Auf dem grauen Haar hatte sie ein gelbes Kopftuch, die Ärmel waren aufgekrempelt. Da begriff ich, warum Nino den ganzen Morgen nicht zu spielen brauchte: in seinem Garten gingen und kamen die Schwestern, und es mußte wirklich sehr schön sein, mit ihnen zu leben, wenn sie sogar dem Fahrer gefielen. Ich hatte nur meine Mutter und die Magd, die beide wie die Bauern arbeiteten, und mein Vater kam erst am Abend zurück.
Die Pächtersfrau lief zum Stall. Ich hörte, daß die Kuh jäh losbrüllte, es klang, als schluchze sie. Ich trat in die Tür. Die Frau kam aufgeregt heraus. »Geh«, sagte sie, stellte sich vor mich und füllte die Türöffnung einfach aus, »dorthin darf man nicht sehen. Geh und rufe Pietro, sag ihm: es ist Zeit. Verstanden?« Pietro grub unten, hinter dem Haus, ein Feld um. Ich kam mit ihm zurück, er ging erst in die Küche, um einen Schluck aus der Flasche zu trinken; und wir machten uns auf den Weg zum Stall. Wieder trieb mich die Alte zurück. Pietro drehte sich um und brummte: »Geh deiner Mutter sagen, daß wir ihr das Kalb holen.«
Ich bummelte weiter und fuhr vor Angst zusammen bei dem bestialischen Gebrüll, das ab und zu in die kühle Luft hinausschallte, gefolgt von röchelnden Lauten wie von einem Sterbenden. Dann drangen erregte Stimmen heraus; die Pächtersfrau rief irgendwas ganz laut, und schließlich rauschte Wasser, und eine Kette klirrte. Ich erinnerte mich an den dicken, plumpen Bauch der Kuh, ich hatte ihn Tage zuvor bemerkt.

Plötzlich fiel mir Nino ein; ich rannte los, um ihn beizeiten zu erreichen. Ich kam vor dem Landhaus an, als gerade eine seiner Schwestern heraustrat, die blonde, die eine ganz weiße Haut hatte; sie gefiel mir, wenn sie auf dem Rad vorübersauste. Sie legte mir lachend eine Hand auf den Kopf und fragte mich, was ich wolle. Ich suchte Nino. »Warum?« fragte sie beharrlich. »Ein Kalb ist geboren«, stammelte ich, ganz rot. Sie sah mich an, nahm die Hand von meinem Kopf und lachte laut.

»Ist es lieb?« fragte sie. Ich wußte nicht, was ich sagen sollte. Sie lachte wieder, drehte sich um und rief: »Nino!« Jemand antwortete. Da winkte sie mir mit der Hand, wobei sie mich nur eben flüchtig ansah, ging davon und öffnete ihren Sonnenschirm.

Als Nino erschien – der Hund bellte und raste hin und her, daß das Drahtseil klirrte –, hatte ich keine Lust mehr, ihn mit in den Stall zu nehmen. Es hatte mich wieder die Scham gepackt über den schmutzigen Hof vor dem Haus. Ich sagte nur. »Willst du mitkommen?«

Wir verbrachten den Morgen am Wassergraben, wo die Wäscherinnen wuschen. Wir schwiegen beide.

»Hast du schon einmal gesehen, wie ein Kalb geboren wird?« fragte ich plötzlich. »Ich habe es heute früh mitangesehen. Es war zum Fürchten.«

Nino fragte: »Hat es geschrien?«

»Nein, das Muttertier schrie«, sagte ich, »die Kuh.«

»Warum hast du mich nicht gerufen?«

Ich machte wie am Tag zuvor ein gekränktes Gesicht.

»Dummer Kerl«, sagte Nino ganz erregt, »wir hätten gesehen, wie Kinder geboren werden. Hast du wirklich gesehen, wie sie es gemacht hat?«

»Hast du denn nie gesehen, wie ein Kind geboren wird?« antwortete ich wichtig.

Nino schwieg und sah zu Boden. Die Wäscherinnen

schlugen das Zeug auf den Steinen. Es war eine dicke dabei, ihre Ärmel waren bis zu den Schultern hochgekrempelt; so schlug sie kräftig los, zeigte die Achsel und lachte einer anderen zu. Der ganze, im Bündel der Röcke verborgene Körper bebte.

»Das ist so, wie wenn ein Pferd kackt«, begann ich mit unsicherer Stimme von neuem. »Nur daß es größer ist.«

»Hast du es wirklich gesehen?«

»Sicher«, antwortete ich.

»Du bist genauso geboren«, sagte Nino wütend.

»Ja, genauso«, antwortete ich ruhig.

Da schlug Nino sich mit der Faust ins Gesicht und ließ sich zu Boden fallen. Ich stand neben ihm und betrachtete ihn verlegen. Ich setzte mich hin, um ihm die Wahrheit zu bekennen, doch in diesem Augenblick begann er zu lachen.

Aber er lachte häßlich. »Wenn du mit uns Auto fahren willst, sage mir, wie es ist.«

Ich starrte Nino an: seine Augen und Lippen brannten. Er stammelte leise: »Hast du es bei deiner Mutter gesehen?«

Ich betrachtete ihn verdutzt und sagte: »Du bist zu dumm!«

»Sage mir: bei wem hast du es gesehen?«

»Das Kalb habe ich gesehen.«

»Nicht bei den Frauen?«

»Nein.« Und ich starrte zu Boden.

Ninos Stimme sagte nahe an meinem Ohr: »Dann weißt du nicht, wie sie es machen?«

Jetzt bekannte ich, daß ich nicht einmal das Kalb gesehen hatte.

Da rollte Nino sich im Gras und sprang auf. »Ich weiß, wie sie es machen«, sagte er. »Es kommt Blut heraus, und sie müssen ihnen das Kind wegreißen.«

»Nicht immer kommt Blut heraus.«

»Doch, es kommt immer heraus, denn die Frauen schreien.«
»Nein«, sagte ich, »hör zu.« Und ich erklärte ihm, daß ich eine Kuh gesehen hatte, nachdem das Kälbchen geboren war, und Blut gab es da nicht, und das Kälbchen war nur ein wenig feucht.
»Bei den Frauen gibt es Blut«, sagte Nino beharrlich. »Du weißt überhaupt nichts.«
Er erklärte mir mit rauher Stimme, wie die Frauen es machten. Ich unterbrach ihn nicht, aber ich starrte auf das Gras.
»Auch deine Schwestern?« sagte ich schließlich.
»Auch die.«
An diesem Nachmittag kam Bruno unerwartet ins Dorf und nahm uns mit ins Auto, denn er brachte eine große Korbflasche Wein an den Bahnhof und hatte Platz. Wir mußten uns hintenhin setzen, um die Korbflasche zu halten, und los ging es. Auf dem ganzen Weg schlug mir das Herz bis zum Hals, ich meinte zu fliegen, wie auch die Bäume und die Prellsteine und die Menschen vorüberflogen. In der Sonne schloß ich halb die Augen, sah auf Brunos festen Nacken über dem roten Halstuch und wie sein Arm, der auf dem Lenkrad lag, vibrierte. Ich fürchtete, die große Korbflasche würde, wenn wir anhielten, herunterfallen.
Aber alles ging gut, nur ich schwankte, als ich auf der Erde stand, und war ganz verschwitzt. Bruno trug laut rufend die Korbflasche in die Aufbewahrung; dann führte er uns in die Bahnhofs-Osteria. Ich setzte mich schüchtern in das kühle Halbdunkel und machte es wie Nino: erhob den Kopf, schaute auf Bruno, lachte wie er und sah allen ins Gesicht.
Bruno verlangte etwas zu trinken, und Nino wollte für sich ein Fruchteisgetränk.
Wir hatten uns kaum den Mund befeuchtet, als Nino

schluckte und höhnisch sagte: »Berto, erzähle Bruno, daß du gesehen hast, wie ein Kind geboren wird.«
Bruno sah mich mit nur einem Auge von der Seite an. Er setzte das Glas hin und warf unwillig die Lippen auf.
»Wo doch du es bist...« platzte ich wütend los.
Bruno wischte sich den Schweiß ab. Er wandte sich an Nino: »Sag ihm, er soll lieber lernen, den Mann zu machen. Ihr in euerm Alter habt das nötig. Für das übrige sorgen die Frauen.«
»Ein Kalb ist geboren«, sagte Nino.
»Zwei Esel sind geboren«, unterbrach ihn Bruno. »Habt ihr nichts anderes zu reden?«
Wieder wischte er sich den Schweiß ab. Er schien verärgert, und wir schlugen die Augen nieder und schwiegen. Nino schleckte mit gesenktem Kopf sein Eis.
»Nino, hat dir Clara die Zigaretten gegeben?«
Clara war die blonde Schwester. »Sie hat sie versteckt«, sagte Nino.
Bruno drehte sich seine eigene und sagte gleichgültig: »Wollt ihr morgen mit in die Robini kommen? Wir fahren mittags zurück. Kommst du auch mit, Berto?«
Nino sagte: »Gib mir zu rauchen.«
Ich beobachtete, wie Brunos große Hand die Zigarette drehte und wagte nicht, auch um eine zu bitten. »Nino, gehst du morgen mit?« sagte ich statt dessen. Nino sah verstohlen auf Bruno und fragte leise: »Bleiben wir wieder an der kleinen Mauer stehen?« Bruno nickte und hielt ihm die Zigarette hin. Ich begriff nicht, warum Ninos Gesicht so bleich war. Er zündete seine Zigarette bei Bruno an, und die Hand zitterte ihm.
»Trink Wein«, sagte Bruno. »Eis ist für Kranke.« Ich wußte, daß Nino der rote Wein widerstand, und doch hielt er das Glas hin und setzte es langsam an die Lippen. Er trank es auf einmal aus.

»Nur lustig«, sagte Bruno. »Wenn ihr in diesem Winter in der Stadt seid, habt ihr nicht mehr den guten Wein. In der Stadt wachst ihr doch recht kümmerlich auf. Du, Berto – hast du schon ein Mädchen?«
Ich sagte verlegen: »Dafür ist keine Zeit; im Winter gehen wir zur Schule.«
»Also im Sommer hast du eines?«
»Ich… nein.«
Bruno lachte frei heraus. »Bravo! Seht ihr euch im Winter?«
Plötzlich sagte Nino: »In diesem Jahr werden wir uns sehen.«
»Nimm dich in acht, Nino lernt fechten und spießt dich auf«, sagte Bruno blinzelnd zu mir.
Nino sprach nicht. Er trank ein zweites Glas und hörte mir kaum zu. Sein Blick hing an dem Ledergurt, den Bruno um sein mächtiges Handgelenk trug. Mit einemmal fragte er ihn, wofür er ihn gebrauche.
»Um frechen Burschen die Fresse einzuschlagen«, erklärte Bruno. »Man holt weit aus und versetzt ihnen einen Schlag mit dem Handrücken, da schlägt man sich nicht die Finger wund, und es wirkt wie ein Boxhandschuh. Eines Nachts in Spigno kommt mir da einer dicht ans Auto – ich hielt vor dem Bahnhof – und spuckt hinein. Spucken darf man nie dulden, denn wer spuckt, hat Angst. Ich über ihn her, und haue ihm das Gesicht kaputt. So! Seht ihr nun, wofür man ihn gebraucht?«
Nino hustete, er hatte sich wohl am Rauch verschluckt, und konnte den Blick nicht von Brunos kühnem Gesicht lösen. Wir hatten auch sonst schon hinter der Kirche geraucht, er vertrug den Rauch an sich sehr gut. Es mußte der Wein sein, der ihn verwirrte. Oder vielleicht irgendein Ärger mit Bruno. Warum nannte Bruno seine Schwester beim Namen?

»Wenn deine Mama und deine Schwestern diese Fahrt nach Acqui machen, von der sie gesprochen haben, zeige ich dir die Piazza, auf der ich einmal einen tollwütigen Hund festgehalten habe: dadurch, daß ich ihm das Leder ins Maul schob. Seht ihr hier die Spuren der Zähne?«

»Ich fahre nicht mit euch nach Acqui«, sagte Nino.

Bruno begann zu lachen. »Berto, trink aus. Auf morgen also.«

Wir fuhren in die Robini, und unterwegs – Bruno fuhr sehr schnell – pfiff er immerzu und drehte sich nach jeder Kurve zu mir um. Nino, der neben ihm saß, hielt das Kinn auf die Brust gesenkt, als habe ihn jemand geschlagen; und zwei-, dreimal ließ er den Blick auf die Hügel, in den Himmel schweifen, mit einem Ruck, als wache er nun erst auf.

»Das Land ist dieses Jahr trocken«, sagte ich in dem ergebenen Ton, wie es mein Vater tat.

Bruno drehte sich nicht um, denn er bog gerade in einen Seitenweg ein, der zwischen den Akazien hinaufführte. Nachdem wir etwa fünf Minuten lang die Zweige im Gesicht gehabt hatten, hielt er in halber Höhe, an einer kleinen Brücke, die über eine Schlucht führte. Er sprang heraus und sagte: »Wartet jetzt. Seht euch das Auto an.« Er drehte den Autoschlüssel um und zog ihn heraus. »Rührt den Motor nicht an, er bewegt sich sowieso nicht. Lustig, Nino!« Er gab jedem von uns eine Zigarette und zündete sie uns an. »Wenn jemand die Straße heraufkommt, wer es auch ist, drückt auf die Hupe. Verstanden? Wenn alles gut geht, lasse ich dich hernach fahren, Nino. Auch dich, Berto. Und paßt auf: wer es auch ist...« Er schlug den Pfad nach dem Hügelrücken ein und verschwand zwischen den Akazien.

Jetzt schien die Sonne mächtig, und wir, im Schatten der Akazien, beherrschten von oben ein langes Stück des stei-

len Weges. Keiner konnte von der Straße her einbiegen, ohne daß wir es bemerkten. Ich war hier oben noch nie gewesen.
Nino war offensichtlich schon dagewesen. Ohne sich umzudrehen, rauchte er, am Steuer sitzend, interessierte sich aber nicht für das Schaltbrett, das er vor sich hatte. Er rauchte wie ein Mann, mit tiefen Zügen, und sah gar nicht auf die Zigarette.
»Wird Bruno lange fort sein?« fragte ich.
Nino gab keine Antwort. Ich sprang heraus, ging um das Auto herum und warf einen Blick auf die Scheinwerfer und die verstaubten Reifen. Ich sah von dem Mäuerchen hinunter in die ausgetrocknete Schlucht: wohl nur bei den Regenfällen im Herbst füllte sie sich und schäumte. Knorrige Wurzeln ragten vor, die einem Lust machten, sich hinunterzulassen, hätte man nicht Angst vor Schlangen gehabt. Ich warf den Zigarettenstummel hinunter, und dann versuchte ich ihn mit meiner Spucke auszulöschen. Nino rührte sich nicht.
Ich drehte mich um. »Laß mich auch ein bißchen dort sitzen«, sagte ich.
Nino sah mich mit zusammengekniffenen Augen an; so machte er es, wenn er eine Bosheit plante.
»Weißt du, wohin er gegangen ist?« fragte er.
Ich hob die Schultern. In diesem Augenblick begann, nicht weit entfernt, ein Hund zu bellen.
»Siehst du«, sagte Nino, »jetzt ist er bei der Frau angekommen. Er besucht die Frau oder die Tochter von Martino, sie erwarten ihn und binden den Hund an und gehen miteinander ins Bett.«
»Aber es ist doch Tag!« sagte ich.
Nino hob die Schultern. »Sie legen sich aufs Bett«, fuhr er fort. »So geht es schneller. Aber er bleibt auch eine Stunde dort«, und er lachte, »wenn niemand kommt.«

»Und wo ist Martino?«
»Martino ist zum Bahnhof gegangen. Das habe ich gestern gehört.«
»Und wenn er kommt?«
»Wenn er kommt, müssen wir hupen.«
Ich war nicht überzeugt. »Hat dir Bruno das gesagt?«
Nino warf mir einen schrägen Blick zu und warf die Zigarette weg.
»Ich glaube nicht daran«, begann ich von neuem. »Es würde zu viel Zeit brauchen. Bruno hat an anderes zu denken. Und dann muß er das Auto fahren...«
»Na und?«
»Er würde zu müde sein«, sagte ich zögernd.
»Bruno ist stark«, sagte Nino wütend. »Aber du wirst sehen.«
»Was?«
»Du wirst sehen.«
Der sonnengefleckte Weg lag noch immer verlassen da, in der Hitze zitterten die Blätter vor meinen Augen. Oder vielleicht war es eher mein Herz, das erschreckt schlug, und das Dorf, das Haus schienen von dieser Einsamkeit und bei solchen Gedanken weit entfernt. Hätte Nino nur nicht diesen feindseligen Ton gehabt! Mir kam Clara in den Sinn, die im Landhaus war und von uns nichts wußte. Auch sie war eine Frau. Da setzte ich mich unsicher auf das Trittbrett des Autos.
»Ich glaube nicht daran«, sagte ich plötzlich. »Martina geht immer in die Kirche.«
»Alle Frauen gehen in die Kirche. Weißt du nicht, daß sie in der Kirche heiraten? Und zwei heiraten sich doch, um ins Bett zu gehen, oder nicht?«
»Ich glaube nicht daran«, sagte ich. »Bruno ist ein Mann wie wir.«
»Weißt du, was ich ihm antue?«

»Was?«
»Du wirst sehen.«
Ich stieg ins Auto und setzte mich neben Nino, der mich von der Seite ansah. Er pfiff vor sich hin.
»Jetzt küssen sie sich«, sagte er mit zusammengebissenen Zähnen.
»Nino«, rief ich, »was tun wir, wenn Martino zurückkommt? Er wird es zu Hause erzählen...«
»Er kommt nicht zurück«, sagte Nino. »Ist dort etwa jemand?« Er drehte sich um und spähte auf den Weg, auf die Straße und die ganze Ebene. Wir spitzten die Ohren. Niemand.
»Um diese Zeit haben sie sich ausgezogen«, fuhr Nino fort, bleich.
»Ja aber...« stammelte ich.
»Dann also – los«, schrie Nino und drückte auf die Hupe.

Als Antwort kam das Gekläff des Hundes. In dem darauffolgenden Augenblick schien mir, als rausche der ganze Wald. Ich versuchte Ninos Hand festzuhalten – aber schon erklang der rauhe Ton der Hupe von neuem.
Als Bruno mit großen Sprüngen auftauchte, kauerten wir im Gras hinter den Baumstämmen, wohin Nino mich gezogen hatte. Bruno sah sich überall um und dann auf den Weg; an seiner Hand hing der rote Gürtel.
Während er sich die Hosen zusammenzog, sah er sich wieder überall um und rief leise: »Nino!« Nino preßte meinen Arm.
Bruno war aufs Auto gesprungen, spähte auf die Straße dort unten und bewegte die Lippen. Seine Haare waren unordentlich, und das Gesicht sah aus, als sei es gerade unter der Pumpe hervorgekommen. Er stieg aus dem Auto und ging auf die Bäume zu. Uns den Rücken zudre-

hend, stellte er sich mit gespreizten Beinen hin, und nach einer Weile hörte ich, daß er pinkelte. Nino unterdrückte ein Kichern.
Dann kam Bruno auf uns zu, wobei er in die Luft sah und sich die Hose zuknöpfte. Plötzlich bückte er sich und sprang in die Zweige hinein. Er packte Nino, der ausriß, an einem Bein und warf ihn zu Boden. Ich war aufgesprungen und sah alles mit an. Ohne ein Wort zu sprechen, preßte Bruno in der Faust Ninos beide Handgelenke und hob ihn wie ein Kaninchen hoch. Er hielt ihn von sich weg, weil er winselnd mit den Füßen schlug; und nun hieb er scharf mit der Hand auf ihn los. Bei jedem Hieb, bei jedem Schlag stöhnte er und preßte die Lippen aufeinander. Mich starrte er einen Augenblick an, ohne mich richtig zu sehen; da entwischte ich auf die Straße. Ich hörte noch einige dumpfe Schläge, dann erschien Bruno: er hielt Nino unter der Achsel und warf ihn ins Auto. Zu mir sagte er mit einer bösen Stimme: »Steig auf, wir fahren zurück.«
Auf der ganzen Fahrt saß Nino zusammengekrümmt neben Bruno und sagte kein Wort. Ich spürte den Wind so frisch im Gesicht, als hätte ich Fieber. Vor dem Landhaus hielt Bruno an. Er sah mir beim Aussteigen zu, und einen Augenblick schien es mir, als lache er. Nino hob das Gesicht, stieß meinen Arm zurück und ließ sich unsicher herab. Er spuckte auf den Boden und hinkte davon in den Garten.
Am nächsten Tag wagte ich Nino nicht zu rufen, denn ich sah, als ich ans Gittertor trat, zwei seiner Schwestern im Garten sitzen, die braunhaarigen; sie streckten die Beine in die Sonne, und eine las.
Als ich gegen Abend bekümmert dort umherschlenderte, kam wieder Clara auf dem Rad hinter mir her und sprang ab.

»Wohin seid ihr gestern gefahren?« fragte sie.
»Was hat Bruno Nino angetan? Wo seid ihr gewesen?« fuhr sie fort.
»Sprich. Ich weiß es ohnehin. Nino ist für heute im Bett. Was habt ihr Bruno angetan?«
Ich fragte: »Wo ist Bruno?«
Da sah Clara mich aufmerksam an und ging, das Rad schiebend, weiter auf das Gittertor zu.
»Ich weiß nicht, wo Bruno ist. Ich kenne ihn nicht. Aber ihr habt ihm etwas angetan, denn Nino will es mir nicht sagen. Seid ihr in die Robini gefahren?«
»Das Auto ist umgekippt«, sagte ich.
»Was habt ihr in den Robini getan?«
»Nichts. Wir haben fahren gelernt.«
Wir waren mitten im Garten. Und die Weidenrutensessel unter dem Sonnenschirm waren leer. Der Kies unter unseren Füßen knirschte.
»Habt ihr jemanden besucht?«
»O nein.«
Clara sagte ernst: »Nino ist im Bett. Willst du ihn besuchen?«
»O nein, ich werde ihn morgen abholen. Es ist schon spät«, sagte ich und blieb stehen.
Clara lächelte. »Was macht das Kalb?«
»Was für ein Kalb?«
»Das, was gestern geboren ist. Gehört es dir?«
Ich nickte zur Antwort. Clara lehnte das Rad an die Mauer und sprang die Stufen hinauf. »Ciao, Kälbchen«, rief sie, als sie sich umdrehte. Ich sah, daß sie ziemlich groß war.
Nino kam etliche Tage nicht heraus, und ich ging vor dem Landhaus auf und ab in der Hoffnung, jemanden zu sehen. Es war eine Jahreszeit – die ersten Tage im August –, in der es auf dem Lande nichts gibt: die Äpfel und die ersten Pflaumen sind mit dem Juli zu Ende, und erst im

September beginnen die Trauben. Es lohnte sich nicht, während ich auf Nino wartete, mit den anderen wieder Freundschaft zu schließen, und ich bummelte in den Gassen herum. Doch allein sein ist nur für einen Augenblick schön, wenn man über etwas nachdenkt, oder wenn man zwischen den Eisenstäben des Gartens Clara sah: den ganzen Tag allein war langweilig.

Ich erinnere mich, daß damals an den Nachmittagen entsetzliche Gewitter waren, ohne Hagel, aber kalt und schwarz, so daß meine Mutter und auch die Tiere im Stall sehr erschraken; mir gefiel das nicht schlecht, denn am Abend war es kühl, und am nächsten Morgen gab es Wasserpfützen und ganze Schichten zur Erde gefallener Blätter. Auch da dachte ich an Clara und ihre Schwestern: ob die Blitze sie erschreckt hätten.

Als Nino sich endlich wieder blicken ließ, war er wortkarg, und ein-, zweimal mußte ich lachen, wenn ich beobachtete, wie vorsichtig er sich auf die Mauervorsprünge setzte. Er sah mich von der Seite an; es war, als seien die ersten Zeiten, wo wir schweigsam herumbummelten, wiedergekehrt. Er erschien mit einem ganzen Päckchen schöner Zigaretten mit arabischer Aufschrift, sie betäubten mich und ließen einen starken Duft zurück. Eines Morgens ging ich wieder an den Wassergraben; da kam er schweigsam an, die Jacke über der Schulter, setzte sich auf den Damm und rauchte. Sofort waren wir alle um ihn herum, und er gab zweien oder dreien Zigaretten und spuckte ins Wasser. Dann sagte er unlustig:

»Habt ihr den Fahrer von den Ca' Nere gesehen?«

Er sprach davon mit dem Blonden von den Mühlen; der hatte einen Bruder, der Gepäckträger am Bahnhof war, und man wurde darüber einig, daß Bruno, wenn nicht früher, bestimmt zur ›Madonna d'agosto‹, zur Himmelfahrt Mariä, ins Dorf kommen würde, um Mehl zu laden.

Nino sagte ruhig: »Martino sucht ihn, um ihm das Fell zu gerben.«
Der Sohn des Schmiedes machte die Bemerkung, die Zigarette schmecke nach Honig, sei aber stark. Wir vier Jungen gingen zusammen nach Hause; der Junge vom Schmied hatte schon grobe, lange Hosen, die ihm bis zu den nackten Schienbeinen reichten, und kratzte sich oft unter dem Hemd die Brust. Bald würde Nino Freundschaft mit ihnen schließen: sie lachten miteinander und stießen sich mit den Ellenbogen an.
Es kam der Tag, an dem Nino mich fragte: »Dir hat Bruno damals nichts getan?«
»Wer hat gehupt?« gab ich zur Antwort.
Nino – seine Augen wichen damals einem jeden aus – sah mich, während wir weitergingen, von der Seite an.
»Berto, du bist ja harmlos!«
Schon seit etlichen Nachmittagen mied er mich. Er zog mit irgendeinem von den anderen umher; sie gingen sogar fischen, und ich erfuhr, daß Nino außer Zigaretten einmal auch eine Dose eingekochte Pfirsiche mitgebracht hatte. Da sagte ich zu ihm: »Gib acht, sie wollen dir nicht wohl und gehen mit dir nur, weil du ihnen etwas mitbringst.« Aber Nino antwortete mir, das wisse er auch.

Am Abend vom Fest der Himmelfahrt, wo die Feuer brennen, ließ sich Nino nicht blicken, und seine Schwestern kamen nicht in den Garten heraus, um sich die Feuer anzusehen, diese vielen Lichtpünktchen auf den Hügelrücken. Es war das erste Jahr, in dem ich dieses Fest allein und unruhig verlebte. Am nächsten Tag erfuhr ich von einem Jungen, daß Nino mit den anderen losgezogen war, um auf dem Feld bei den Mühlen ein Feuer zu machen; und einmal hatte er den Sohn vom Schmied mit einem kräftigen Stoß ins Feuer geschubst. Dann war er ausgeris-

sen, nach Hause, und jetzt suchte ihn der andere, um ihm eins auszuwischen.
Diesmal ließ mich Nino durch den Gärtner holen und bat mich flehentlich, ich solle ihm Bruno herrufen. Die Ca-'Nere waren weit entfernt; und doch ging ich hin und sagte in der Garage, sie sollten Bruno ins Landhaus schicken. Als ich wieder in den Garten trat, flogen Steine und Erde hinter mir her: der Sohn des Schmiedes und die anderen hatten Posten bezogen – für den Fall, daß Nino erschiene.
Einige Stunden danach traf Bruno ganz munter ein, mit großem Halstuch und in Stiefeln, und wir hielten ihn am Gittertor an in der Hoffnung, die anderen würden werfen. Bruno glaubte, er sei wegen jener Fahrt nach Acqui hergerufen worden, und gab Nino einen Klaps auf den Kopf; Nino wurde feuerrot, trat neben ihn und fragte ihn, ob er Frieden machen wolle. Bruno blieb ungerührt und blickte nach hinten in den Garten. Dann lachte er kräftig und sagte: »Also gut. Was hast du denn nötig?«
In diesem Augenblick traf ein Erdklumpen Nino in den Rücken. Nino sprang beiseite, preßte Brunos Faust und sagte: »Los, gib's diesen Strolchen!« Als Bruno hörte, wer sie waren und was sie wollten, drehte er sich kurz um, sie zu betrachten, und sagte laut zu uns: »Ihr seid ärger als die Frauen, auch ihr beiden. Und die da unten sollen euch in Ruhe lassen, denn die Fäuste hier tun's für alle.« In diesem Augenblick kam Clara heraus, sie begrüßten sich und begannen von der Fahrt nach Acqui zu sprechen. Nino rief mich an ein Beet, um mir etwas zu zeigen, und ich trat in den Garten, drehte mich aber noch um und sah, daß Clara, an das Gitter gelehnt, Bruno zuhörte.
Eine Minute danach bekam Bruno einen Stein ins Gesicht, und Clara stieß einen Schrei aus. Wir rannten her-

bei: Bruno traktierte schon zwei von der Bande mit Fußtritten, einer von ihnen war der Sohn des Schmiedes. Ich blieb am Gittertor stehen, unter Claras Augen, schäumte vor Wut und ballte die Fäuste: wenn diese Kerle noch etwas brauchten – ich war bereit.
Bruno kam lachend zurück, und als er sich von Clara verabschiedete, gab er Nino wieder einen Klaps auf den Kopf. Wir waren alle erregt.
Es folgten schöne Augusttage, und Nino nahm mich oft in den Garten mit, wenn wir von einem Streifzug zurückkamen – der Hund war hinter dem Landhaus festgebunden. Einmal setzten wir uns, um unter dem Sonnenschirm Brot und Marmelade zu vespern, und Nino, lang in den Sessel gestreckt, sagte, auch in der Stadt esse er immer Marmelade, und in diesem Winter wolle er mich bei seiner Fechtstunde dabeihaben, dann würde ich sehen, wie schön das sei. Dann sagte er, im nächsten Jahr werde er im Juli wieder an die See gehen, und wenn ich mitkäme, würden wir zusammen Boot fahren. Er beschrieb mir die ›sandolini‹, die kleinen flachen Boote mit spitzem Bug und Heck und einer Ruderschaufel, aber um darin zu rudern, würde ich erst schwimmen lernen müssen.
»Verheiraten sich deine Schwestern nicht?« fragte ich ihn.
»Eine ist verheiratet«, sagte er, »sie ist nicht hier. Im vorigen Jahr hätte Clara heiraten sollen, aber dann haben sie sich gezankt.«
»Und deine Mutter?«
Seine Mutter war eine der Braunhaarigen, die ich für eine seiner Schwestern gehalten hatte. Ich wollte es gar nicht glauben.
»Nichts als Frauen gibt es bei mir zu Hause«, sagte Nino. »Wenn wenigstens Clara fortgegangen wäre!«
So mit Nino zusammenzusein, war schön. Er sagte mir

keine Bosheiten mehr. Man machte mit Bruno eine weitere Autofahrt in das nächste Dorf, diesmal ohne zu streiten. Clara schickte ihm durch uns Zigaretten, die er lachend in die Tasche steckte.

Nur der Sohn des Schmiedes machte uns einige Sorgen: seine Haare waren noch angesengt, und er sah uns von fern hochmütig an und verzog dabei den Mund.

Aber einmal erschien er mit duckmäuserigem Gesicht auf dem Platz vor der Kirche, wo wir umherspazierten, und kam uns entgegen. Er bat Nino um eine Zigarette. Nino zuckte die Achseln. Da sagte er zu ihm: »Wenn du sie mir gibst, sage ich dir etwas, wofür du mir hernach ein ganzes Päckchen schenkst.«

»Gib sie ihm«, flüsterte ich Nino zu, »auf die Art macht ihr Frieden.«

Aber Nino hatte keine. Der andere lachte. »Das tut nichts. Kommt mit zum Orto, dann lasse ich euch eine tolle Sache sehen.«

Nino sagte: »Hältst du uns für dumm?«

Da näherte der Sohn des Schmiedes seine gelben Zähne Ninos Ohr und wisperte ihm etwas zu. Nino wurde bleich, sprang zurück, sah mich an, sah ihn an und sagte stammelnd: »Ehrenwort?«

»Was gibt es?« fragte ich.

Nino sagte: »Gehen wir.«

Der Orto war ein Meierhof hinter dem Landhaus am Hang des Hügels. Zwischen dem Landhaus und einer ersten Schlucht erstreckte sich ein großer, fast ebener Rebgarten, von einem Röhricht umschlossen und halb mit Riedgras bedeckt. Rasch waren wir am Röhricht, sprangen hindurch und kamen zwischen den Rebstockreihen heraus. Ich hob schweigend einen knorrigen Zweig auf: vielleicht hatte der Sohn des Schmiedes für uns einen Hinterhalt vorbereitet.

»Hast du Bruno heute gesehen?« fragte ich plötzlich, damit Nino und auch der andere es merkte.
Nino bebten die Lippen; er gab keine Antwort. Sie gingen auf den Casotto Rosso zu, eine verlassene, von Bäumen beschattete Feldhütte hinten in den Rebstockreihen. Ich hatte sie im Jahr zuvor bei Spielen als ›Schanze‹ benutzt.
»Leise«, murmelte Nino, als wir kurz vor der Hütte waren. »Bleibt stehen. Du, Berto, halte ihn fest.« Er ging weiter vor und blieb dann auf dem freien Raum davor stehen. Die Holztür war verschlossen. Nino lief flink um die Ecke; an dem kleinen Fenster stellte er sich auf die Fußspitzen.
Der Sohn des Schmiedes lachte leise vor sich hin. »Was ist los?«
»Komm und sieh!«
So gingen auch wir nach vorn und erreichten Nino, der, sich auf ein Brett unter dem Fenster stützend, durch die gesprungene Scheibe starrte. Auch ich warf einen Blick hinein, erkannte aber nichts, weil meine Augen noch von der Sonne geblendet waren. Aber irgend etwas in dem Halbdunkel bewegte sich.
Dann unterschied ich eine weiße, ausgestreckt daliegende Gestalt; von ihr löste sich ein Mann, der um den Hals ein rotes Tuch hatte. Es war Bruno. Und die Frau war Clara, und sie hatte in dem nackten Schoß einen goldenen Fleck. Die staubige Scheibe bedeckte die Szene wie mit einem Nebel.
»Sie ist weiß«, wisperte der Sohn des Schmiedes.
Nino sprang zurück. »Kommt fort«, sagte er leise, zwischen den Zähnen. »Kommt fort.«
Seine Nägel zerkratzten mir den Rücken. Der Sohn des Schmiedes versetzte ihm rückwärts ausschlagend einen Tritt. »Wenn du nicht kommst, rufe ich Bruno«, sagte Nino wütend. Da trat der Junge vom Fenster weg und

ging mit einem häßlich grinsenden Blick zurück auf den freien Raum. Sie starrten einander einen Augenblick an, dann fiel Nino über ihn her. Der andere riß aus.
Auch ich rannte verzweifelt und preßte meinen knotigen Zweig. Unter einer Rebstockreihe, fast im Röhricht, hatte Nino ihn eingeholt und auf den Boden geworfen. Sie rollten umeinander und bissen sich. Ich warf mich auf das Bündel und schlug gleichfalls los auf diese geflickten Hosen, auf das schmutzige Hemd, auf die gelben Zähne. Beim Prügeln dachte ich, jetzt sollte Clara mich sehen.
Als der Sohn des Schmiedes zu heulen und zu brüllen anfing, machte ich mich los und zog auch Nino weg. Wir ließen unseren Feind in der Furche liegen und liefen fort.
Ich glaube, Nino hatte das gleiche im Sinn wie ich, denn, zerfetzt und braun und blau geschlagen wie ich, rannte er los wie ein Pferd und suchte mich hinter sich zu lassen. So vermieden wir es, miteinander zu reden.
Ich sah von weitem, wie er um die Ecke des Landhauses bog, und blieb auf einem Kieshaufen an der Straße allein. Erst als ich fast zu Hause war, merkte ich, daß mein Hals voll Blut war; aber es ließ mich gleichgültig, ich ging unter den Laubengang und warf mich ins Heu. Es war schon dunkel, als ich mich ganz betäubt erhob; während ich mir die Wange rieb, um das trockene Blut abzustreifen, das mir wie Tränen vorkam, dachte ich: ob alle Schwestern so waren wie Clara?
Am nächsten Tag erfuhr ich, daß Nino sich einen Arm gebrochen hatte. Ich wagte es nicht, mich im Landhaus zu zeigen, denn ich fürchtete mich vor dem Augenblick, da wir uns sehen würden.
Viele Nächte hindurch blieb ich Stunden um Stunden wach, schloß die Augen und preßte das Kissen zusammen. Eines Nachts, es war Mondschein, wäre ich am liebsten

aufgestanden und in die Feldhütte gerannt, um nach irgendeiner Spur zu suchen. Aber ich hatte Angst. Ich ging dann am Morgen hin; doch im Rebgarten lief ein Bauer hin und her, und ich wagte mich nicht hinein.

Ich kam selten aus meinem Hof heraus, denn ich fürchtete Hinterhalt und Steinwürfe; aber die Jungen riefen mich zum Fischen, denn sie brauchten mein Netz. Und da Nino einen gebrochenen Arm hatte, wagte der Sohn des Schmiedes kein Wort zu sagen. Aber als wir eines Tages, im Heustadel versteckt, mit dem Blonden von den Mühlen bestimmte Gespräche führten, fragte mich dieser, ob auch Ninos Schwester blond sei. Hernach schämte ich mich – aber im Augenblick hatte ich nicht den Mund halten können. Doch beim Reden schlug mir das Herz bis zum Hals, und mit einemmal fühlte ich mich so verzweifelt wie als Kind, wenn ich, nackt auf dem Stuhl in der Küche sitzend, zusah, wie das Badewasser eingegossen wurde. Da schwieg ich, und auch der Blonde schwieg.

Eines Morgens endlich kam Bruno auf dem Rad vorüber, überraschte mich dabei, wie ich unter den Weiden an einem Zweig schnippelte, rief mich an und hielt. Er hatte um den Hals ein schwarzes Halstuch und trug die Bluse mit den kleinen Taschen.

»Hast du mit Nino Streit gehabt?«

Nino hatte ihm gestern aufgetragen, mich zu suchen und zu ihm zu schicken. Hatte er sich etwa mit mir geprügelt? Die Geschichte von dem dürren Baum, die er erzählt hatte, glaubte er ihm nicht. Diese Kratzer auf dem Gesicht waren von einem Jungen. »Wenn ich euch nicht kennte, würde ich sagen: sie sind von einem Mädchen«, schloß er.

Ich sah ihn ungläubig an.

»Los, besuche auch du ihn: unter Männern darf nie Kriegszustand sein. Geh, Nino will dich sehen. Ihr werdet euch erzählen, wie die Kinder geboren werden.«

»Hast du ihn denn besucht?« fragte ich zögernd.
»Sicher. Wir sind doch Freunde, nicht? Der Junge ist tüchtig. Seit zwei Wochen ein gebrochener Arm, und er will wieder mit mir Auto fahren.«
Bruno zog eine Zigarette heraus und zündete sie an. Er blies den Rauch in die Luft und stellte das Rad wieder auf.
»Was sagen seine Schwestern?« fragte ich.
»Die? Die pfeifen drauf«, antwortete Bruno und wandte den Kopf. »Und die Mutter am allermeisten. Die einzige, die ihn ein bißchen pflegt, ist die Blonde.« Er fuhr auf der Straße davon, während ich ihm mit dem Blick folgte – erstaunt, und im Grunde froh.

Die Selbstmörder

I

Es gibt Tage, wo die Stadt, in der ich lebe, die Leute, der Verkehr, die Bäume, wo alles am Morgen mit einem seltsamen Aussehen erwacht, gewohnt und doch fremd, etwa wie in jenen Augenblicken, wenn man sich im Spiegel betrachtet und sich fragt: ›Wer ist das wohl?‹ Für mich sind das die einzigen liebenswerten Tage im Jahr.
An solchen Vormittagen entrinne ich, wenn ich kann, dem Büro ein wenig früher, gehe hinunter und mische mich auf der Straße unter die Menge; ich scheue mich nicht, jeden, der vorübergeht, ebenso keck anzusehen, wie, so denke ich mir, mancher Vorübergehende mich ansieht – denn in diesen Augenblicken fühle ich mich tatsächlich richtig keck, und das macht mich zu einem anderen Menschen.
Ich bin überzeugt, daß ich vom Leben nie etwas Wertvolleres haben werde als die Entdeckung, wie ich es fertigbekommen kann, diese Augenblicke nach Belieben hervorzurufen. Auch ist mir bisweilen eine Art geglückt, sie zu verlängern: ich setze mich in irgendein ganz neues helles Café mit großen Fenstern und nehme von hier aus den Lärm des Hin und Her und der Straße in mich auf, die jäh aufspringenden Farben und Stimmen und die innere Ruhe, die den ganzen Aufruhr mäßigt.
Ich habe innerhalb weniger Jahre Enttäuschungen und brennende Gewissensqualen erlitten, und doch kann ich versichern, daß mein heißester Wunsch allein dieser Frieden und diese heitere Ruhe ist. Ich bin für die Stürme und

für den Kampf nicht geschaffen; wenn ich auch an manchen Vormittagen hinuntergehe, zitternd vor Verlangen, die Straßen zu durcheilen, und mein Schritt einer Herausforderung gleicht, so wiederhole ich: nichts fordere ich vom Leben, als daß es sich betrachten läßt.
Und doch läßt auch diese bescheidene Lust manchmal geradezu die Bitterkeit eines Lasters in mir zurück. Nicht erst seit gestern weiß ich, daß zum Leben eine Schläue notwendig ist, mehr sich selbst als den andern gegenüber. Ich beneide diejenigen, die es fertigbekommen – es sind besonders die Frauen –, eine schlechte Tat, eine Bosheit zu begehen oder auch nur eine Laune zu befriedigen, nachdem sie eine ganze Reihe von Umständen dahin dirigiert haben, daß ihre Tat vor ihrem eigenen Gewissen als rechtmäßig erscheint. Ich habe keine großen Laster – falls nicht die Neigung, sich aus Mangel an Vertrauen vom Kampf zurückzuziehen und eine einsame Gemütsruhe zu suchen, das größte der möglichen Laster ist –, aber ich verstehe es auch nicht, mich selbst mit Schlauheit zu behandeln und mich in der Gewalt zu haben, wenn ich das Wenige genieße, das mir gewährt ist.
Kurz, es kommt vor, daß ich manchmal auf dem Corso stehenbleibe, rundum blicke und mich frage, ob ich das Recht habe, diese Keckheit zu genießen. Das geschieht besonders, wenn meine Ausgänge häufiger sind. Nicht, daß ich meiner Arbeit die Zeit raubte; ich sorge anständig für meinen Lebensunterhalt und für den einer Nichte im Internat: sie steht allein in der Welt, denn die Alte – sie nennt sich meine Mutter – will sie nicht im Haus haben. Was ich mich frage, ist dies: ob ich bei diesem Entrückungs-Spaziergang nicht lächerlich bin, lächerlich und abstoßend. Denn manchmal denke ich, daß ich ihn in Wahrheit nicht verdiene.
Oder, wie es gestern vormittag geschah, ich brauche nur in

einem Café zufällig irgendeiner merkwürdigen Szene beizuwohnen, die mich anfangs dadurch täuscht, daß die betreffenden Menschen normal wirken, und schon werde ich die Beute eines schuldbewußten Einsamkeitsgefühls und vieler trostloser Erinnerungen, die, je weiter sie sich von mir entfernen, in ihrem unbeweglichen Leben um so mehr quälende, furchtbare Bedeutungen bloßlegen.
Es waren fünf Minuten Spaß zwischen der jungen Kassiererin und einem Besucher in hellem Überrock; ein Freund begleitete ihn. Der junge Mann schrie, die Kassiererin schulde ihm den Rest eines Hundertlirescheins, und er schlug mit der Hand auf die Kasse und behauptete, er müsse ihre Handtasche und ihre Kleidertaschen durchsuchen.
»Junge Frau, so behandelt man Kunden nicht«, sagte er, wobei er dem verlegenen Freund zublinzelte. Die Kassiererin lachte. Der junge Mann erfand die Geschichte einer Reise, die sie mit diesen hundert Lire im Fahrstuhl eines Tageshotels zusammen machen würden. Die Sache war so komisch, daß sie am liebsten laut herausgeplatzt wären; aber sie beschlossen ganz ernsthaft, sie würden dieses Geld auf einer Bank deponieren – wenn sie es gehabt hätten.
»Addio, junge Frau«, rief er schließlich im Hinausgehen. »Denke heute nacht an mich.«
Erregt und lachend sagte die Kassiererin zum Kellner: »Was für eine Type!«
Ich hatte diese Kassiererin schon an anderen Vormittagen beobachtet, und manchmal, in einem Augenblick des Vergessens, lächelte ich, ohne sie anzusehen. Aber mein Frieden ist allzu labil, es ist wirklich nicht viel dran. Ich bekam die üblichen Gewissensbisse.
Alle sind wir auf dieser Welt innerlich schmutzig, aber es gibt zwei Arten von Schmutzigsein: die eine, liebenswür-

dige, lächelt dabei und bringt auch andere zum Lächeln, und eine andere, einsame, schafft um sich her Leere. Doch im Grunde ist die erste Art nicht die dümmste.
An solchen Vormittagen überfällt mich jedesmal neu der Gedanke, daß wirklich schuldhaft in meinem Leben nur die Dummheit ist. Andere bewirken vielleicht etwas recht Böses mit Berechnung, mit Selbstsicherheit, wobei sie sich für das Opfer und das Spiel interessieren – und ich vermute, daß ein so verbrachtes Leben viel Befriedigung geben kann; was mich betrifft, so habe ich nie etwas anderes getan, als an einer großen, unnützen Unsicherheit zu leiden und, wenn ich mit andern in Berührung komme, in einer blödsinnigen Grausamkeit um mich zu schlagen. Denn – da gibt es keinen Ausweg – es genügt, daß ich einen Augenblick der Gewissenspein meiner Einsamkeit nachgebe: und schon denke ich wieder an Carlotta.
Seit mehr als einem Jahr ist sie tot; ich kenne nun schon alle Wege, die die Erinnerung an sie durchlaufen kann, um mich zu überfallen. Wenn ich will, kann ich auch den anfänglichen Gemütszustand, der ihre Erscheinung vorbereitet, erkennen und mich gewaltsam ablenken. Aber ich will das nicht immer; und noch jetzt bietet mir diese Gewissenspein dunkle Winkel, neue Punkte, die ich mit der gleichen zitternden Angst wie vor einem Jahr erforsche. Ich bin mit Carlotta so quälend wahrhaftig umgegangen, daß jeder dieser zurückliegenden Tage für mein Gedächtnis nicht etwas Festes darstellt, sondern etwas wie ein Gesicht, das vor mir zurückweicht, genau wie es mir mit der heutigen Wirklichkeit ebenfalls geht.
Nicht daß Carlotta ein Geheimnis gewesen wäre. Sie war vielmehr, die Ärmste, als Frau viel zu einfach; und solche Frauen machen, wenn sie einmal einen Augenblick sich selbst nicht treu sind und eine Koketterie versuchen oder sich selbst entfliehen wollen, den andern vollkommen

nervös. Aber solange sie einfach bleiben, nimmt niemand von ihnen Notiz. Ich habe nie begriffen, wie sie es ertrug, sich den Lebensunterhalt an der Kasse zu verdienen. Als Schwester wäre sie ideal gewesen.

Eines ist mir jedoch bis heute nicht klargeworden: ich bin weder meinen damaligen Gefühlen noch meinem damaligen Verhalten je auf den Grund gekommen. Was soll ich zum Beispiel von dem Abend sagen, als Carlotta ein Samtkleid angezogen hatte – ein altes Kleid –, um mich in ihrer kleinen Zweizimmerwohnung zu empfangen, und ich zu ihr sagte, ich hätte sie lieber im Badeanzug gesehen? Ich war erst wenige Male bei ihr gewesen und hatte sie noch nicht einmal geküßt.

Na schön – Carlotta hatte ein verlegenes Gesicht gemacht, hatte sich in den Vorraum zurückgezogen und war, unglaublich, im Badeanzug wiedererschienen. An jenem Abend geschah es, daß ich sie umarmte und auf den Diwan warf; aber sobald es zu Ende war, sagte ich ihr, ich sei nachher gern allein, und ging davon und ließ mich drei Tage nicht blicken, und als ich zurückkehrte, sagte ich Sie zu ihr.

Dann begann ein unsinniges Hofieren, das auf ihrer Seite aus zitternden Bekenntnissen, auf der meinen aus spärlichen Worten bestand; plötzlich sagte ich du zu ihr, aber Carlotta wies es zurück. Da fragte ich sie, ob sie sich mit ihrem Mann wieder versöhnt habe. Carlotta kamen die Tränen, und sie sagte: »Er hat mich nie so behandelt, wie Sie mich behandeln.«

Es war leicht zu erreichen, daß sie den Kopf an meine Brust lehnte und ich sie streicheln und ihr sagen konnte, ich liebte sie – ich war ja allein, und warum hätte ich diese Witwe nicht lieben sollen? Und Carlotta gab nach, sie bekannte mir leise, sie habe mich vom ersten Augenblick an gern gehabt, ich mache ihr den Eindruck eines ungewöhn-

lichen Mannes, aber ich hätte sie in der kurzen Zeit, die wir uns kannten, schon viel erdulden lassen; und, sie wisse nicht warum, alle Männer behandelten sie auf diese Art.
»Einmal heiß und einmal kalt«, sagte ich lächelnd in ihr Haar, »das macht die Liebe dauerhaft.«
Carlotta war bleich, mit riesigen, von der Müdigkeit etwas erschöpften Augen, und bleich war auch ihr Körper. In jener Nacht fragte sie mich im Dunkel ihres Zimmers, ob ich sie das letzte Mal verlassen hätte, weil mir ihr Körper nicht gefiele.
Aber auch diesmal hatte ich kein Mitleid; mitten in der Nacht zog ich mich wieder an und redete mich gar nicht erst heraus, ich sagte einfach, ich müsse mir Bewegung machen und hinuntergehen. Carlotta wollte mit mir kommen. »Nein, ich bin gern allein.« Ich gab ihr einen Kuß und verließ sie.

II

Als ich Carlotta kennenlernte, kam ich aus einem Sturm, der mich beinahe das Leben gekostet hätte; und es stimmte mich bitter und erfüllte mich zugleich mit Freude, wieder durch die öden Straßen zu gehen und vor der zu fliehen, die mich liebte. Lange Zeit war es mein Los gewesen, Nächte und Tage gedemütigt hinzubringen, in wildem Zorn über die Launen einer Frau.
Jetzt bin ich überzeugt, daß keine Leidenschaft so viel Kraft hat, die Natur dessen zu verändern, der sie erduldet. Man kann daran sterben, aber die Dinge ändern sich nicht. Wenn der Taumel vergangen ist, wird man wieder der brave Mann oder Halunke, Familienvater oder Junge, der man war, und lebt seinen eigenen Tag. Oder besser: man hat in der Krisis seine eigene, wahre Natur gesehen, und diese setzt uns in Schrecken, und das normale Leben ekelt

uns an, und man wäre am liebsten tot, so abscheulich ist der Schimpf, den man uns angetan hat – aber wir können keinen anklagen als uns selbst. Ich verdanke es jener Frau, wenn ich jetzt dieses merkwürdige Leben führe, in den Tag hinein, ohne Ziel, nicht imstande, mich fest an die Welt zu binden, gefühllos meinem Nächsten, gefühllos meiner Mutter gegenüber, die ich ertrage, meiner Nichte gegenüber, die ich nicht liebe: alles verdanke ich jener Frau; aber wäre ich mit einer anderen besser gefahren? Ich meine, mit einer anderen, die fähig wäre, mich so zu demütigen, wie es meine Natur erfordert?

Damals jedenfalls hat mir der Gedanke, daß schlecht an mir gehandelt wurde, daß man diese Frau treulos nennen konnte, einigen Trost gegeben. Bei einem bestimmten Grad des Leidens ist es unvermeidlich, ist es ein natürliches Anästhetikum, daß man denkt, man leide ungerecht: das belebt wieder und festigt, unseren heimlichsten Wünschen gemäß, den Zauber des Lebens, gibt uns von neuem das Gefühl unseres Wertes den Dingen gegenüber; es schmeichelt. Ich hatte empfunden und hätte gewünscht, daß die Ungerechtigkeit, die Undankbarkeit womöglich noch grausiger sein sollten. Ich erinnere mich – an jenen langen Tagen, an den angsterfüllten Abenden – eines unbestimmten, geheimen Gefühls, wie eine Atmosphäre oder eine Erleuchtung: das Staunen, daß all das geschah, daß die Frau wirklich diese Frau war, die Wahnvorstellungen und tiefen Schmerzen wirklich diese, die Seufzer, Worte, Tatsachen, ich selbst – daß all das wirklich so geschah.

Und siehe da, weil ich eine Ungerechtigkeit erduldet hatte, vergalt ich diese Ungerechtigkeit, wie es in der Welt so geht, nicht der Schuldigen, sondern einer anderen.

Carlottas kleine Wohnung verließ ich bei Nacht satt und aufgeheitert und hatte Spaß daran, allein herumzugehen;

ich schob alle Eile von mir weg, freute mich in Freiheit an der langen Allee, hing vagen Empfindungen und Gedanken an die frühe Jugend nach. Die Einfachheit der Nacht – Dunkel und Straßenlaternen – hat mich immer zärtlich aufgenommen, sie gewährte mir die absonderlichsten, angenehmsten Phantasien, tönte sie mit ihrem Kontrast und machte sie riesengroß. Sogar der dumpfe Groll, den ich gegen Carlotta hegte wegen ihrer Sucht, sich zu demütigen, hatte hier freies Spiel, er war gelöst von einer gewissen Verlegenheit, die ich in ihrer Gegenwart empfand, weil sie mir dann leid tat.

Aber ich war nicht mehr jung. Um mich von Carlotta leichter zu lösen, dachte ich immer wieder über ihren Körper und ihre Zärtlichkeiten nach und zerlegte beides. Ich schätzte roh genug ab, wie es ihr – sie lebte von ihrem Mann getrennt und war noch jung und kinderlos – geradezu unwirklich erscheinen mußte, daß sie bei mir ihrem Liebesbedürfnis freien Lauf lassen konnte. Aber die Ärmste war als Liebende allzu einfach, und vielleicht hatte schon ihr Mann sie darum betrogen.

Ich erinnere mich an den Abend, an dem wir Arm in Arm vom Kino zurückkamen und Carlotta, als wir durch die halbdunklen Straßen gingen, zu mir sagte:

»Ich bin so froh. Es ist schön, mit dir ins Kino zu gehen.«

»Bist du mit deinem Mann nie hingegangen?«

Carlotta lächelte. »Bist du eifersüchtig?«

Ich zuckte die Achseln. »Das ändert sowieso nichts.«

»Ich bin müde«, sagte Carlotta und hängte sich fest an meinen Arm. »Diese nutzlose Kette, die uns bindet, ruiniert das Leben mir und ihm und zwingt mich, einen Namen zu respektieren, der mir nur Böses angetan hat. Man müßte sich scheiden lassen können, wenigstens wenn keine Kinder da sind.«

An jenem Abend war ich von der langen, warmen Berührung und von der Sehnsucht zärtlich gestimmt.
»Du hast also Gewissensbedenken?«
»O Lieber«, sagte Carlotta, »warum bist du nicht immer so gut wie heute abend? Stell dir vor, wenn ich mich scheiden lassen könnte!«
Ich sagte nichts. Einmal, als sie von Scheidung sprach, war ich losgefahren. »Aber ich bitte dich, wem geht es besser als dir? Du tust, was du willst, und ich wette, daß er dir noch immer etwas zahlt, wenn es stimmt, daß er dich betrogen hat.«
»Ich habe nie etwas haben wollen«, hatte Carlotta geantwortet. »Seit damals arbeite ich«, und sie hatte mich angesehen. »Jetzt nun gar, wo ich dich habe, würde es mir vorkommen, als betrüge ich dich.«
An diesem Kinoabend hatte ich ihr den Mund mit einem Kuß verschlossen. Dann hatte ich sie ins Bahnhofscafé geführt und ihr zwei Gläser Likör bringen lassen.
In dem dunstigen Licht, das durch die Scheiben fiel, saßen wir in einer Ecke wie Verliebte. Auch ich trank etliche Gläser und sagte laut zu ihr:
»Carlotta, machen wir heute nacht ein Kind?«
Jemand sah uns an, weil Carlotta, lachend und mit rotem Gesicht, mir den Mund mit der Hand verschloß.
Ich redete, redete. Carlotta sprach von dem Film und sagte dummes Zeug, aber leidenschaftliches dummes Zeug, wobei sie uns mit der Filmhandlung verglich. Ich trank, denn ich wußte, das war die einzige Art, Carlotta gern zu haben.
Die Kälte draußen belebte uns wieder, und wir eilten nach Hause. Ich blieb die ganze Nacht bei ihr, und am Morgen beim Aufwachen spürte ich, wie sie, zerzaust und schlaftrunken neben mir, eine Umarmung versuchte. Ich stieß sie nicht zurück; doch als ich mich erhob, tat mir der Kopf

weh, und die verhaltene Freude, mit der Carlotta mir trällernd den Kaffee bereitete, ärgerte mich. Dann wollten wir eigentlich zusammen ausgehen, aber sie dachte an die Pförtnersfrau und schickte mich vor, nicht ohne mich hinter der Tür zu umarmen und zu küssen.

Von diesem Erwachen sind mir am lebhaftesten die Zweige der Bäume am Corso in Erinnerung: steif, tropfend im Nebel, standen sie hinter den Vorhängen. Die Wärme und Geschäftigkeit im Innern und die kalte Luft des Morgens draußen fuhren mir belebend ins Blut; nur hätte ich gern alles allein betrachtet und hätte gern geraucht, wobei ich mir ein ganz anderes Erwachen und eine andere Gefährtin vorstellte.

Die Zärtlichkeit, die Carlotta mir in diesen Fällen zu entlocken verstand, warf ich mir vor, sobald ich allein war. Ich verbrachte wuterfüllte Augenblicke damit, meinen Sinn genau zu durchforschen, um mich auch von der armseligen Erinnerung an sie freizumachen und mir Härte vorzunehmen, die ich nur allzusehr in die Tat umsetzte. Es sollte ein für allemal klar sein, daß wir uns nur aus Langeweile liebten, aus schlechter Angewohnheit, aus irgendeinem beliebigen Beweggrund, nur nicht dem, über den sie sich Täuschungen hingab. Mich ärgerte die Erinnerung an ihren bedeutungsvollen glückseligen Blick nach unserer Umarmung, und ich war empört, ihn an ihr zu bemerken, während die einzige, von der ich sie mir gewünscht hätte, sie mir nie erlaubt hatte.

»Wenn du mich so annimmst, wie ich bin, gut«, sagte ich einmal zu ihr, »aber schlag es dir aus dem Kopf, in mein Leben einzudringen.«

»Hast du mich nicht gern?« stammelte Carlotta.

»Das bißchen Liebe, dessen ich fähig bin, habe ich restlos verbraucht, als ich jung war.«

Aber manchmal geriet ich in Zorn darüber, daß ich es aus

schandbarem Bedürfnis oder aus Wollust hatte geschehen lassen, ihr ein wenig Neigung entgegenzubringen.
Carlotta versuchte zu lächeln.
»Sind wir wenigstens gute Freunde?«
»Höre«, sagte ich ernsthaft, »diese Geschichten sind mir zuwider: wir sind ein Mann und eine Frau, die sich langweilen, und wir fühlen uns im Bett wohl.«
»Oh, das ja«, sagte sie, grub mir die Nägel in den Arm und verbarg ihr Gesicht, »du gefällst mir, du gefällst mir.«
»Und weiter gibt es nichts.«
Es genügte eines dieser Gespräche, in denen mir schien, ich sei schwach gewesen, daß ich sie ganze Wochen mied und ihr, wenn sie mich aus ihrem Café im Büro anrief, antwortete, ich hätte zu tun. Das erste Mal versuchte Carlotta sich zu empören. Da ließ ich sie einen Abend in Angst zubringen: ich blieb kalt auf dem Diwan sitzen – der Lampenschirm warf auf ihre Knie ein weißes Licht –, und ich spürte in dem Halbdunkel den kaum zurückgehaltenen Kummer ihrer Blicke. In der unerträglichen Spannung sagte schließlich ich selbst: »Bedanke dich bei mir, meine Gnädige – an diese Sitzung wirst du dich vielleicht mehr erinnern als an vieles andere.«
Carlotta rührte sich nicht.
»Warum bringst du mich nicht um, meine Gnädige? Wenn du meinst, du könntest mir gegenüber das Weibchen spielen, so verlierst du deine Zeit. Launen leiste ich mir selbst.«
Carlotta keuchte.
»Nicht mal der Badeanzug schafft es heute nacht«, sagte ich zu ihr.
Carlotta sprang nach vorn, ihr dunkler Kopf kam in dem weißen Licht wie ein Gegenstand, der geworfen wird, auf mich zu. Ich hob abwehrend die Hände. Aber Car-

lotta stürzte vor meine Knie hin und weinte. Ich legte ihr zwei-, dreimal die Hände auf den Kopf und erhob mich.
»Auch ich müßte weinen, Carlotta. Aber ich weiß, es nutzt nichts. Alles, was du empfindest, habe auch ich empfunden. Ich habe mich umbringen wollen, aber dann hat es mir an Mut gefehlt. Darin liegt ja der Witz: wer so schwach ist, daß er an Selbstmord denkt, ist zu schwach, ihn zu vollbringen... Komm, Carlotta, sei brav!«
»Behandle mich doch nicht so!« stammelte sie.
»Ich behandle dich gar nicht ›so‹. Aber du weißt, daß ich gern allein bin. Wenn du mich allein gehen läßt, komme ich zurück; sonst werden wir uns nicht mehr sehen. Hör zu, du möchtest doch, daß ich dich liebe?«
Carlotta hob unter meiner Hand das entstellte Gesicht.
»Dann hör auf, mich zu lieben. Etwas anderes gibt es nicht. Wo der Hase ist, ist der Jäger nicht fern.«
Solche Szenen erschütterten Carlotta viel zu tief, als daß sie daran gedacht hätte, von mir zu lassen. Und dann – bezeichneten sie nicht eine tiefgehende Gleichartigkeit unserer Temperamente? Carlotta war im Grunde einfach, allzu einfach, und konnte das nicht klar erkennen, doch sicher spürte sie es. Die Unglückliche versuchte mich mit Scherzen zu fangen und sagte manchmal: ›So ist das Leben!‹ und ›Ach, ich Ärmste!‹
Ich glaube, daß ich, hätte sie mich damals entschieden zurückgewiesen, ein wenig gelitten hätte. Aber Carlotta konnte mich nicht zurückweisen. Wenn ich zwei Abende nacheinander nicht gekommen war, hatte sie Schatten unter den Augen. Und wenn mich manchmal das Mitleid oder die Zärtlichkeit packte, wenn ich in ihr Café kam und sie fragte, ob sie mit mir ausgehen wolle, erhob sie sich mit glühendem Gesicht, wurde verwirrt und sogar hübscher.

Mein Groll richtete sich nicht gegen sie; er richtete sich gegen jede Begrenzung und jede Unterwerfung, die unsere Intimität mir auch nur andeutungsweise zu schaffen schien. Da ich Carlotta nicht liebte, erschien mir selbst ihr kleinstes Anrecht auf mich grauenhaft. Es gab Tage, wo es mich schauderte, sie zu duzen, es würdigte mich herab. Wer war diese Frau für mich, daß sie sich bei mir einhakte?
Zur Entschädigung kam ich mir wie neugeboren vor, wenn ich an manchen halben Tagen, zu manchen Stunden, nachdem die Arbeit getan war, hinaus an die Sonne gehen konnte durch die lichterfüllten Straßen, befreit von Carlotta, von allem, körperlich gesättigt, wenn der alte Schmerz eingeschlafen war: einfach nichts tun als sehen, schnuppern, empfinden wie zu der Zeit, da ich jung war. Daß Carlotta an der Liebe zu mir litt, linderte meine vergangenen Qualen und machte sie kümmerlicher, entfremdete sie mir ein wenig, als kämen sie aus einer Welt, über die man lachen kann; fern von Carlotta fand ich mich wieder intakt und reicher an Erfahrung. Carlotta war, so dachte ich oft von ihr, der Schwamm, der mich säuberte.

III

An manchen Abenden redete und redete ich, wurde, ins Spiel versunken, wieder zum Jungen und vergaß meinen Groll.
»Carlotta«, sagte ich, »wie fühlt man sich, wenn man verliebt ist? Ich bin das schon seit langer Zeit nicht mehr. Ich glaube, alles in allem ist es schön. Geht es gut, so freut man sich, geht es schlecht, so hofft man. Man hat mir erzählt, man lebe in den Tag hinein. Wie fühlt man sich, Carlotta?«
Carlotta schüttelte lächelnd den Kopf.

»Und dann, Carlotta, macht man sich so viele schöne Gedanken. Der, den wir lieben, der aber nichts davon wissen will, wird nie so glücklich sein wie wir. Außer«, und ich lächelte, »er geht mit einer anderen ins Bett und lacht sich eins.«

Carlotta zog die Brauen zusammen.

»Eine schöne Sache, die Liebe«, schloß ich. »Und kein Mensch entgeht ihr.«

Carlotta diente mir als Publikum. Ich redete an diesen Abenden nur für mich. Das ist die schönste Art, zu reden.

»Es gibt die Liebe, und es gibt den Verrat. Will man die Liebe wirklich genießen, dann muß auch ein Verrat dabei sein. Gerade das verstehen die jungen Burschen nicht. Ihr Frauen begreift das rascher. Hast du deinen Mann betrogen?«

Carlotta wurde rot und versuchte ein kleines Lächeln.

»Wir Jungen waren dümmer. Wir verliebten uns ernsthaft in eine Schauspielerin oder in eine Kameradin und brachten ihr unsere besten Gedanken dar. Nur vergaßen wir, es ihr zu sagen. Soviel ich weiß, entging es keinem Mädchen in unserem Alter, daß die Liebe eine Frage der Schlauheit ist. Es erscheint unmöglich, aber es ist so: die jungen Burschen gehen in die Bordells und schließen daraus, die Frauen draußen wären anders. Was hast du mit sechzehn Jahre getrieben, Carlotta?«

Aber Carlotta hing einem anderen Gedanken nach. Statt zu antworten, drückten ihre Augen aus, daß ich ihr gehörte, und ich haßte die Festigkeit und den Eifer, die aus ihrem Blick strahlten.

»Was hast du mit sechzehn Jahren getrieben?« wiederholte ich und starrte zu Boden.

»Nichts«, antwortete sie ernsthaft. Ich wußte, was sie dachte.

Dann bat sie mich um Verzeihung, sie sagte »Ich Ärmste«, erkannte an, daß sie keinerlei Recht habe; doch jenes Aufblitzen hatte genügt. »Weißt du, daß du blöde bist? Von mir aus könnte dein Mann dich auch wieder holen.« Und ich ging erleichtert davon.

Am nächsten Tag erhielt ich im Büro einen schüchternen Anruf und antwortete trocken. Am Abend sahen wir uns.

Carlotta machte es Spaß, wenn ich ihr von meiner Nichte im Internat erzählte, und sie schüttelte ungläubig den Kopf, als ich ihr sagte, ich würde ins Internat lieber meine Mutter stecken und mit dem kleinen Mädchen zusammenleben. Sie stellte sich uns beide wie zwei sonderbare Wesen vor, die so tun, als seien sie Onkel und Nichte; in Wirklichkeit aber haben sie eine Unmenge Geheimnisse und Tücken, die sie freuen und beschäftigen. Sie fragte mich mißtrauisch, ob die Nichte etwa meine Tochter sei.

»Sicher! Sie wurde mir geboren, als ich sechzehn Jahre alt war. Und dann mußte sie auch noch blond sein, nur um mich zu ärgern. Wie macht man es, daß man blond geboren wird? Für mich sind die Blonden Tiere wie die Affen oder die Löwen. Es würde mir so vorkommen, als sei ich immerzu an der Sonne.«

Carlotta sagte: »Ich war als ganz kleines Mädchen blond.«

»Und ich war kahlköpfig.«

In diesen letzten Zeiten empfand ich für Carlottas Vergangenheit eine gelangweilte Neugier, die mich von Mal zu Mal vergessen ließ, was sie mir früher erzählt hatte. Ich blätterte sie durch, wie man die Zeitungsnachrichten durchblättert. Ich machte mir ein Spiel daraus, sie mit sonderbaren Äußerungen zu verwirren, ich stellte ihr grausame Fragen und beantwortete sie von mir aus. In Wirklichkeit hörte ich nur mich selbst.

Aber Carlotta hatte mich verstanden. »Erzähl mir was«, sagte sie an manchen Abenden und preßte meinen Arm. Sie wußte, die einzige Art, mich als Freund zu haben, war, wenn sie mich zum Reden brachte.

»Habe ich dir je erzählt, Carlotta«, sagte ich eines Abends zu ihr, »daß ein Mann sich für mich getötet hat?« Sie sah mich halb lachend, halb verwirrt an.

»Da gibt es wenig zu lachen«, fuhr ich fort. »Wir haben uns zusammen töten wollen, aber er hat dran glauben müssen. Jugendtorheiten.« Merkwürdig, dachte ich dann, nie habe ich das jemandem erzählt: ausgerechnet Carlotta muß ich das sagen. »Ein Freund von mir, ein hübscher blonder Junge. Der sah wirklich aus wie ein Löwe. Ihr Mädchen schließt solche Freundschaften nicht. In diesem Alter seid ihr schon zu eifersüchtig. Wir gingen zusammen zur Schule, aber wir sahen uns immer abends. Wir sagten Ferkeleien, wie man das unter Jungen tut, aber wir waren verliebt in eine Signora. Sie muß noch am Leben sein. Sie war unsere erste Liebe, Carlotta. Wir verbrachten die Abende damit, über Liebe zu reden, und über Tod. Kein Verliebter ist je gewisser gewesen, von dem Freund verstanden zu werden, als wir beide. Jean – er hieß Jean – hatte eine kühne Traurigkeit, die mich beschämte. Er schuf die Melancholie der Abende, an denen wir im Nebel umherspazierten. Wir hätten nie geglaubt, daß man so sehr leiden könne...«

»Warst du auch verliebt?«

»Ich litt darunter, daß ich weniger melancholisch war als Jean. Schließlich entdeckte ich, daß wir uns töten könnten, und sagte es ihm. Jean befreundete sich mit der Idee nur langsam – er, der gewöhnlich ganz Phantasie war. Wir hatten nur einen Revolver. Wir gingen auf den Hügel, um ihn auszuprobieren – falls er überhaupt losging. Jean schoß als erster. Er war immer ängstlich gewesen, und ich glaube, wenn er es aufgegeben hätte, die Schöne zu lieben, hätte ich es auch aufgegeben. Nach der Probe – wir waren auf einem kahlen Pfad, im Winter, in halber Höhe – dachte ich noch an die Heftigkeit des Schusses, als Jean sich den Lauf in den Mund steckte und sagte: ›Es gibt welche, die es tun‹, und der Schuß ging los und tötete ihn.«

Carlotta sah mich entsetzt an.

»Ich wußte nicht, was ich tun sollte, und riß aus.«

Damals sagte Carlotta zu mir: »Und du hattest diese Frau wirklich gern?«

»Diese Frau? Ich liebte Jean, ich habe es dir ja gesagt.«

»Und du wolltest dich ebenfalls töten?«

»Sicher. Und es wäre eine Dummheit gewesen. Aber es nicht tun, war eine große Feigheit. Manchmal bereue ich es.«

Carlotta erinnerte sich oft an diese Erzählung und sprach von Jean, als habe sie ihn gekannt. Sie ließ ihn sich beschreiben und fragte mich, wie ich damals gewesen sei. Sie fragte mich, ob ich den Revolver aufgehoben hätte.

»Hör mal, bring dich ja nicht um! Du hast doch nie wirklich daran gedacht, dich umzubringen?« Bei diesen Worten sah sie mich forschend an.

»Immer, wenn man verliebt ist, denkt man daran.«

Carlotta lächelte nicht einmal.

»Denkst du noch immer daran?«

»An Jean denke ich manchmal.«

IV

Mit Carlotta hatte ich es recht mühsam um Mittag, wenn ich, aus dem Büro kommend, an den Scheiben ihres Cafés vorüberging und mich nicht sehen lassen wollte, damit ich nicht gezwungen wäre, hineinzugehen und ein bißchen nett mit ihr zu sein. Mittags ging ich nicht nach Hause, ich war dieses Stündchen gern für mich allein in der Trattoria, schloß halb die Augen und rauchte. Carlotta saß auf ihrem Platz, trennte Kassenzettel von der Maschine ab, nickte dabei und lächelte und runzelte die Stirn, und mancher Kunde machte einen Spaß mit ihr.

Sie saß von früh sieben bis vier Uhr nachmittags an der Kasse. Sie trug ein hellblaues Kleid. Und sie verdiente im Monat vierhundertachtzig Lire. Carlotta liebte es, alles auf einmal zu erledigen, sie trank, statt zu Mittag zu essen, eine große Tasse Milch, ohne ihren Platz zu verlassen. Es wäre, sagte sie mir, eine leichte Arbeit gewesen ohne das heftige Zuschlagen der Tür beim Kommen und Gehen der Besucher. Manchmal empfand sie das wie Faustschläge aufs bloße Gehirn.

Seitdem mache ich die Tür, wenn ich in das Café trete, leise zu. Carlotta versuchte mir die kleinen Szenen mit den Besuchern zu beschreiben, aber es gelang ihr nicht, so zu sprechen wie ich, wie es ihr auch nicht gelang, mich zu erschüttern mit ihren flüchtigen Hinweisen auf die Vorschläge, die ihr mancher ältliche Mann machte.

»Geh doch darauf ein«, sagte ich zu ihr, »nur sieh zu, daß ich ihn nicht zu Gesicht kriege. Empfange ihn an den ungeraden Tagen. Und nimm dich vor Krankheiten in acht.«

Carlotta verzog den Mund.

Seit einigen Tagen nagte irgendein Gedanke an ihr. »Sind wir wieder einmal verliebt, Carlotta?« sagte ich zu ihr eines Abends.

Carlotta sah mich an wie ein geprügelter Hund. Ich verlor von neuem die Geduld. Diese Blicke, die abends im Halbdunkel des kleinen Zimmers aufglänzten, diese Händedrücke brachten mich in Wut. Ich fürchtete immer, mich an Carlotta zu binden. Und ich haßte es, daß sie auch nur daran dachte.

Ich wurde wieder schweigsam und flegelhaft. Aber Carlotta nahm meine Ausbrüche nicht mehr mit der früheren, demütig-verhaltenen Erregung entgegen. Sie starrte mich an, wobei sie unbeweglich blieb, und manchmal entzog sie sich mit einer freundlichen Geste der Zärtlichkeit, mit der ich sie wieder besänftigen wollte.
Das behagte mir noch weniger. Ihr den Hof machen, um sie zu haben, widerstrebte mir. Aber die Sache geschah nicht plötzlich. Carlotta sagte:
»Ein Kopfweh habe ich... diese Tür! Halten wir heute abend Ruhe. Erzähl mir etwas!«
Als ich merkte, daß Carlotta Ernst machte und sich als die Unglückliche aufspielte und Gewissensbedenken hervorholte, ließ ich meine heftigen Ausbrüche sein: ich betrog sie einfach. Ich erlebte wieder einen der trüben Abende von früher, wenn ich mich, aus einem Bordell zurückkehrend, in irgendein jämmerliches Café setzte, um auszuruhen, weder froh noch traurig, nur benommen. Ich dachte: so ist es recht; entweder man nimmt die Liebe mit allen ihren Risiken an, oder es bleibt einem nur die Prostitution.
Ich dachte, Carlotta heuchelte nur Eifersucht, und lachte darüber. Carlotta litt. Aber es war nur zu einfach, aus ihrer Qual Nutzen zu ziehen. Und wie es jemandem so geht, wenn er wirklich leidet: sie wurde sogar häßlich. Es tat mir leid, aber ich fühlte, daß ich sie verlassen mußte.
Carlotta sah den Schlag voraus. Eines Abends, als wir im Bett lagen und ich instinktiv ein Gespräch vermied, stieß sie mich plötzlich zurück und kroch an der Wand in sich zusammen.
»Was hast du?« fragte ich ärgerlich.
Sie drehte sich mir unversehens wieder zu und sagte: »Wenn ich morgen verschwände – würde dir das etwas ausmachen?«

»Ich weiß nicht«, stammelte ich.
»Und wenn ich dich betrügen würde?«
»Das Leben ist ein einziger Betrug.«
»Und wenn ich zu meinem Mann zurückginge?«
Sie sprach im Ernst. Ich zuckte die Achseln.
»Ich bin armselig dran«, begann Carlotta von neuem. »Und ich bin nicht imstande, dich zu betrügen. Ich habe meinen Mann gesehen.«
»Wie kam denn das?«
»Er ist ins Café gekommen.«
»Aber ich denke, er war nach Amerika ausgerissen?«
»Ich weiß es nicht«, sagte Carlotta. »Jedenfalls habe ich ihn im Café gesehen.«
Vielleicht wollte sie es mir nicht sagen, aber es fuhr ihr so heraus, daß ihr Mann von einer Signora im Pelzmantel begleitet wurde.
»Dann habt ihr nicht miteinander gesprochen?«
Carlotta zögerte. »Er ist am nächsten Tag wiedergekommen. Er hat mit mir gesprochen und mich nach Hause gebracht.«
Ich muß zugeben, daß ich mich unbehaglich fühlte. Ich sagte leise: »Bis hierher?«
Carlotta preßte sich mit dem ganzen Körper an mich. »Aber ich habe dich gern«, flüsterte sie. »Du darfst nicht glauben ...«
»Bis hierher?«
»Hier war nichts, Lieber. Er hat mir von seinen Geschäften erzählt. Nur – als ich ihn wiedersah, habe ich gemerkt, wie gern ich dich habe. Ich würde nicht mehr zu ihm zurückgehen, auch wenn er mich darum bäte.«
»Dann hat er dich darum gebeten?«
»Nein. Er hat gesagt, wenn er noch einmal heiratete, würde er wieder mich heiraten.«
»Und hast du ihn noch einmal gesehen?«

»Er ist wieder ins Café gekommen mit dieser...«
Das war das letzte Mal, daß ich die Nacht mit Carlotta verbrachte. Ohne von ihrem Körper Abschied genommen zu haben, ohne Bedauern hörte ich auf, sie zu bedrängen, sie im Hause zu treffen. Ich duldete es, daß sie mich anrief und in Cafés auf mich wartete, nicht jeden Abend, doch hin und wieder. Carlotta kam jedesmal und verschlang mich mit den Augen. Wenn wir uns verabschiedeten, bebte ihre Stimme.
»Ich habe ihn nicht mehr gesehen«, flüsterte sie eines Abends.
»Das ist ungeschickt«, antwortete ich ihr, »du solltest versuchen, ihn wieder einzufangen.«
Es ärgerte mich, daß Carlotta, wie sie es zweifellos tat, die Sache mit ihrem Mann bedauert hatte, und es ärgerte mich, daß sie gehofft hatte, mich mit diesem Gespräch an sich zu ziehen. Und diese Blanko-Liebe lohnte weder Carlottas Gewissensbedenken noch mein Risiko.
Eines Abends rief ich sie an: ich würde zu ihr kommen. Sie öffnete mir ungläubig und ängstlich. Ich sah mich im Vorraum mit einiger Absicht um. Carlotta trug ein Samtkleid. Ich erinnere mich, daß sie erkältet war und immerzu das Schnupftuch zusammenpreßte oder es an die gerötete Nase führte.
Ich sah sofort: sie hatte begriffen. Sie war gefügig und schweigsam und antwortete auf meine Fragen mit armseligen Blicken. Sie ließ mich reden, wobei sie mich über ihrem Schnupftuch verstohlen ansah. Dann stand sie auf, kam auf mich zu, lehnte ihren Körper gegen mein Gesicht, und ich mußte sie umarmen.
»Kommst du nicht ins Bett?« sagte sie leise mit der gewohnten Stimme.
Ich ging mit ihr ins Bett, und die ganze Zeit über ärgerte mich ihr feuchtes, von der Erkältung erhitztes Gesicht.

Um Mitternacht sprang ich auf und begann mich anzuziehen. Carlotta knipste das Licht an und betrachtete mich einen Augenblick. Dann knipste sie aus und sagte: »Geh nur.« Verlegen, stolpernd ging ich davon.
In den folgenden Tagen befürchtete ich einen Anruf, aber nichts störte mich. Ich arbeitete Wochen um Wochen in Frieden, und eines Abends packte mich die Sehnsucht nach Carlotta, aber die Scham half mir, mich zu überwinden. Doch wußte ich: wenn ich an ihrer Tür geklingelt hätte, hätte ich das Glück hereingebracht. Diese Sicherheit hatte ich immer gehabt.
Ich gab nicht nach, aber am nächsten Tag ging ich um Mittag vor ihrem Café vorüber. An der Kasse saß eine Blonde. Carlotta mußte die Arbeitsstunden geändert haben. Aber auch am Abend sah ich sie nicht. Ich dachte, sie sei krank, oder ihr Mann habe sie zurückgeholt. Diese Vorstellung mißfiel mir.
Aber mir zitterten die Knie, als die Pförtnersfrau, die regelmäßig den Dienst versah, mich mit kleinen, harten, sehr unfreundlichen Augen ansah und mir sagte, man habe sie vor vier Wochen tot im Bett gefunden, bei geöffnetem Gashahn.

»Si parva licet«

ERSTE SZENE

Es ist früher Morgen. Adam, ein starker junger Mann mit behaarten Beinen und breiter Brust. Er kommt aus der Grotte rechts hinten und bückt sich, um eine Handvoll Kiesel aufzusammeln. Er wirft jeden einzeln mit Sorgfalt gegen den Stamm einer Palme links. Manchmal verfehlt er das Ziel.

ADAM *(plötzlich zusammenfahrend)* Ich gehe fischen.

DIE STIMME EVAS *(aus der Grotte)* Dann geh. Was brauchst du das erst zu sagen?

ADAM Es ist eben so, daß ich keine Lust habe, fischen zu gehen.

DIE STIMME EVAS Dummkopf.

ADAM *(schaut rundum, mit zerstreutem Ausdruck)* Das tue ich zu all dem anderen, Eva.

Schweigen.

Was hast du davon, wenn du mich Dummkopf nennst?

Schweigen.

(Wütend) Es ist eben so: wenn du mich weiterhin auf diese Art behandelst, gehe ich eines Tages auf und davon, und du siehst mich nie wieder. Man kann kein Wort zu dir sagen, ohne daß du losfährst. Brauchen wir das etwa nicht, alle beide, daß wir miteinander reden? Du weißt nicht, was das bedeutet: allein sein. Du warst nie allein. Und du vergißt zu oft, daß du geschaffen worden bist, um mir Gesellschaft zu leisten.

DIE STIMME EVAS Ja, Lieber. Aber warum sagst du mir erst, daß du fischen gehst?

ADAM *(bückt sich, um Kiesel aufzusammeln, und verzieht lächelnd den Mund)* Ich habe es nur so hingesagt, Eva.

DIE STIMME EVAS Du bist mir lieber, wenn du es nicht nur so hinsagst.

ADAM *(wirft mit Wut die Kiesel)* Also gut, ich gehe fischen.

Man hört ein leichtes Lachen Evas. Adam geht. Auf der Waldblöße verbreitet sich die kühle Ruhe des Morgens. Ein Reh hüpft herbei, beschnuppert die Stämme verschiedener Bäume und springt dann mit einem Satz nach links.

Adam kommt zurück, mit der gewohnten Miene; er hängt ein wenig nach links. Er setzt sich in die Mitte auf einen Stein, den Rücken nach der Grotte. Er spricht und sieht dabei vor sich hin.

Der Wald hier ist ganz Eva. Wenn er sprechen könnte, würde er mich behandeln wie sie. Stämme und Stämme, Blätter und Blätter, dunkle Winkel, die an der Sonne trocknen, andere, die nicht trocknen, voller Leben, voller Stimmen, aber auf mich, Adam, pfeift er. So ist es wahrhaftig. Er gibt mir Schatten, gibt mir Schutz, gibt mir Speise und gute Luft, aber keine Vertraulichkeit. Ach, Herr, ich frage mich, ob du begreifst, was das heißen will: allein sein.

Eva ist auf der Schwelle der Grotte erschienen, die gelbe Sonne beleuchtet sie von den Füßen bis zum Hals. Sie ist braun und kräftig, ihr Gesicht bleibt halb verborgen im Schatten und in den kleinen Ackerwindenzweigen, die über den Eingang herabhängen. Adam dreht sich um und betrachtet sie, heiter geworden. Pause.

EVA Sind das jetzt deine Gebete?

ADAM Ich habe nicht gebetet, ich habe mit mir selbst gesprochen.

EVA *(argwöhnisch)* Aber du hast den Herrn um etwas gebeten.

ADAM Ich wage nicht mehr zum Herrn zu sprechen. Seine Wohltaten sind zweischneidig.

EVA *(tritt vor; sie trägt Blumen im Haar)* Was soll das heißen?

ADAM *(gezwungen heiter)* Das letzte Mal, daß ich mich beklagt habe, hat er mir dich geschickt. *(Er will sie umarmen und sie auf seine Knie ziehen.)*

EVA *(rückt ab und sagt trocken)* Du wirst gewöhnlich.

ADAM Und du unverschämt.

EVA All das, weil ich am Morgen nicht herauskomme wie ein Tier aus der Höhle – weil ich mich kämme, statt mich zu schütteln, wie du es tust.

ADAM Du brauchst keinem zu gefallen als mir.

EVA Soweit du dich darauf verstehst!

ADAM *(mit veränderter Stimme)* Ach Eva, warum nur immer diese Feindseligkeit zwischen uns, über die ich toll werde, und du – wozu nutzt sie dir? Wir sind allein auf dieser Welt; ein böses Wort kann niemand wieder heilen. Was brauchen wir uns auf diese Art zu quälen? Gäbe es noch eine Eva oder noch einen Adam, dann würde ich es verstehen.

EVA Du denkst zuviel an dieses ›noch eine Eva‹. Immer sprichst du mir davon. *(Höhnisch)* Hat sie dir der Herr etwa versprochen?

ADAM Dummes Ding. Du weißt genau: wir sind allein.

EVA Noch eine Eva… Ja, wir sind allein. Ich verstehe. Sage mir etwas, du einziger Mann: hätte der Herr statt meiner eine andere Eva geschaffen, mit den gleichen Haaren, dem gleichen Körper, der gleichen Stimme – hättest du sie angenommen, wie du es mit mir getan hast? Und würdest du dich rühmen, du hättest sie genau so gern, und würdest du ihr die gleichen Grimassen ziehen, und würdest du für sie fischen gehen, kurz: würde sie deine Eva sein? Ja oder nein?

ADAM Wie denn – eine andere genau wie du? Mit den gleichen Haaren? Die Eva hieße? Aber das wärest ja du.

EVA Eben. Das wäre ich. Und da beklagst du dich. Hanswurst!

ADAM Aber nein, ich habe nicht verstanden. Wäre es eine andere, würdest nicht du es sein. Aber dann wäre auch ich nicht Adam. *(Er hält lächelnd inne)* Dummes Zeug! Ich bin Adam, und du bist Eva.

EVA *(betrachtet ihn voll Mitleid)* Und wenn der Herr zwei Evas gemacht und dir die Wahl gelassen hätte, welche hättest du gewählt?

ADAM Zwei? Ich weiß nicht... Aber sicher dich! Zwei Evas?

EVA Und warum mich?

ADAM Warum? Eben so... Aber überlege doch, Eva...

EVA Jetzt sage ich dir, was du tun würdest: du würdest alle beide nehmen und sie zwingen, in der gleichen Grotte zu leben. Und dann beklagst du dich, daß ich kein Zutrauen zu dir habe. Das fehlte noch! Du verstehst mich nicht, und du verdienst mich nicht. Ich bin dir zugefallen wie ein reifer Apfel, und du hast geglaubt, du könntest mich ohne Mühe auflesen. Und da läßt du es dir noch einfallen, gegen den Herrn zu murren. Aber da kommst du bei mir nicht an! Und auch der Herr kann nicht damit ankommen, wenn er glaubt, ich brauchte dich, oder ihn. *(Sie geht links ab; Adam bleibt entsetzt zurück.)*

ADAM *(springt auf)* Genug jetzt! Genug! Hast du es gehört, Herr? *(Er horcht.)*

Schweigen.

Er hat es nicht gehört. Er hört nie. *(Er sinkt wieder auf den Stein, den Kopf zwischen den Händen.)*

ZWEITE SZENE

Das gleiche Bild. Es ist Abend. Adam und der Engel des Herrn gehen vor der Grotte auf und ab. Der Engel ist ein schöner, blonder junger Mann; von seinem nur in nebelhaften Umrissen erkennbaren Körper gehen Strahlen aus.

ADAM *(leise)* Sage also dem Herrn, daß ich so nicht weitermachen kann. Das ist bequem: uns zu seinem Ruhm erschaffen und uns unseren Schwierigkeiten überlassen. Er hat mir, wie allen Tieren, Ansprüche gegeben, er hat mir mehr Ansprüche gegeben als den Tieren, wie: eine gewisse Würde zu wahren, eine natürliche Zartheit der Empfindung und eine Urteilsfähigkeit, die sich äußern und ihren Ausgleich haben will in einer Gesellschaft, die mir gemäß ist. Eva hat begriffen, was ich brauche, und benutzt das dazu, sich rar zu machen und mir allen Frieden zu nehmen. Jetzt behauptet sie sogar, daß ich sie nicht so schätze, wie sie es verdient. Und seit heute früh habe ich sie nicht mehr gesehen. Kurz...

DER ENGEL DES HERRN Ich will es berichten, Adam, ich will es berichten, und wenn etwas geschehen kann, soll es geschehen. Aber ich habe den Eindruck, daß man im Himmel dazu neigt, deine Beziehungen mit Eva als ein Gebiet zu betrachten, auf dem man sich der unmittelbaren Einmischung enthält: das wäre aufdringlich und störend. Du darfst eines nicht vergessen, Adam: beim Schöpfungsakt ist dir über deine Gefährtin eine bestimmte Autorität verliehen worden. Was die Eifersucht anlangt, die Eva dir gezeigt hat, so kannst du ihr versichern, daß für jetzt die Erschaffung anderer Wesen vollkommen ausgeschlossen ist. Und im Grunde *(sein Licht blitzt auf)* müßte diese Eifersucht dir auch ein wenig schmeicheln. Addio, Adam.

Eilige Schritte. Von links platzt Eva herein, keuchend, die Haare wirr, das Gesicht erhitzt.

Addio, Adam. *(Er erlischt und verschwindet.)*

Halbdunkel.

ADAM O Eva, glücklich der, der dich sieht!

EVA Was hast du zu dem Engel gesagt? Warum entflieht er, wenn ich komme?

ADAM Das ist nun mal so in diesem Paradies, Eva. Aber du – warum kommst du nicht früher zurück? Erst wenn es dunkel wird, bin ich dir nützlich, nicht wahr?

EVA Ach Adam, warum behandelst du mich so? *(Sie tritt näher)* Genügt es dir nicht, daß wir die ganze Nacht zusammen sind?

ADAM *(kalt)* Ach, du hast Angst vor dem Dunkel, darum hältst du daran fest. Darum!

EVA Du bist gar nicht freundlich, Adam. *(Sie faßt ihn am Arm)* Ich will es dir sagen, wenn du es nicht von dir aus verstehst. Ich entferne mich nur darum, weil du, wenn du mich beständig sähest, meiner müde würdest. Und glaube nur nicht, daß ich nicht darunter leide, wenn ich fern von dir bin. *(Sie preßt sich an ihn)* Aber manchmal muß ich auch für mich allein sein, um über uns beide nachzudenken und dich nicht mit meiner Eifersucht zu quälen. Lieber! Hast du heute an Eva gedacht?

Adam umarmt sie. Eva küßt ihn, sie gehen eng aneinandergepreßt auf die Grotte zu.

Was hast du zu dem Engel gesagt?

Sie treten in die Grotte. Es ist Nacht geworden. In dem Dunkel blinken allmählich die Glühwürmchen auf.

DIE STIMME ADAMS Ich habe ihn gefragt, ob du mich gern hast.

DIE STIMME EVAS Dummer Kerl! Weißt du das nicht selbst?

DIE STIMME ADAMS Manchmal bist du so, daß ich daran zweifle.

DIE STIMME EVAS Und zweifelst du auch jetzt daran?

DIE STIMME ADAMS Nein.

Über die Waldblöße breitet sich heller Mondschein. Schweigen.

DIE STIMME EVAS Sieh! Da ist der Mond. Laß uns hinausgehen.

DIE STIMME ADAMS *(bittend)* Eva, bleiben wir in der Grotte!

EVA *(erscheint auf der Schwelle)* Komm, komm, gehen wir hinaus!

ADAM *(hält sie am Arm fest)* Bleiben wir hier!

EVA *(macht sich los)* Sieh doch, wie schön es ist! Du willst immerzu reden – also los, jetzt rede: was mußtest du dem Engel unsere Angelegenheiten erzählen! Warum tust du so etwas? Du hast mich gar nicht wirklich gern. Ich hatte mich auf dich verlassen.

ADAM Aber nein, man unterhielt sich nur eben so. Und dann weißt du doch, der Engel hat an ganz anderes zu denken. Ich habe ihn gefragt, ob er wüßte, wo du wärest. Das ist alles.

EVA *(widerspenstig)* Ach Adam, wer weiß, was du zu ihm gesagt hast. Und wer weiß, was er dir geantwortet hat, dieser Engel – ganz Licht und sonst gar nichts –, der in alles seine Nase steckt. Warum gibst du dich mit solchen Wesen ab, die nicht einmal eine Hand aus Fleisch und Blut haben, um sie dir hinzustrecken? Sie kommen, sie gehen, man weiß nicht, wo sie leben, und – wie schrecklich! – womöglich ist einer hier, der uns zuhört.

ADAM Aber Eva! Du weißt doch, daß der Herr sie nur schickt, um uns Gutes zu tun.

EVA Und was hast du ihm gesagt?

ADAM Aber nichts! Und du – wo bist du den ganzen Tag gewesen? Höre, ich habe darunter gelitten.

EVA Setzen wir uns.

Sie setzen sich auf die Schwelle.

Ich habe viel über uns beide nachgedacht. Ich bin den ganzen Morgen gelaufen und bin in den Wald des Herrn gegangen und habe mir dort seine Bäume angesehen. Aber weißt du – mich schaudert vor den Schlangen. Und dort gibt es Schlangen von allen Arten, sie winden sich um die Stämme, hinauf und herunter, und mir ist die Idee gekommen – vielleicht täusche ich mich, Adam –, daß der Herr sie dorthin gebracht hat, damit sie Wache halten. Warum? Es kann nur meinetwegen sein, dich schaudert nicht vor ihnen. Das bedeutet, daß der Herr mir nicht traut. Warum? Diese Dinge passen mir ganz und gar nicht, Adam. Entweder er liebt uns – warum dann die Schlangen? –, oder er liebt uns nicht; aber warum dann so viele schöne Worte?

ADAM *(erschreckt)* Erinnere dich, daß der Herr uns zuhören kann.

EVA *(ungeduldig)* Was denn noch alles! Die Wache der Schlangen, die Engel, die in alles ihre Nase stecken. Er selbst, der uns nachspioniert: was für einen Grund haben wir ihm gegeben?

ADAM Aber Eva, das tut er, weil er uns gern hat.

EVA Ich möchte sehen, ob du, weil du mich gern hast, die Eifersucht so weit treiben würdest.

ADAM Auch du bist eifersüchtig auf mich, Eva.

EVA Dummer Kerl! Erstens einmal ist das nicht das gleiche, und dann – *(ernst)* tue ich es auch ein bißchen zum Zeitvertreib und um den Tag hinzubringen. Aber...

ADAM Du tust es zum Zeitvertreib!

EVA *(überzeugt)* Natürlich. Wenn es wirklich noch eine Eva gäbe – du solltest was zu hören kriegen!

ADAM Ah!... *(Er faßt sich wieder)* Dann rechnest du wohl auch so: der Herr spioniert uns nach und gibt eifersüchtig acht auf uns, nur um den Tag hinzubringen und sich zu zerstreuen?

EVA *(die Faust unter dem Kinn)* Dafür, daß er der Herr ist, wäre das ein bißchen dumm. Aber warum nun wirklich der bestimmte Baum und die Schlangen?

ADAM Ach Eva, wie lange schon haben wir nicht mehr so zusammen geplaudert!

EVA *(wie oben)* Adam! Können wir denn diesen Baum wirklich nicht anrühren? Die schönen reifen Früchte! Und wenn wir es nicht dürfen – warum hat er sie geschaffen?

ADAM *(blickt verstohlen rundum)* Siehst du, Eva: ich glaube, es sind Früchte wie alle anderen auch, aber der Herr hat uns verboten, sie anzurühren, um unsere Tage interessanter zu machen. Das ist so etwas wie die Regeln, die wir für unser Steinchen-Spiel erfunden haben. Wenn du die Regeln aufhebst – wo bleibt dann das Spiel? Du kannst gewiß sein, der Herr hat uns gern, sonst hätte er uns doch nicht geschaffen!

EVA *(noch immer in Gedanken versunken)* Es scheint mir dumm.

ADAM Und doch, siehst du: auch heute abend hat dieses Verbot dazu gedient, daß wir uns näher gekommen sind und ein bißchen miteinander geredet haben.

EVA Ich sage dir: es scheint mir dumm.

DRITTE SZENE

Das gleiche Bild. Ein schläfriger Mittag. Adam liegt vor der Grotte langgestreckt, sein Blick folgt zwei vorüberflatternden Schmetterlingen.

ADAM Wenn doch die Engel des Herrn ein bißchen weniger Engel wären! Eva hat recht: alles Licht, und keine Substanz. Aber mit wem, so frage ich mich, mit wem soll so ein Unglücklicher seine Zeit verbringen? Eva ist nicht von meiner Rasse: ihr tut es gut, allein umherzuschweifen. Man könnte sagen, daß Pflanzen und Tiere sich mit ihr verstehen. Sie steckt sich Blumen ins Haar, sie läuft hinter den Rehen her, sie ist imstande, auf einen Baum zu klettern, um einem Papagei die Federn aus dem Schwanz zu rupfen. Kindereien... Aber immerhin vergeht dabei der Tag. Aber warum ist sie jetzt immer unterwegs und kommt erst am Abend zurück? Der Engel hat gut reden, wenn er sagt, ich sei der König dieses Reiches. Es ist ja eben so: ich habe niemanden, dem ich befehlen kann. Diesen Schmetterlingen? Damit komme ich nicht an, wie Eva sagt. *(Er erhebt sich)* Aber ich werde verrückt, wenn ich weiter so mit mir selbst rede. Wäre es doch bald Abend! Von mir aus könnte es immer Nacht sein. Alles so klar, so lebendig sehen, die Tiere, die sich vergnügen, die Wasser, die rinnen, die Blätter, die schaukeln – das bringt mich in Wut.

Es erhebt sich ein großer Wind, der Adam zum Schwanken bringt. Der Wald heult. Blätter und bunte Vögel fliegen vorbei, und in der Ferne hallen Donnerschläge.

Was geschieht? Habe ich etwa geflucht? O Herr, wie leicht du etwas übelnimmst!

Im Wald splittern Bäume. Tritte hallen. Weitere Windstöße. Blitzend fliegt ein Engel herbei.

Was geschieht? Wohin fliegst du? Schickt dich der Herr? Ich demütige mich, ich demütige mich!

DER ENGEL Es ist etwas Entsetzliches geschehen. Eva...

ADAM Oh!

DER ENGEL Die Nachricht ist noch nicht bestätigt. Es ist zu schrecklich. Eva hat von der Frucht vom Baum des Herrn gegessen.

ADAM O nein!

DER ENGEL Ich wünschte, du hättest recht. Aber man hat Satan gesehen, wie er mit Freudengeheul aus dem Paradies sprang. Schon seit einiger Zeit war seine Gegenwart hier unten angekündigt. *(Er verschwindet nach rechts)* Ach ihr unglückseligen Menschen!

Es stürmt weiter, jetzt fällt vom Himmel auch ein fahles Licht. Eilig fliehen Rehe, Tiger, Kaninchen vorbei.

ADAM Ist es möglich? Eva, Eva! Wo mag sie jetzt sein? Und doch – die Reden, die sie geführt hat! Es ist also wahr? O Eva, was hast du getan!

Eva kommt von links, eilig, atemlos. Ihre Augen suchen.

EVA O Adam, wo bist du? Ich habe es für dich getan. Wo bist du? Schütze mich! *(Sie eilt in seine Arme.)*

ADAM Es ist also wahr? Unglückliche!

Eva schluchzt an seiner Brust. In der linken Faust hält sie krampfhaft einen Apfel fest.

Was wird nun der Herr sagen? Warum hast du das getan?

EVA *(unter Schluchzen)* Da war eine Schlange: die sprach. Ich habe sie so sehr gebeten, in die Grotte zu kommen, um uns Gesellschaft zu leisten. Sie hielt so schöne Reden. Sie war so witzig. Ich dachte: wie wird Adam Spaß haben, er, der immer reden will. Wie wird er mir erkenntlich sein und mich gern haben!

ADAM Aber hat dich vor den Schlangen früher nicht geschaudert?

EVA Es war nicht eine Schlange wie die anderen. Sie sprach. Wenn du es gehört hättest! Sie wußte alles. Über alles sagte sie ihre Meinung. Sie hat mir erklärt, daß das Verbot des Baumes wirklich einfach nur ein Spiel dieses dickköpfigen Alten ist: auch er weiß nicht, wie er es anstellen soll, sich zu vergnügen, und er schafft die Wesen zu Seiner Lust... Genau wie du gesagt hast.

ADAM Aber ich habe das nur so hingesagt!

EVA Sie hat mir erklärt, man brauche nur die Regel zu durchbrechen, um ihm begreiflich zu machen, daß er das Spiel ändern soll. Auch wir haben Rechte und sind ein bißchen mehr wert als eine Partie Steinchen. *(Sie hält inne)* Da habe ich den Apfel gegessen. *(Sie streckt ihm die Hand hin)*

ADAM Unglückliche! Und wenn der Herr dich verjagt?

EVA Die Schlange hat gesagt: die Welt ist groß.

ADAM Und ich werde allein bleiben! Hast du nicht daran gedacht, daß ich dich gern habe?

EVA Aber Adam – wenn du mich wirklich gern hast, gibt es ja doch eine Art, es mir zu beweisen...

Pause

ADAM Gib her! *(Er beißt in den Apfel)*

Eva fällt ihm um den Hals.

DIE STIMME DES HERRN *(im Sturm)* Adam, wo bist du?

Haus am Hügel

Ich stieg wieder die Straße zum Hügel hinauf, und die alten Kulissen von Grün und vorspringenden Mauern, wie sie nach und nach an den Biegungen hervortraten, erschienen mir wie künstlich. Ich hatte so lange fern von ihnen gelebt, hatte so selten und nur so vage an sie zurückgedacht, daß ihre tatsächliche Gegenwart auf mich jetzt nur wie ein Symbol der Vergangenheit wirkte.
Aber keine Symbole waren die Brise des Abends und der Duft dieser Erde. Hier fand ich körperhaft die Atmosphäre meiner Jugend wieder, denn all das hatte ich nie vergessen, sondern ich hatte in fernen Landstrichen oder in den Alleen der Stadt die Luft, die mich frühere Zeiten schmecken ließ, oft geatmet.
Auch die Stimme am Telefon war kein Symbol gewesen. Sie hatte mir so klar ans Ohr geklungen, daß ich zusammengefahren war. Genauso hatte ich sie in Erinnerung gehabt. Wahrscheinlich hatte sich Ginia nicht so frisch erhalten, wie ihre Stimme geklungen hatte. Die Stimme gehört, mit dem Duft unseres Körpers, zu dem Unveränderlichsten, das wir haben. Aber ich würde, glaube ich, Ginia am Duft nicht wiedererkennen, und auch nicht am Parfüm.
Ich ging an dem Geländer entlang, das es zu meiner Zeit noch nicht gab, wobei ich die alte Unruhe wiederzufinden suchte, während ich in den Wildbach hinabsah, der so oft allein schon mit seinem kalten Hauch meine schwankenden Schritte aufgehalten hatte – da tauchte aus dem halb ausgetrockneten Bachbett zwischen abbröckelnden Steinen ein blonder junger Mann auf, die Jacke über den

Schultern, und kletterte zum Straßenrand hinauf. Unwillkürlich hielt ich aus Anstand inne; der junge Mann setzte über das Geländer und sprang auf die Straße. Er lächelte, halb spöttisch, halb besorgt, sah mich aber nicht an.
Ich rief ihm launig zu: »Guten Abend.«
Er antwortete hastig: »Guten Abend« und senkte rasch den Kopf; und schon drehte er sich um und stieg mit beschleunigtem Schritt die Straße hinauf.
Als er an der Biegung verschwunden war, dachte ich nicht mehr an ihn, sondern sah mich um und versuchte die Örtlichkeit wiederzuerkennen. Soweit ich mich an den Hügel und an die Folge der Hausnummern erinnerte, blieb mir noch ein gutes Stück Weges. Ich mußte noch über die von Bäumen umstandene Osteria hinaus und an dem immer verlassenen, großen Park entlang gehen, wo man im Juni zwischen dem dunklen Gras die Erdbeeren sah. Was für eine Idee von Ginia, sich hier oben niederzulassen! Ob sie sich noch an die freimütige Gefräßigkeit erinnerte, mit der sie sich über einen Teller Obst hermachte, oder war sie dafür nun schon zu alt?
Obwohl mich die Vorstellung, sie wiederzusehen, ganz beherrschte, war ich doch nicht unruhig. Ich pflege die Einsamkeit zu genießen, besonders wenn ich weiß, daß ich bald aus ihr heraustreten muß; ganz allein, wie ich auf dieser Straße der Vergangenheit war, umtanzten mich die Erinnerungen wie Wölkchen. War das ich? War ich wirklich der Junge von früher? Wen würde ich an diesem Abend sehen? Ich betrachtete den Wildbach und die spärlichen Gittertore der Landhäuser; und mir schien, ich spürte unter den Füßen, die die asphaltierte Straße traten, eine geheime Traurigkeit, fast ein Vorgefühl. Melancholisch waren nur die düsteren Kulissen der alten Bäume, nicht die Brise und die Einsamkeit.
So kam ich wieder an eine Biegung und erkannte von wei-

tem den jungen Mann von vorhin: er saß auf einem Mauervorsprung, sah in den Himmel, der in der ersten Abenddämmerung schimmerte, und rauchte eine Zigarette. Als ich mich ihm näherte, hatte ich den Eindruck, daß er, schlapp wie er da saß, noch außerordentlich jung war. Den einen Fuß hielt er auf den Boden, den anderen auf den Mauervorsprung gestemmt.

Auf meine Frage, ob er mir jenes Haus bezeichnen könne, nahm er die Zigarette aus dem Mund und wies auf ein nur wenige Schritte entferntes Tor: »Hier ist es. Ich gehe auch hin.«

Das Tor war nur angelehnt, dahinter führte eine schmale Treppe auf einen mit blühenden Büschen bepflanzten Hang. Zwischen den Büschen sah man das rote Hausdach; von da oben kam das Stimmengewirr von Menschen, die ein Fest feiern.

Der junge Mann rührte sich nicht. Er fuhr fort, zu rauchen und in den Himmel zu sehen. Ich weiß nicht, warum – aber ich wartete, gegen das Gittertor gelehnt.

Langsam war die Zigarette zu Ende geraucht. Dann sprang der junge Mann auf, lächelte mir zu und trat mit mir durch das Pförtchen.

»Man kann nicht einen Augenblick allein sein«, sagte Ginia, als sie mit mir auf die Terrasse trat und die Tür hinter sich zuwarf. Dort schimmerte ein für sieben oder acht Personen gedeckter Tisch, der in dem kühlen Abend alles Licht des Himmels auf sich versammelte.

»Man meint, man wäre auf einem See«, sagte ich. Ginia warf sich auf eine Bank und betrachtete mich gerührt von Fuß bis Kopf. Von unten her hallten Stimmen und knirschende Schritte auf dem Kies.

Wir redeten lange und eifrig. In Ginia waren Traurigkeiten, durch die ich nicht hindurchdrang; aber dann schwieg

ich und verlor mich in ihren Anblick. Sie war doch noch immer die gleiche.
Schließlich zog sich ihr festes Gesicht zusammen – es wies die ersten Falten auf, ohne daß es welk gewirkt hätte –, und sie sah sich um.
»Unten wird man mich suchen«, sagte sie.
»Ist dein Mann gekommen?«
Ginia lächelte wieder. »Er nicht. Er weiß, daß wir uns viel zu erzählen haben.«
Da sagte ich: »Man würde nie ein Ende finden. Aber alles läßt sich in dem einen zusammenfassen: begehrst du noch immer?«
Ginia senkte – auf doppelsinnige Art – den Kopf. »Dem Himmel sei Dank: ja.«
»Dann ist ja alles gut.«
»Wollen wir hinuntergehen?« fragte sie und stand auf. Sie trug ein einfaches Kleid, weiß wie das Tuch auf dem Tisch.
Als wir hinuntergingen, fragte ich: »Sind alle diese Leute Freunde von dir oder von deinem Mann?«
»Als wir heirateten, haben wir sie zusammengeworfen, wie man es mit den Büchern tut. Die man später nicht mehr liest.«
»Auch die nicht, die neu hinzugekommen sind?« fragte ich in bestimmter Absicht.
»Oh, ja – die schon.«
Als wir in der Dämmerung in den Garten traten, machte ich die Bekanntschaft einiger Gäste. Alle fragten Ginia nach ihrem Mann. Ginia wehrte mit ungeduldig scherzenden Worten ab und forderte mich auf, ich solle mich auf einen Weidenrutensessel setzen. Der blonde junge Mann kam aus einem Gartenweg zum Vorschein.
Mir gegenüber saß, die Beine übereinandergeschlagen, eine hagere Frau.

»Ginia hat mir viel von Ihnen erzählt«, sagte sie mit einemmal vertraulich. Da es dunkel wurde, beugte sie sich vor und kniff die Augen zusammen, um mich besser zu sehen. Dann fiel sie wieder bequem in den Sessel zurück.

»Ginia ist eine ungewöhnliche Frau«, fuhr sie fort, »sie hat die Lebenskraft eines heranwachsenden Mädchens und einen ausnehmenden *goût de vivre*. Wenn sie etwas aus der Vergangenheit erzählt, meint man zu spüren, wie sie sich mit dem ganzen Körper freut. Ich erinnere mich immer daran, wie sie mir einmal die Freude beschrieben hat, die ihr als kleinem Mädchen das Bad bereitete. Auch von Ihnen spricht sie gern. Wie haben Sie sie nach so vielen Jahren gefunden?«

»Gut.«

»Das freut mich. Mir schien sie ein bißchen müde, in Sorge. Vielleicht braucht sie Zerstreuung. Aber das Vergnügen, einen alten und doch jungen Freund wiederzusehen, wird ihr guttun. Kennen Sie ihren Mann?«

»Nein.«

»Sie werden ihn kennenlernen. Aber wie er sich verspätet! Ehemänner verspäten sich immer, nicht?«

Sie lachte ein rauhes, holpriges Lachen; ich schloß im Dunkel halb die Augen und stützte das Kinn in die Hände.

Die rauhe Stimme begann von neuem:

»Paolo ist ein interessanter Mann. Ein ernster Mann, für Ginia vielleicht zu ernst. Ganz das Gegenteil von Ginia. Ginia ist ein kleines Mädchen geblieben, alles an der Hautoberfläche. Paolo lebt vielleicht noch intensiver als sie, läßt nie etwas hindurchschimmern. Ginia hingegen ist ein Kristall, ein köstlicher Kristall. Aber ich bin töricht: Sie kennen sie besser als ich.«

In dem Augenblick knipste jemand aus dem Haus die

Lampe über unserem Kopf an, und in dem aufstrahlenden Licht erschien mir dieses olivenfarbene, hagere Gesicht mit den spöttischen Augen. Viele Stimmen nahmen das Licht mit Beifall auf; die Unterhaltung wurde allgemein.

Ein weiterer Beifall begrüßte die Ankunft von Ginias Mann; er trat, in weißem Flanellanzug, Arm in Arm mit Ginia von der kleinen Treppe her zu uns, gefolgt von dem jungen Mann. Der Hausherr war ein großer Mann mit einem festen Gesicht, er grüßte alle rundum mit einem leichten Lächeln, ohne sich wegen der Verspätung zu entschuldigen. Mir drückte er gleichgültig die Hand und bat uns, Platz zu nehmen. Der junge Mann war in das Dunkel zurückgetreten.

Der Hausherr entfernte sich mit Ginia, um sich zum Essen fertigzumachen. Einige andere standen auf und traten ins Haus. Kurz danach war ich im Kreis der Sessel alleingeblieben, aber ich spürte, daß der junge Mann im Dunkel Luft holte.

»Hier tun alle, was ihnen beliebt«, sagte ich halblaut in verbindlichem Ton.

»Ginia wird zurückkommen, um Sie zu rufen«, antwortete er. Er trat ins Licht und blieb zögernd auf dem Kies stehen. Sein plötzlich beleuchtetes Gesicht erschien mir nicht mehr so jung und glatt, sondern es trug einen leichten Zug von Leiden, der nicht zu den Augen paßte.

»Melancholisch?« fragte ich.

»Entschuldigen Sie mich wegen vorhin«, sagte er langsam.

In diesem Augenblick erschien in der Tür Ginia und trat auf uns zu.

Als das Essen zu Ende war, löschte jemand, während die Mücken umherwirbelten, das Licht, und wir blieben zwischen den dunklen Wipfeln der Bäume auf der Terrasse sitzen. Ginia und Ada begleiteten eine Signora hinein, der es kalt geworden war; für eine Weile sagte niemand ein Wort.

Dann kam eine tiefe Stimme vom anderen Tischende her:

»Heute waren die Gehsteige ein wahrer Backofen.«

Zwei oder drei rauchten, die roten Pünktchen zitterten wie Glühwürmchen, die am gleichen Ort schweben. Ich schlürfte meinen Kaffee, als hätte ich nichts gehört.

Schließlich bemerkte eine andere Stimme – sie kam von Ginias Mann, dessen Gesicht nur ein bleicher Fleck war –:

»Das Ärgste ist vorüber.«

Dann eine schon wohlbekannte Stimme:

»Sind Sie wirklich nie hier oben gewesen?«

»Ich kenne diese Wege«, antwortete ich im Dunkeln. »Ich bin sie oft gegangen, als ich in Ihrem Alter war. In die Wildbäche bin ich zwar nicht hinuntergeklettert, war aber oft in Gefahr, hineinzurutschen. Dann habe ich diese Wege aus den Augen verloren.«

»Und haben Sie Ginia damals gekannt?«

»Der Hügel – das war natürlich eine Sache für sich und Ginia eine andere. Obwohl ich glaube, daß sie an den kleinen Abendessen in der Osteria genauso Gefallen fand.«

Plötzlich sagte der Hausherr:

»Wenn man Ginia von euch reden hört, so hat es den Anschein, als wäret ihr gefährliche Burschen gewesen.«

Das Mädchen kam und sagte ihm etwas ins Ohr. Der Hausherr entschuldigte sich bei uns und folgte dem Mädchen, ohne Bestürzung zu zeigen. Draußen blieben zwei ältere Herren und eine ganz junge Signorina, die hinten am Tisch miteinander plauderten, und mein junger Mann; er ging einen Augenblick unruhig hin und her und lehnte sich dann an das Geländer.

Ich schloß halb die Augen und legte den Kopf zurück. Wieviel Zeit verging, weiß ich nicht – aber dann hörte ich ganz nahe die Stimme des jungen Mannes, der irgend etwas Höhnisches sagte. Dieser Ton bewirkte, daß ich aufstand. Ich nahm ihn am Arm und fragte: »Wollen wir die anderen suchen?«

Er aber führte mich an das Geländer, von wo aus man im Tal ein großes Stück der Stadt sah; sie zitterte wie ein See.

»Sagen Sie mir ehrlich: sind Sie jeden Abend hier?« fragte ich ihn, als wir schon eine Zeitlang am Geländer lehnten.

»Ich habe es satt«, sagte er leise, »satt. Erklären Sie mir, wie Sie es fertigbekommen haben, an Orten wie diesem jung zu sein.«

»So etwas zeigt sich erst, wenn es vorüber ist. Machen Sie weiter und denken Sie nicht darüber nach.«

Er gab keine Antwort.

»Ihnen tut der Hügel nicht gut«, sagte ich ruhig. »Versuchen Sie es dort unten.«

Er sagte nichts, er spuckte bedächtig aus.

»Wie lebt man in Sizilien?« fragte er unvermittelt.

»In Ihrem Fall – gut.«

»Diese blöde Ada!« rief er leise aus. »Haben Sie bemerkt, wie sie sich für Sie und Ginia interessiert?«

»Die Frauen sind alle so.«

In diesem Augenblick trat einer der alten Herrn zu uns und sagte, er mache sich Gedanken um seine Frau.

»Gehen wir sie suchen.«

Aber wir trafen sie schon in der Tür, mit Ginias Mann.

»Mir geht es gut. Aber Ginia fühlt sich nicht wohl.«

»Es ist nichts, gar nichts«, sagte der Hausherr. »Eine Magengeschichte.«

Erregte Worte fielen, und ich sah, daß der Hausherr den

jungen Mann, der sehr aufgeregt war, am Handgelenk festhielt.
»Wohin wollen Sie? Die anderen kommen sofort zurück.«
Wir setzten uns wieder, viele sprachen. Die Signora sagte schwer atmend, an allem sei dieser beständige Wechsel von Hitze und Kälte schuld; und der Hausherr erklärte ruhig, es lohne sich ja gar nicht, von der Sache zu sprechen. Der junge Mann hatte sich nicht wieder hingesetzt, er ging unruhig hin und her.
»Wollen wir rauchen?«
Endlich öffnete sich die Tür, und Ada erschien, düster und höhnisch. Und neben ihr Ginia, bleich, mit einem erstaunten Gesichtsausdruck.

Ich fühlte mich hier nicht wohl. Zum Glück isolierte mich das Halbdunkel, wie es jeden anderen isolierte, der auf der Terrasse saß; ebenso vereinzelt wirkten Ginia und ihr Mann in ihrer weißen Kleidung. Die Grillen zirpten; irgend jemand sagte etwas. Dann redete Ada.
Warum war ich heraufgekommen?
Nach langer, langer Zeit beklagte sich einer der Alten über die Mücken, und man sprach davon, wieder hineinzugehen.
»Es ist ein Jammer, auf diese Aussicht zu verzichten.«
Wir erhoben uns alle und begannen nacheinander die Treppe hinunterzugehen. Ich blieb als letzter zurück; Ginia trat neben mich; das Geräusch der schlurfenden Schuhe übertönte unser Gespräch.
»Armer Kerl. Langweilst du dich?«
»Nicht übermäßig. Haltet ihr es immer so?«
»So ziemlich.« Sie preßte meinen Arm und flüsterte mir, einigermaßen verwirrt, ins Ohr: »Sprich mit diesem Jungen. Laß ihn nicht einen Augenblick allein.«

Unten setzten sich die Alten und Signor Paolo in den Saal, während die Frauen weiter im Garten blieben. Ich stellte mich einen Moment neben das Radio, an dem alle herumdrehten, und als ich gerade wieder den Fuß auf den Kiespfad setzte, kam mir plötzlich aus dem Dunkel Ada entgegen. Ich beobachtete, daß ihr Schritt recht unternehmend war.

»Wo ist Ginia?« fragte ich.

»Sie tröstet sich mit der Jugend«, sagte sie rauh. »Sie haben doch wohl gesehen, was hier gespielt wird?«

»Was denn?«

»Aber wissen Sie es denn nicht?«

»Was?«

»Das sind Dinge, von denen man nicht sprechen darf; aber na – darum heiratet man ja.«

Sie sprach in einem spottenden Ton, rauher als je.

»Los, gehen Sie und gratulieren Sie ihr. Sie erwartet Sie. Sie sagt, so etwas gebe ihr den Eindruck, wieder ein kleines Mädchen zu sein.«

Sie ging hinein. Ich hatte nicht die Absicht, jemanden zu suchen, und setzte mich hin, den düsteren Bäumen zugewandt.

Dann traten aus dem Dunkel Ginia und der junge Mann, Arm in Arm. Sie lösten sich sogleich voneinander, und Ginia lächelte mir zu. Sie setzten sich gleichfalls auf die Weidenrutensessel. Leise, ohne die Stille der Nacht zu stören, klang das Radio aus dem Saal. Die junge blonde Signorina kam rasch heraus und blieb plötzlich auf dem Kies stehen, als sie uns im Kreise sitzend vorfand.

Ich sah nicht zu Ginia hin, um den bittenden Blick nicht zu bemerken, den sie mir zuwarf. Ich stützte das Kinn auf die gefalteten Hände.

»Rechnen Sie noch immer damit, zu verreisen?« sagte ich schließlich.

Statt seiner antwortete Ginia mit einer von weither kommenden Stimme: »Wenn man so, an manchen Tagen, Langeweile verspürt, bekommt man wirklich Lust, sich in den Zug zu setzen.«
»Es ist eine Illusion wie andere auch.«
Der junge Mann rief heftig: »Sie haben vollkommen recht. Und in manchen Fällen ist es auch eine Feigheit. Man sagt es von den Säufern: aber jeder, der vor einer Verantwortlichkeit flieht, ist ein Säufer.«
»Die Verantwortlichkeit, den Sommer auf dem Hügel zu verbringen, erscheint mir nicht so schwer«, sagte Ginia lächelnd.
»Darf ich mittun?« fragte die junge Signorina und setzte sich. »Wie geht es Ihnen, Signora?«
In der Stille, die darauf folgte, horchten wir auf die leichte Stimme des Radios, bis sie schwieg. Es hatte sich eine sanfte Brise erhoben.
»Wollt ihr etwas trinken?« fragte Ginia und erhob sich.
Als sie mit dem Tablett zurückkam, schwiegen wir noch immer. Die kleine Blonde sah uns unruhig an. Ginia begann einzuschenken.
»So viel für jeden – Säufer sind wir alle.«
Die junge Blonde lachte laut. Der junge Mann sprang auf.
»Ich will mit deinem Mann sprechen, Ginia«, sagte er langsam.
Kalt setzte Ginia ein Glas nieder und sah ihn starr an. Einige Sekunden starrten sie einander an.
»Also los«, sagte sie trocken. »Wir werden beide mit ihm sprechen. Gehen wir!«
Der junge Mann wurde purpurrot und lächelte verächtlich. Dann ging er ein Stück neben Ginia her, doch als sie an die Eingangstür kamen, preßte er ihren Arm und ließ sie stehen: er stahl sich fort, in das Dunkel der Beete.

Ginia weinte. Ihr Gesicht war ganz rot geworden, es zog sich zusammen wie das eines kleinen Mädchens. Ich hatte sie nie weinen sehen.
Ich gab ihr den Arm und führte sie an einen Stuhl, damit sie sich setzte; die Tür schloß ich.
Als das Schweigen unerträglich wurde, hob Ginia den Blick zu mir auf. Ihre Augen waren weit aufgerissen und groß.
»Wie du siehst, werde ich alt«, sagte sie lächelnd. »Wohin mag dieser Junge gegangen sein?«
Ich gab keine Antwort, ich sah sie nur an. Ginia redete, ohne sich zu rühren, weiter:
»Er ist naiv. Er war nicht mal imstande, sich zu rächen.«
»Sollte er das?«
»Doch wohl. Es gibt keine rachsüchtigeren Menschen als die Naiven. Sie sind zu allem imstande. Aber sie gehen nie bis auf den Grund.«
»Möchtest du, daß er das getan hätte?«
»Vielleicht wäre es besser gewesen.«
»Weiß er das von dir?«
Ginia nickte ernsthaft.
»Und ist es das, was ihn aufgebracht hat?«
Ginia beugte sich vor, die Hände unter dem Kinn. »Ich glaube, ich bin seine erste Liebe«, sagte sie und verzog dabei den Mund. »Und etwas Gefährlicheres gibt es nicht.«
Ihre geröteten Nasenflügel bebten heftig. Sie sah mich weiter furchtlos an, ihre Augen waren wieder klar geworden. Aber dann senkte sie sie.
Ungezwungen stand sie auf und ging hin und her.
»Hast du mit zwanzig Jahren jemals geglaubt, du wärest Vater?«
Die Tür öffnete sich, Ginias Mann trat heraus; im Zim-

mer klang laut das Radio. Er schloß hinter sich die Tür und kam in der nun entstandenen Stille auf uns zu.
Er sagte zu Ginia: »Ich machte mir Gedanken um dich. Wie geht es dir?«
Ginia machte ein komisches Gesicht: »Wir haben zusammen geweint.«
Da nahm dieser Mann ihre Hand, drehte sie und führte sie an die Lippen. Dann sahen beide, Seite an Seite, mich an, und der Hausherr sagte: »Sie müssen mich entschuldigen – aber ich mache mir Gedanken.«
»Mit Kindern scherzt man nicht«, sagte Ginia.
»Eben.«
Erleichtert gingen wir wieder in den Saal. Ich hatte das Bedürfnis, allein zu sein. Ich suchte Ginias Blick, um eine Bestätigung von ihr zu erlangen. Sie zuckte die Achseln, sie mußte Ada eine Antwort geben. Da trat ich hinaus auf die Schwelle.
Die blonde Signorina saß noch dort, wo wir sie verlassen hatten. Sie starrte auf einen leeren Sessel und schien nachzudenken. Ich drehte ihr den Rücken und ging ins Dunkel.
Ich hatte die unbestimmte Hoffnung, dem jungen Mann zu begegnen, und drang vor bis zu einer kleinen Lichtung unter einer Linde; von da erhob sich, hoch und schwarz, der Hügelrücken. Die Grillen zirpten, kein menschlicher Ton kam bis hierher, nur das Geräusch vom Radio.
Ich versuchte mich an den Gedanken zu gewöhnen, daß der junge Mann verschwunden war. Und das kühle Dunkel, der starke Geruch der Wälder, die Erscheinung Ginias – alles das ließ mir keinen Frieden, es fügte sich nicht mehr in eine vertraute Erinnerung, sondern nagte an den Wurzeln meines Herzens; alles war beunruhigend und doppelsinnig wie etwas, was nicht zu mir gehörte. Ich dachte

auch daran, daß auf dieser Lichtung, vor diesem Hügel Ginia und mein junger Mann gewiß oft zusammen herumspaziert waren.

Dann fand ich ihn wieder: er saß dort, wo zuvor die Signorina gesessen hatte, die Schultern zum Licht. Er war allein; und er schien ganz gesammelt auf Adas Stimme zu horchen, die gewichtig aus dem Saal herausklang.

Als ich stehenblieb, verstand ich einige Worte. Ada scherzte laut. Ich setzte mich hin, dem Licht gegenüber; der junge Mann sah mich, aber er sprach kein Wort. Ich betrachtete ihn friedlich, ohne etwas zu sagen.

Mir war, als sei ich zu unserer Begegnung an der vorspringenden Mauer zurückgekehrt, als er plötzlich die Zigarette weggeworfen und mir zugelächelt hatte. Aber diesmal rauchte er nicht und lächelte auch nicht. Statt dessen sagte er:

»Suchen auch Sie die Einsamkeit?«

Ich gab keine Antwort und sah ihn an.

»Nicht nur beiseite, sondern allein, verstehen Sie? Fort von den Füßen und den Augen. Sie können es Ginia sagen: ich werde allein bleiben. Beruhigen Sie sie!«

Seine Stimme klang rauh, er betonte jedes Wort.

»Warum sind Sie zurückgekommen, es mir zu sagen?« fragte ich.

Er schwieg einen Augenblick, dann redete er weiter:

»Sie können das nicht wissen. Ich wollte es Ginia sagen, aber es hat keinen Zweck. Sagen Sie es ihr, Sie sind ihr Freund. Ich muß gehen.« Er war aufgestanden.

»Ich werde ihr nichts sagen«, sagte ich.

»Warum nicht?«

»Weil mir scheint, daß Sie übertreiben.«

Er sah mir mit diesen verächtlichen Augen starr ins Gesicht, aber er zitterte.

»Gehen Sie zu Ginia«, sprach ich ruhig weiter, »reden Sie

ganz einfach mit ihr und sagen Sie ihr, was Sie denken; Sie werden sehen, Ginia ist keine Frau, die Dummheiten macht, ihr werdet schon aus der Sache herauskommen. Alles übrige zählt nicht.«

»Alles übrige zählt sehr wohl«, stammelte der junge Mann. »Ginia wird nicht zurückkommen. Ginia ist nicht töricht. Ich selbst, der ich mit Ihnen spreche, weiß nicht, was wahr ist.«

Ohne den Blick zu heben, starrte ich auf das Schattengeflecht der Glyzinien auf dem Kies. Ich spürte, wie meine Schläfen pochten und schmerzten.

»Ich gehe«, sagte der junge Mann, »ohne mich von jemandem zu verabschieden. Und werde nicht zurückkommen. Ich bitte Sie, mit Ginia zu sprechen.« Der leicht knirschende Schritt auf dem Kies entfernte sich.

Als ich wieder ins Haus trat, fand ich die Gäste im Begriff, aufzubrechen. Während die Frauen nach oben gingen, sich fertigzumachen, sagte mir Ginias Mann, ich solle nachmittags wiederkommen, wenn es sehr heiß und Ginia allein wäre, sie würde gern mit mir von vergangenen Zeiten sprechen. Ich entschuldigte den jungen Mann, aber er lachte und sagte, er verschwinde oft auf diese Art, um allein auf den Hügeln herumzubummeln. Und in seinem Alter habe er alles Recht dazu.

Als wir, der ganze Schwarm, durch den Garten gingen, preßte Ginia meine Hand und flüsterte mir zu, ich solle wiederkommen, ich solle sie nicht allein lassen. Ihr Mann ging voraus, zwischen der kleinen Blonden und der alten Signora. Am Gittertor drückte Ada ihm heftig die Hand und umarmte Ginia und küßte sie.

Wir gingen in zwei Gruppen. Voran die Signora und die beiden Alten; dahinter ich zwischen Ada und der jungen Blonden. Die düsteren Kulissen der Bäume hatten im Dunkel jede Stofflichkeit verloren; nichts war unter den

Sternen als der Geruch von Erde und Nacht. Ich ging so vor mich hin, ohne Erinnerungen, beteiligte mich kaum an den Gesprächen und ersehnte den Augenblick, da ich allein sein würde.

Das Kornfeld

Solange es noch nicht richtig Sommer war, hatte niemand auf dieses dichte Grün geachtet, das zarter und höher war als sonst; aber als die Abende länger wurden und die Menschen durch die Straßen gingen, um die Kühle zu genießen, fiel ihnen die Sache auf. Das Korn würde noch höher, würde gelb werden und rauschen, womöglich wüchse hier und da Mohn, und eines Tages würde der Alte es mähen wollen und Garben machen und auf den Straßen und in den Geschäften davon reden. Vielleicht würde er versuchen, es zu verkaufen.

Amalia sah scheu nach einigen stämmigen Burschen, die auf dem Straßendamm saßen, dort, wo die Fabrikmauer endete und vor dem Hause der Streifen Feld begann. Sie betrachtete sie scheu, so zwischen Scham und Hoffnung – worauf, wußte sie selbst nicht –, weil das Korn nun grün war. Aber die Burschen schauten eine Weile und gingen weg.

Eines Abends kam Amalia, als die Arbeiter, die in den letzten Häusern der Sperrzone wohnten, auf den Rädern vorüberfuhren, mit dem Hut in der Hand heim und hob den Kopf, um nur ja die grünen Halme nicht zu sehen. Sie aß in Eile, ohne in der Küche auf das schmutzige Papier oder auf die angeschlagenen Teller zu achten; sie aß, was da war, es war ihr gleichgültig; gleichgültig waren ihr auch die Latschen der Mutter und die aufgeknöpfte Hose des Alten, oder daß er sich den Mund mit dem Handrücken wischte; sie wollte nur schnell machen, wollte es sich nicht immer wieder anhören, wie der Alte mit seinem Korn an-

fing und jammerte, daß der Mist das Land nicht gut genug gedüngt habe.
Ohne Hut ging sie in die Abenddämmerung hinaus; sie entfernte sich vom Hause, weil sie vermeiden wollte, daß Tosca sie hier besuchte. Leise trällernd ging sie bis zum Ende der breiten Straße, wo die Bäume wieder begannen, und suchte dort oben das Licht von Tosca. Die Allee war voller Kinder; sie kreischten, solange es noch ein bißchen hell war. Amalia blieb vor dem Spiegel der ›Bar Americano‹ stehen, zog die Lippen nach und ordnete eine Haarlocke. In dem grünlichen Reflex beobachtete sie ihre Augen: sie waren tief und grausam.
Tosca hatte ihr einmal gesagt, sie beneide sie um ihr und der Eltern einzelnstehendes, wenn auch armseliges Haus. Tosca verstand darunter nur die Bequemlichkeit, daß man keine Treppen zu steigen brauchte. Für Tosca war der Sonntag schön, wenn man in die Wiesen ging, um dort zu vespern, und ihr Traum war, einen Tag bei der Weinlese zu verbringen.
Jemand sah sie an. Es war Toscas Bruder. Amalia hatte ihm einmal eine schnippische Antwort gegeben – alles an ihm war ihr zuwider, das verwaschene Blond seiner Haare, das Gesicht mit den boshaften Augen, die dicken, herabbaumelnden Hände, die abgebrochenen Fingernägel. Diesmal murmelte sie lachend irgend etwas Nettes und rührte sich nicht.
»Vorher oder später?« fragte Amalia und lächelte sanfter.
»Wenn du mir das bestimmte Wörtchen sagst, bin ich für später«, sagte Tonino und streckte ihr die Hand hin.
»Ich warte auf Tosca.«
»Ich nicht«, sagte er und zuckte die Achseln. Amalia stampfte vor Ungeduld mit dem Fuß. Aber Tonino, mit sich zufrieden, lachte sich eins. Amalia ging nervös hin und her.

Wenn sie allein war, ging sie durch die Allee im Schatten der Bäume. Überall sank auf die Gerüche von Ölgebackenem, von Staub, von Straße die Kühle des Abends, und das gefiel ihr. Ihr gefiel auch das Rattern der Trambahnwagen in der Ferne.

An diesem Abend betrachtete Amalia unlustig unter der roten Leuchtreklame die Reihen der Fotografien. Tosca machte sich nichts aus Fotos, und so gingen sie langsam weiter. Sie kamen an den ›Giardino‹.

»Ich sehe nach, ob jemand da ist«, sagte Tosca.

Aus einer kleinen Gruppe, die hinter der Hecke saß, winkte ihr jemand zu. »Komm«, sagte Tosca, »Gianni ist da.«

»Wir haben nicht einmal einen Hut auf«, sagte Amalia.

»Den nimmt man sowieso ab. Komm!«

Gianni war da, Tonino war da, alle die Mechaniker der Abteilung waren da. Statt zu tanzen, tranken sie Bier. Auf der Betonfläche zwischen den Bäumen waren nur wenige Paare, aber das Orchester spielte um so lauter. Unter den Bäumen war es kühl.

Amalia lehnte das Bier ab und verlangte einen Kaffee. Sie war wütend, daß sie die Arbeitsstrümpfe anbehalten hatte, denn auf der Betonfläche achtet man, wenn nur wenige Paare da sind, auf die Beine. Einer war in Weiß, er tanzte mit nackten Beinen, als wäre schon Sommer. An einem Tisch im Halbdunkel saß ein Paar: er sportlich, mit Schnurrbart – vielleicht der Besitzer des Autos, das draußen stand –, sie redete mit ihm, auf den Arm gestützt: ein Tippfräulein, ihre Nägel waren lackiert.

Tonino fragte sie spöttisch, ob sie tanzen wolle.

»Jetzt bin ich müde.«

Tosca und Gianni waren schon auf der Tanzfläche.

Die Mechaniker schwiegen, sie lachten nur dumm. Sicher

hatten sie ein Gespräch unterbrochen. Amalia sah sie ausdruckslos an. Tonino sagte:
»Redet doch weiter, Jungens, die Signorina ist sowieso nicht aus Turin.«
Und ein Idiot, der Amalia nicht kannte, fragte:
»Ach – von woher sind Sie denn?«
Einer sagte mit einem Kopfschütteln: »Eine Frau ist immer eine Frau.«
Aber der blöde Kerl mit den Schielaugen blieb beharrlich.
Da antwortete Tonino – diesmal ohne zu grinsen – so richtig mit Würde: »›Wir‹ sind Ackerbauern. ›Wir‹ sind es leid, Kohl zu pflanzen, und sind ausgewandert. Wo ist doch dieser kleine Ort?« fragte er.
Amalia tat, als habe sie nicht gehört, aber sie merkte, daß sie schwitzte. Einen Augenblick schlug ihr Herz so stark, daß es für sie lauter war als das Orchester.
Tonino fuhr fort: »›Wir‹ in dem kleinen Ort sind erhaben über die, die nicht mit uns das Vieh gehütet haben.«
Ein großer junger Mann mit krausem Kopf, die Jacke nachlässig über dem Arm, kam auf den Kreis zu; einer der Mechaniker hob mit einem lauten Zuruf die Hand. Der weiße Trikot ließ die sonnengebräunten Arme frei. Er war mehr als ein Arbeiter. Der Schielende rief lachend: »Remo!«
Sie begrüßten einander laut und fröhlich, und Amalia saß mit gesenktem Kopf da. Dann hörte sie, daß dieser Remo zu den anderen sagte: »Ist sie frei?«
Das Orchester setzte ein, und Amalia sprang auf und lächelte diesem Remo zu. Sie gingen mit großen Schritten zur Tanzfläche.
Der junge Mann legte nicht den Arm um sie, er packte ihre Hand und bog sie gegen ihre Taille; zugleich betastete er, während er sie mit der Rechten umfaßte, ihren Rücken: ob er schön straff wäre. Amalia überließ sich ihm gern. Gegen

Ende des Tanzes fragte der junge Mann sie leise, woher sie sei.
Amalia setzte nur ein erstauntes Lächeln auf. Weiter sprachen sie nichts.
Als der Tanz zu Ende war, sahen sie einander einen Augenblick an. »Ziehen Sie die Jacke wieder über, es ist kühl.« Sie schoben sich zwischen den stehenden Paaren hindurch, gelangten an das Gitter und gingen hinaus in die im Halbdunkel liegende Allee.
Ihr Gefährte hatte sich die Jacke über die Schultern geworfen und hielt sich mit langen Schritten neben ihr. Er sprach nicht: sie sollte verlegen werden.
Amalia hatte einmal schon nahezu vergessen, daß er neben ihr herging, aber sie fing sich wieder und sagte: »Von diesen vier unerzogenen Burschen habe ich genug.«
Er sah sie von der Seite an, dann brummte er: »Es sind blöde Kerle, sie kapieren nichts. Wie heißen Sie?« Er faßte sie am Arm.
Amalia spürte wieder den kräftigen Griff von vorhin und machte sich geschickt los.
»Wir wollen nur eben spazierengehen«, sagte sie leise.
Als sie, zwischen Häusern und dunklen Wiesen, an die Straße mit den Trambahnschienen kamen, hakte sich Amalia bei ihm ein und hörte zu, wie er von dem großen Rennen vom Jahr zuvor erzählte, als sie, er und die Spitzengruppe, gerade durch diese Absperrung gefahren waren. Amalia erinnerte sich undeutlich an einen von Menschenmassen und lauten Rufen erfüllten Sonntag und an einen Schwarm buckeliger, häßlich über die Lenkstangen gebeugter Radfahrer. Amalia hatte seinen Namen nie gehört; aber ihr Tänzer hatte die gute Eigenschaft, daß er sich nicht rühmte, er sagte nur, er renne in der Mannschaft.
»Und was tun Sie jetzt?«
Er trainierte für ein Rennen an der Riviera. Amalia begann

das Herz zu klopfen: denn das bedeutete, daß er bei den Rennen ein wichtiger Mann war.
»Die ganze Riviera entlang?« fragte sie.
Remo lächelte nie. Selbst im Dunkeln hatte Amalia gemerkt, daß er nicht einmal lächelte, als er zu ihr gesagt hatte, sie sei ein hübsches Mädchen, und ihr über die Hüfte gestrichen hatte.
»Die ganze Riviera entlang?«
Remo sagte, Rennen würden beim Training gewonnen, und die Straßen seien alle gleich. Amalia verspürte eine große Sehnsucht, seine unbedeckten Schenkel zu sehen: sicher waren sie kräftig und gut geformt. Sie fragte ihn, ob er Fotografien habe.
Remo, der noch immer ihren Arm preßte, sagte: »Gehen wir auf die Wiese?«
Während sie im Gras saßen, fragte Amalia ihn, wann er an die Riviera gehen werde, und ob er schon dort gewesen sei. Remo brummte irgend etwas und fuhr ihr mit der einen Hand die Beine hinauf, faßte sie um den Hals und küßte sie. Amalia sprang auf. Remo, der flach im Gras lag, hob den Kopf.
Amalia stammelte: »Wir kennen uns doch kaum.«
Remo reckte sich, um sie am Schienbein zu packen. Amalia schnellte zurück und sprang wieder über den Graben auf die Böschung. Drüben, unter der Straßenlampe, fuhr einer auf dem Rad vorüber.
Remo, der noch immer auf der Wiese saß, brummte: »Komm doch her, du dummes Ding. Es ist Nacht.«
»Nein, nein«, sagte Amalia, und das Herz klopfte ihr bis zum Hals. »Wir sind doch keine Hunde!«
Da sprang Remo fluchend auf. Amalia lief leichtfüßig los und erreichte die Straßenlampe. Remo kam ihr mit großen Schritten nach. Amalia ging langsamer und wich auf den Gehsteig aus.

Amalia schlief auf einem Sofa in der Küche und hatte Spiegel und Döschen auf der Kommode im anderen Zimmer, wo Vater und Mutter schliefen. Darum kam sie nach Hause nur zum Essen und Schlafen. Jetzt, wo vor dem Hause das Korn wuchs, blieb sie nicht einmal am Sonntagmorgen daheim.

Das armselige Haus hatte nur zwei Räume; von den Wänden war der Mörtel abgebröckelt, aber sonst war es solide gebaut, vielleicht war es früher eine Osteria gewesen. Amalia hätte gewünscht, die von der Fabrik nähmen den Hof und das alte Haus wieder für sich und ebneten alles ein. Aber ihr Vater schien seiner Sache gewiß: er hatte ja sogar gesät.

Nachts hörte man durch die Tür die Stimmen der wenigen Leute, die vorübergingen, das Gebell einiger Hunde, die Züge, und am frühen Morgen das Quietschen der Karren. Manchmal, doch selten, das Rauschen und Brausen eines Autos.

Dieses armselige Haus also hielt Tosca für bequemer als ihre Wohnung im dritten Stock. Tosca wäre nicht, wie sie es getan hatte, mit dem Rennfahrer auf die Wiese gegangen, sie hätte sich nicht mit ihm dort hingesetzt; sie ging nicht einmal mit Gianni hin. Sie stammte aus diesem Viertel. Aber sie würde ›es‹ im Kino machen. Oder sonntags auf dem Land.

Sie selbst hatte ›es‹ fast noch als Kind im Rebgarten gemacht; aber darauf würde sie nicht mehr hereinfallen. War es der Mühe wert, daß man in die Stadt gekommen war und selbständig sein Leben lebte, wenn man sich dann wie eine Bäuerin in die Wiesen warf? So etwas war wirklich kein Vergnügen; es so abmachen – das war widerlich. Lag einem einmal daran, jemandem etwas zuzugestehen, so hieß es sich von Mädchen wie Tosca unterscheiden: die ließen, für eine Kinokarte oder

einen Ausflug, irgendeinen Mechaniker tun, was er wollte.
Alle Männer sind gleich, dachte Amalia, aber es gibt solche und andere. Der Radfahrer war an dem Abend immerhin fluchend weggegangen. Amalia wollte Tosca fragen, was sie Gianni zugestehe, was sie den anderen zugestehe, doch sie fürchtete, ausgelacht zu werden. Eines Abends war sie schon dabei, in den ›Giardino‹ hineinzugehen – da sah sie dort den ganzen Kreis, Tonino in der Mitte, blieb draußen und reckte den Hals, ob sie zwischen den Bäumen den Krauskopf des Radfahrers entdecken könne. Er war da, trug einen Trikot mit Rollkragen und diskutierte mit rotem Gesicht.
Am nächsten Tag – es war ein nebeliger, kühler Morgen – wusch sich Amalia gerade in der dunklen Küchenecke; da sah sie, als sie aus dem Fenster blickte, einen großen Mann mit nackten Beinen, in weißem Trikot und Mütze, der, an ein Rad gelehnt, das Kinn hob und herumschaute. Es war Remo.
Als Amalia mit gesenktem Kopf, den Hut noch zurechtrückend, heraustrat, brauchte sie nur die wenigen Schritte den Pfad zwischen dem Korn zu gehen, und schon war sie auf der Straße. Sie ging ihres Weges, ohne aufzublicken, und Remo ging neben ihr her und führte mit der Hand das quietschende Rad. Er hatte braune Athletenschenkel, die durch einen fast blonden Haarflaum weicher wirkten. Amalia fluchte im stillen, daß sie sich hatte zu Hause überraschen lassen.
»Geht es zur Arbeit?« fragte Remo genau so langsam, wie er lief.
Amalia sah ihn ärgerlich an und wußte nichts zu antworten. Plötzlich fragte sie widerborstig: »Wird trainiert?« und blieb stehen. Weiter fort, an der Ecke, standen Mädchen und Mechaniker in einer Gruppe vor dem Fabrikein-

gang. In die kühle Luft hinein platzte die letzte Sirene, lang, betäubend, gebieterisch.
»Woher wissen Sie, wo ich wohne?«
Remo ging nicht darauf ein. »Ich komme jeden Morgen hier vorbei, mit meiner Kleinen«, sagte er und wies auf das Rad. »Arbeitest du heute?«
»Ich bin eilig«, sagte Amalia.
»Heute abend komme ich dich abholen.«
»Heute abend gehe ich in einen Film.«
Remo zeigte keine Verwunderung. Er fragte: »Allein?« Und dann: »Ich gehe mit.«
»Kommen Sie mich nicht abholen«, sagte Amalia, »ich werde vor dem ›Giardino‹ sein.«
An diesem Abend aber gingen sie in das Kino in der Stadtmitte, denn Amalia machte ihm begreiflich, daß es ihr nicht paßte, immer die gleichen Gesichter um sich zu sehen. Ehe sie in die Trambahn stiegen, zog Remo die Jacke an. Im Kino verhielt er sich ruhig, denn Amalia sagte spöttisch, alles habe seine Zeit. Der Film, den sie sich von dem bequemen roten Sessel aus ansah, fesselte sie so, daß sie, wenn Remo etwas versucht hätte, darüber wirklich verärgert gewesen wäre.
Auf dem Rückweg blieben sie in einem Café, und Amalia brachte es dahin, daß er von dem Rennen an der Riviera sprach. Er erzählte ihr vom Meer, von den Badegästen und den Palmen. Sie fragte ihn, ob er je im Ausland gewesen sei. Sie wollte, er solle ihr genau sagen, was er in den letzten Jahren getan habe, und was er plane, wenn er das Rennen gewinnen würde.
Remo sprach gern von seinem Rad und von den Rennen, aber viel anderes wußte er ihr nicht zu erzählen. Ab und zu versuchte er plötzlich mit der Hand nach ihr zu langen, und Amalia mußte ihm einen Klaps auf die Finger geben und schämte sich hernach über die Lebhaftigkeit ihrer Geste.

Sie ließ sich nicht bis zum Kornfeld heimbegleiten: sie drückte Remo die Hand, und er blieb mitten auf der Straße stehen, groß und ein wenig gebeugt, und sah ihr nach, wie sie sich entfernte.

Es kamen die heißen Tage, und der Alte war eine Last. Wenn Amalia von der Arbeit kam, fand sie ihn fast immer vor dem Haus, er wog die Ähren in der Hand, kratzte Unkraut heraus und hob das strahlende Gesicht, das von dem struppigen gelben Strohhütchen beschattet wurde, als sei er selbst sein Korn geworden. Er fing mit den Vorübergehenden ein Gespräch an; es war ein Glück, daß er aus seinem altgewohnten Mißtrauen heraus seine lächerlichen Pläne noch nicht allgemein herumerzählte.
Aber mit der Mutter erörterte er alles begierig und rechnete: er sah sich bereits als den Padrone über diese paar Handbreit Feld. Amalia hätte ihre Flasche Kölnischwasser darangegeben, damit die von der Fabrik sie von hier vertrieben. Der Vater aber wurde nachts bei seinen Rundgängen in den Fabrikhöfen immer eifriger, und manchmal blieb er bis zum Morgen draußen, damit die Herren der Fabrik sähen, wie er, die Lampe am Gürtel, die Schlüssel wieder übergab.
Wie war es möglich, daß dieser erdverhaftete, in sich zusammengezogene, zwischen Erdschollen und Stall gediehene Körper vom gleichen Fleisch war wie der ihre? Amalia schauderte bei dem Gedanken, daß er und die Mutter – die Mutter in Latschen, der bärtige, feiste Mund auf dem blutlosen Körper der Mutter – sich zusammengetan hatten, sie in die Welt zu setzen. Wenn Amalia sich in die Küche einschloß und sich im Bottich stehend wusch, war ihr, als kratze sie sich Acker- und Weinbergerde vom Körper.
Eines Morgens sah sie vom Fenster aus, wie der Alte und Remo, der vom Rad gestiegen war, miteinander redeten.

Sie machte Remo eine Szene und ging für diesen Abend nicht dorthin, wo sie verabredet waren. Sobald sie gegessen hatte, lief sie rasch zu Tosca, damit sie nicht in dem armseligen Haus von ihm überrascht würde.
Tosca aß gerade den Salat, und Tonino rasierte sich.
Sie setzte sich an den Tisch, Tosca gegenüber. Tonino sagte, er sehe die beiden im Spiegel.
»Ihr seid glücklich daran«, sagte Amalia, »so allein! Alles, was ihr verdient, gehört euch, ihr braucht euer Leben nicht zu ändern.«
»Warum machst du nicht die Dritte?« fragte Tonino. »Mir wäre es recht.«
Tosca kaute und starrte auf Amalia. »Oh, auf dich kommt es gerade an«, sagte sie zu Tonino. »Das Leben ist eine öde Sache«, fuhr sie fort. »Ich möchte wie du auf einem Stück Land geboren sein; man ist wenigstens nicht den ganzen Tag eingeschlossen, und wenn man müde ist, streckt man sich im Schatten aus.«
Tonino begann zu singen: ›Torna al tuo paesello.‹
Amalia lächelte und sah auf den Salat. »Das ist gar nicht so leicht: zu arbeiten gibt es mehr als hier, und keiner sagt dir Dankeschön. Den Schweinen geht es gut, aber denen, die sie besorgen, nicht. Es ist schlimmer als dienen.«
»Ja, wenn es wenigstens Radfahrer dort gäbe!« rief Tonino, drehte sich halb um und bedeckte den schief lächelnden Mund mit der umgekehrten Hand.
Remo söhnte sich wieder mit Amalia aus, er zeigte Verständnis dafür, daß sie es nicht mochte, wenn sich jemand ums Haus herumtrieb, und erwartete sie vor dem ›Giardino‹. Amalia lächelte, als sie sah, daß er so wie immer auf sie zukam und sie am Handgelenk packte. Aber seinen reuigen Augen zu begegnen, war ihr sogar peinlich. Als sie einmal mit Tosca in der Fabrik Unsinn machte, sagte sie zu ihr: »Ihm fehlt nur das Wort.«

Remo hatte rasch begriffen, daß sie, wenn sie zusammen waren, die Gesichter von der Sperrzone nicht gern um sich sah. So nahm er sie eines Sonntags in ein elegantes Schwimmbad mit, vor dem eine Schlange von Autos stand.

Sie saßen auf dem kühlen Mosaik, die Füße in dem grünlichen Wasser, und rauchten eine Zigarette. Amalia betrachtete die schwimmenden Mädchen und beneidete sie um die schlanken Linien der Hüften und Rücken. In ihrem knappsitzenden Badeanzug kam sie sich ein wenig dick vor; aber sie war doch gut gewachsen. Sie begriff, daß die Haare, wenn sich die Haut bräunte, einen anderen Ton bekamen, und wieviel ein Kopftuch ausmachen kann. Sie bemerkte auch, daß wenige Männer so gut gewachsen waren wie Remo, so daß ihr sein Anblick zum erstenmal ins Blut fuhr.

Als sie mit geschlossenen Augen lang ausgestreckt im Sand lag, erschien ihr die Sonne strahlender und wunderbarer als sonst. War es möglich – war das die gleiche Sonne, die ihr, als sie ein kleines Mädchen war, auf den Feldern Waden und Nacken gebräunt hatte? Remo, der neben ihr lag, fragte sie flüsternd, ob sie an diesem Abend zusammen essen würden. Amalia gab keine Antwort, aber sie nahm an.

Schließlich saßen sie in einem Saal, in dem Kellner im weißen Jackett servierten. Amalia war von dem Tag im Freien ganz benommen und fragte Remo im Spaß, ob nicht sein Training darunter leiden würde. Da lachte Remo zum erstenmal, so offen, daß er die Zähne zeigte, und sagte: »Das Training gibt einem Kraft, es nimmt sie nicht.« An dem Tag trug er ein Hemd mit Tasche und ein Halstuch.

»Ich bin nur ein armes Bauernmädchen«, stammelte Amalia, während sie geeisten Weißwein tranken. »Du hast ja gesehen, wo ich wohne. Mein Vater hat ums Haus Korn angebaut, gerade, als wäre es ein Stall. Wenn du mich

wirklich gern hast, solltest du an dieses Haus Feuer legen. Oder wenigstens an das Korn Feuer legen, es herausreißen, damit ich es nie mehr sehe...«
Remo schleppte sie, während sie immerzu lachte, die Treppen seines Hauses hinauf zu einem Bodenraum, für den er den Schlüssel hatte, und behielt sie bis drei Uhr morgens bei sich.

In den Tagen, die nun folgten, begann Amalia diesen Bodenraum zu hassen: das Klappbett aus Segeltuch und die schräge Wand, an die man, wenn man nicht achtgab, mit dem Kopf stieß. Trotz ihrer neuen Vertrautheit wurde Remo nicht mitteilsamer.
Er antwortete mit einem Brummen, wenn Amalia sagte, es wäre schön, zusammen an die Riviera zu gehen, ein schönes Zimmer zu haben und am Strand umherzuspazieren. Amalia hatte Bedenken, daß sie Remo jetzt vor dem Rennen zu sehr anstrengen könne, aber sie begriff, daß sie ihn an sich binden, ihn verliebt machen mußte: sich ihm zu versagen, würde nun nichts mehr nützen. Im Gegenteil, sie mußte ihn an sich gewöhnen. Um so mehr, als auch sie die Nächte in einem kribbelnden Schweiß verbrachte und Frieden fand nur in diesem Untertauchen, das ihr Blut ihr gab, wenn Remo sie in den Bodenraum mitnahm.
Eines Sonntags fuhr sie auf dem Motorrad, hinter Remo hockend, zur ›Fontana Fredda‹; dorthin kamen Gesellschaften von überallher. Sobald sich Amalia daran gewöhnt hatte, das Gleichgewicht zu halten, spähte sie auf das Land, das rings an ihr vorüberflog, und fühlte sich glücklich, es auf diese Art zu betrachten. Als sie bei Sonnenuntergang in den goldenen Strahlen zurückfuhren, preßte sie die Wange gegen Remos festen Lederrücken und schloß in dem vorüberfliehenden blendenden Schimmer der Bäume halb die Augen.

In der ›Fontana‹ hatte Remo mit einem weißgekleideten Herrn gesprochen, der ihn duzte und ihm mit der Hand auf die Schulter schlug. Es war ein Techniker von der Genossenschaft. Am folgenden Morgen verschärfte Remo das Training und machte mit Amalia aus, es dürfe keine Unordnungen mehr geben. Abends trafen sie sich, um ein Bier zu trinken, oder sie gingen ins Kino. Amalia fragte noch einmal, ob sie ihn nicht am Sonntag des Rennens an die Riviera begleiten dürfe, aber Remo sagte nein.
Allmählich sah sie ihn seltener – einige Augenblicke vor dem Abendessen –, denn Remo ging sofort danach zu Bett, um bei Morgengrauen aufzustehen. Er war sehr mit dem Rennen beschäftigt und schweigsamer denn je.
Indes quoll das Korn auf und wurde gelb. Üppig stand es nicht, aber es bildete doch vor dem Haus eine Woge, die bis zum Gürtel reichte, und der Alte trennte sich von ihm nur nachts. Schon hatte er vielen Jungen Kopfnüsse versetzt, weil sie Steine ins Korn warfen. Wenn Amalia am Morgen da hindurchging, wäre es ihr peinlich gewesen, wenn jemand sie gesehen hätte.
Als sie eines Abends ganz allein aus dem Kino trat, bekam sie Lust, wieder die ›Straße der Begegnung‹ zu gehen, und lenkte den Schritt zum ›Giardino‹. Sie hörte das Orchester von weitem, und schon als sie näher herankam, genoß sie die Kühle der Bäume. Sie blieb hinter der Hecke stehen und betrachtete die Tanzfläche, auf der sich die Paare drängten, und die Tische. Und dort saßen die Mechaniker – einer kam mit Tosca zurück –, dort saß Tonino, der lachte, dort saß Remo. Remo, der angeblich seit drei Stunden im Bett war!
Ihr wurde eng ums Herz, und sie kämpfte mit sich, ob sie hineingehen solle. Aber er tanzte ja doch nicht! Warum sollte sie sich herausreden? Sie brauchte ihn nicht, er redete sowieso wenig. Vielleicht hatte er Durst gehabt und

war hinuntergegangen, um mit den Freunden zu plaudern. Aber wenn dieser Tag des Rennens vorüber war, würde sie ihn nicht mehr loslassen. Es bedeutete für sie zu viel.
Und doch wäre sie hineingegangen, hätte sie sich nicht vor den Blicken Toninos und der anderen geschämt. Ärgerlich entfernte sie sich, und als sie nach Hause kam, sah sie das rauschende Korn kaum an. Wenn nur dieser Tag des Rennens bald vorüber wäre!
Tief in der Nacht wurde sie von einem Getrampel wach, es atmete sogar jemand keuchend hinter der Tür. Vielleicht war es ein Hund oder ein Betrunkener. Eine unbestimmte Angst hielt sie jedoch auf dem Sofa fest, sie riß die Augen auf, während sie ein Hin- und Hergehen hörte, ein Knistern – vielleicht der Wind –, aber ihr Herz bedrückte das Entsetzen und die Scham, daß sie in einer niedrigen Küche schlief, hinter einer Tür, die auf die Straße ging, allen Vorübergehenden preisgegeben – ein Bauernmädchen; daß sie im Juni das Fenster verschlossen halten mußte, damit niemand hereinkäme; daß sie allein war, daß sie sogar von Remo an der Nase herumgeführt wurde: sie wußte es. Die schreckliche Angst fiel sie an, daß die Tür nicht fest zu wäre. Aber der Ärger über den in den Ausguß tropfenden Wasserhahn in der Ecke war stärker; sie schloß fest die Augen, sie wollte einfach schlafen.
Es war sicher keine Nacht mit Wind gewesen. Die Sonne war noch nicht aufgegangen, aber schon war es heiß. Trotz der frühen Stunde sah Amalia, die sich vor dem Fenster abtrocknete, daß alles Korn zerstört, niedergetreten war. Dort erschien die Böschung der Straße, die noch gestern von den gelbgrünen Ähren verborgen gewesen war.
Amalia war schon an der Tür, als sie den Schrei der Mutter am Fenster hörte. Beide sprangen sie in den kleinen Graben am Haus – Amalia hatte schon den Hut auf –, und da

sahen sie es: die Halme geknickt, zerschlagen, durcheinandergeworfen, der Boden kahl. Einige Ähren verloren die Körner. Ein Arbeiter, der auf dem Rad vorüberfuhr, drehte sich um und sah es sich an.

Die Alte, noch barfuß, preßte eine Hand an die Wange, wobei sie den Ellenbogen festhielt.

»Diesmal bringt dein Vater uns um«, sagte sie rauh.

Amalia hob die Schultern. Sie bückte sich, fuhr noch einmal mit der Hand zwischen die Halme, die nahe bei ihr die weißliche Erde bloßlegten.

»Was soll er schon sagen! Es wird ein Betrunkener gewesen sein. Hat er sich denn nie betrunken?«

Sie ging und hatte dabei doch ein schlechtes Gewissen, daß sie die Mutter, die stöhnte, allein ließ; sie ging rasch davon, denn es begannen Scharen von Arbeitern auf dem Rad vorüberzufahren. Mit einemmal erinnerte sie sich an das, was sie zu Remo, als sie betrunken war, gesagt hatte.

Um Mittag kam sie zurück, sie ließ sich nicht von Tosca begleiten. Von weitem sah das armselige Haus nicht anders aus als sonst. Aber ihr schlug das Herz, als sie den verwüsteten Streifen sah: die Tür erschien nackter.

»Wo ist der Vater?«

Die Alte blies in den Ofen. »Er ist in die Fabrik gegangen, um zu kündigen. Er sagt, die dort hätten es niedertreten lassen, um ihm das Land wieder wegzunehmen. Er will ins Dorf zurück, und wenn er Hungers sterben müßte. Wie ist es möglich, daß niemand in der Nacht etwas gehört hat?«

»Wegen der zwei Garben, falls es so viele hergegeben hätte! Die Saat hat mehr gekostet.«

»Geh nur hin und sag ihm das! Hast du heute früh gearbeitet?«

»Aber er kommt zurück?«

»Er ist schon zweimal zurückgekommen. Er weiß nicht mehr, wohin er gehen soll. Aber ist es möglich, daß du nichts gehört hast?«

Als der Vater zurückkam, wich Amalia seinen Schlägen aus; sie legte nur die Handschuhe auf den Tisch und behielt den Hut auf dem Kopf. Der Alte war, als er eintrat, puterrot gewesen; nach und nach wurde er schlaff und fahrig, ging hinaus, um die Halme zusammenzurechen, kam mit dicken Tränen wieder herein und verschüttete auf dem Tisch die Minestra. Die Alte schwieg.

»Gehst du heute in die Fabrik?« fragte der Alte ganz unerwartet. Amalia senkte den Blick auf den Teller.

»Arbeite du nur für diese Viecher, arbeite! Lauf hin und tu ihnen schön. Mach sie fett. Leute wie dich brauchen sie. Arbeite. Bei Tage lassen sie dich arbeiten, und nachts bezahlen sie dich. Alte, wohin hast du die Hacke getan?«

Amalia riß mitten im Essen aus, sonst hätte sie losgeschrien. Sie ging in der Sonne durch die verlassenen Straßen, biß sich auf die Lippen, hob den Kopf, wenn hinten auf der breiten Straße eine Trambahn durchfuhr. Plötzlich kam ein Radfahrer vorbei, mit nackten Beinen, staubig: es war nicht Remo.

Unter dem Fabriktor bat Amalia Tosca, ob sie an diesem Abend mit ihr zusammensein könnte. Sie ging mit ihr das Brot kaufen, sie stiegen die schmutzigen Treppen hinauf und setzten sich in die Küche, um Atem zu schöpfen. Dann machte Tosca sich an die Hausarbeit. Tonino kam, er grüßte und winkte ihr verständnisvoll zu. Amalia antwortete mit einem zerstreuten Lächeln.

Während Tosca auf dem Balkon den Salat abtropfen ließ, stand Amalia auf und begann das Paket mit den Eiern aufzumachen. Tonino, der sich hinter der Zwischenwand wusch, rief lustig:

»Sagen Sie mir nicht einmal Dankeschön?« Seine Augen

und die zerzausten Haare erschienen über der Holzwand.
»Ist Ihnen gar nicht klar, daß ich Ihnen einen Gefallen getan habe?«
Amalia sah auf.
»Wenn Sie in diesem Jahr Weinlese halten, bin ich dabei.«
Tonino kam in die Küche, während er sich noch eine Schulter rieb. Er sah Amalia scharf an und lächelte. »Mir wurde gesagt: ehe er zum Radrennen gehe, wolle er dieses Korn geschnitten sehen. Sagen Sie mir nicht Dankeschön?«
Amalia, die am Tisch lehnte, verstand nicht sogleich. Dann wurden ihre Wangen flammendrot, der Atem stockte ihr. Sie sprang an die Tür, öffnete sie und lief hinunter. Im Gehen verzog sie das Gesicht, damit man ihr nichts ansah, und das Geschrei der Kinder erreichte sie nur ganz von fern, gedämpft, ein Murmeln. Als sie bald danach zu Hause ankam, ließ sie zu, daß der Vater sie schlug; es war Nacht geworden, aber er glaubte immer noch nicht, was sie behauptete: daß sie von der Küche aus nichts gehört hätte.

Treue

I

Als Amelio aus dem Krankenhaus nach Hause gebracht und aufs Bett gelegt wurde, hörten die anderen auf, ihn zu besuchen; aber Garofalo fing damit an. Anfangs hatte er sich nicht dazu entschließen können, weil es hieß, Amelio sei, als er im Krankenhaus eingeliefert wurde, zwar mehr vom Benzin als von Blut beschmutzt gewesen, aber er habe auf dem Bett doch sozusagen ›in seinem Blut‹ geschlafen, festgezwängt in den Gipsverband, die reinste festzementierte Schutzwehr. Garofalo hatte das Motorrad gesehen, und das hatte ihm genügt.
Aber da Amelio dazu verdammt war, sich nicht mehr zu bewegen, fühlte Garofalo jetzt das Bedürfnis, ihm Gesellschaft zu leisten und ihm zu helfen, so gut er konnte. Man hatte ihm gesagt, Amelio habe, wenn man ihm im Krankenhaus die Zigarette in den Mund steckte und sie ihm anzündete, wie ein Kind die Augen geschlossen. Er stieg, die Taschen voll Zigaretten, zu ihm hinauf; aber Amelio schien ihm alles andere als niedergeschlagen: im Gegenteil, er sah einem in die Augen, doch so, als sei man selbst gar nicht vorhanden. Es gelang Garofalo nicht, sich daran zu erinnern, was für ein Gesicht er früher hatte; aber an den tiefen Schatten der eingefallenen Wangen und Schläfen war zu erkennen, wie sehr er geschrien und die Zähne zusammengebissen haben mußte.
Ihn zum Reden zu bringen, war Garofalo immer schwer gefallen. Während sie rauchten, überflog Garofalos Züge ein Lächeln, das in einer Grimasse endete.

»Was gibt es zu lachen?«
»Ich lache über Masino.«
»Wieso?«
»Er hat es gleichfalls versuchen wollen. Sein Vater reparierte ein Motorrad; der Junge muß auf alles steigen, was er sieht, er braust los, ehe der Alte fertig ist, und hat die Lenkstange allein in der Hand. Jetzt muß er zahlen.«
»Dummköpfe«, sagte Amelio. »Sie können nicht mal radfahren und spielen die Mechaniker.«
Es war ein kühler Morgen mit etwas hellem Nebel: ein mächtiges, kaltes Licht kam durch die Scheiben. Amelio lag auf dem Küchensofa zwischen Tüchern, die bis zum Boden hingen. Die behaarte Brust – diese Locken waren von hellerem Blond als das Kopfhaar – war bloß; dort kratzte er sich, auf die Ellenbogen gestützt.
»Mir scheint, du erwartest jemanden«, sagte Garofalo. Er sperrte das Fenster auf. »Man hört nicht einmal die Straße«, sagte er, »hier geht's einem gut.« Als er sich umdrehte, sah er Amelios gespanntes Gesicht; er hatte sich auf den Rücken gerollt und die Ellenbogen darunter geschoben, so daß der Thorax gewölbt war. Er hielt die Augen geschlossen und atmete tief.
Ehe Garofalo hinaufgestiegen war, hatte er gewartet, bis Amelios Mutter am Tabakladen vorüberging. Sie kam jeden Morgen vorüber, um einzukaufen, aber er hatte keine Lust, sich von ihr erwischen zu lassen, weil sie sich immer sofort Luft machte, jedem gegenüber, den sie traf; und das tat sie auf recht böse Art. Man verstand, daß ihr Mann lieber den Mund hielt. Der Arme! Seine Frau war einmal schön gewesen. Und er hatte an diesen ungestümen, gut gebauten Sohn offensichtlich seine ganze Kraft gewandt; wahrscheinlich hielt er es selbst für merkwürdig, daß ihm ein so kraftvoller Bursche geglückt war. Garofalo überlegte sich, welcher von beiden mehr litt. Sicher doch er;

denn wenn diese Frau so schön und kräftig gewesen war, wie es hieß, mußte ihr dieser Sohn nicht als ein solches Wunder erschienen sein wie ihrem Mann.

Der Alte tat einem leid. Er war vor ein paar Tagen in den Tabakladen gekommen – nicht mehr wie früher jeden Abend –, um eine halbe Toskanerzigarre zu holen, und hatte mit gesenktem Kopf in der Schachtel gesucht, auf eine scheue, zerstreute Art, wobei er unter dem hängenden, gelb gewordenen Schnurrbart etwas nur so eben zwischen den Zähnen hervorbrummte – als sei auch er gelähmt.

»Und Natalina?« fragte Garofalo.

Diesmal zog Amelio die Grimasse.

»Es ist kalt«, sagte er.

Als Garofalo vom Fenster zurückkam, sah er, daß Amelio lachte. Man sah jetzt die Zähne mehr als früher, als sein Gesicht von der Sonne gebräunt war.

»So sind die Frauen: solange es geht, geht es... Aber bei mir geht es noch.«

Garofalo lächelte.

»Hat sie dich besucht?«

»Sie kommt heute morgen.«

Garofalo brach auf. Er sagte lachend:

»Darum also erwartest du sie im Bett.«

Als Garofalo erst unterwegs war, fühlte er sich glücklich. Im Grunde war Amelio besser dran als er. Ja, so ist es, wenn einer ein Mädchen für sich zu gewinnen versteht: sie leistet ihm Gesellschaft und freut sich an ihm. In der Sonne, unter dem schon dürren Laub ging Garofalo quer über die Allee und drehte sich vor dem Tabakladen um nach einem Mädchen, das flink vorüberging – er beneidete Amelio.

Wenn er Lust hatte, sich mit jemandem zu unterhalten, so gab es dafür die Kunden, die das Geld auf den Tisch warfen und die Zigarettenpäckchen oder die Zigarren befühlten. Außerdem war die Mutter da, sie besorgte den Briefmarken- und Salzverkauf. Ein Geschäft, das von allein ging. Garofalo dachte: wäre ihr Geschäft größer gewesen, dann hätte sein Vater auch Amelio einstellen können, der ja doch arbeiten mußte. Doch erst wenn die dort oben sich entschlossen hätten, in ein Erdgeschoß zu ziehen und ihm einen Wagen zu kaufen, in dem er selbst fahren konnte. Aber würde er mit dem auch hinter dem Ladentisch hin und her fahren können?

Sieh da, um ein Uhr trat Natalina ein, ohne Hut, parfümiert; sie sah Garofalo, der aus dem Hinterzimmer herbeieilte, übellaunig an. Natalina kam selten, sie hatte einen Tabakladen vor ihrer Arbeitsstätte, aber sie wußte, daß Garofalo mit Amelio befreundet war, und vor dem Unglücksfall war sie auch mit Amelio manchmal hereingekommen.

»Es war kühl heute morgen«, sagte Garofalo. »Im Bett fühlt man sich wohl.«

Natalina sah auf, zwischen den Haaren hindurch, und lachte. Garofalo öffnete den Ladentisch und holte die Flakons aus dem Glaskasten. Während sie an ihnen schnupperten, verbreitete sich feiner und wärmer ihr brauner Geruch.

Nach dem Kölnischwasser das Veilchenparfüm; nach dem Veilchenparfüm das ›Notturno‹. Natalina hatte Eile und fand nichts nach ihrem Geschmack.

»Einen Hunger habe ich!« sagte sie. »Ich kann schon gar nichts mehr sehen. Ich komme ein andermal wieder.«

II

Noch am Abend, als Garofalo zum Billard ging, war er froh. Dort wartete schon Masino mit seinem verbundenen Kopf, um jemandem etwas vorzujammern.

»Wie geht es?« fragte Garofalo.
»Schlecht.«
»Hör auf: schlechter geht es dem Motorrad.«
»Man muß geschickt fallen«, sagte Masino. Der Wirt, der einen Kaffee brachte, mischte sich ein: »Man muß lernen, gerade zu sitzen.«
»Wäre ich nicht wie eine Kugel heruntergerollt, dann hätte ich mir das Rückgrat gebrochen«, sagte Masino gekränkt. Er hielt eine Weile inne. »Wie Amelio.«
Alle drei waren einen Augenblick still.
»Amelio geht es jetzt ganz gut«, sagte Garofalo. »Er denkt schon an die Mädchen.«
»Ach was?« sagte der Wirt. »Stört es ihn nicht? Das hätte ich nie geglaubt. Nun ja, er kann zufrieden sein.«
»Und die Beine?« unterbrach ihn Masino.
»Als wären sie verdorrt. Das Rückgrat ist verletzt und auch das Rückenmark. Von da gehen die Befehle aus.«
Der Wirt begann von neuem: »Nur Geduld! Er hat wenigstens die Beine behalten, wenn auch die Knochen ohne Kraft sind. Ich bin höchst zufrieden damit: denn das hat er verdient. Das hat er gerade gebraucht. Es ist ein Wunder, das nicht allen passiert. Hat er dir die Beine gezeigt?«
Garofalo lächelte. »Mir nicht.«
Garofalo dachte daran, daß in Amelios Küche sicher dieser Hauch Parfüm zurückgeblieben war. Wer weiß – als Vater und Mutter zurückkamen, war Amelio mit Natalina wohl auf den großen Sessel im Schlafzimmer übergesiedelt. Sie benahmen sich sowieso wie Brautleute, und Amelio war ganz bestimmt nicht schüchtern.
Amelio hatte Natalina immer kommandiert. Man brauchte nur daran zu denken, wie er sie, wenn er hereinkam, die Zigaretten zu kaufen, an der Tür stehen ließ, und wie sie, sobald er heraustrat, herbeieilte, sich bei ihm einzuhaken. Und wenn sie unterwegs jemandem begegneten,

blieb Amelio stehen und redete mit ihm, als sei er allein. Eines Abends hatten Masino und Garofalo mit ihr tanzen wollen; aber mitten im Tanz mit Masino hatte Natalina ›pardon‹ gesagt und war zum Eingang entwischt, wo Amelio sie erwartete. Es gab keine Stunde, daß sie die beiden nicht unterwegs trafen, und sonntags fuhren sie mit dem Motorrad los.

Garofalo versuchte etliche Male, seinen Vater dahin zu bringen, daß er Amelio in den Tabakladen nahm, aber der Vater hörte nicht einmal richtig zu; und seine Mutter sagte ihm ein für allemal, er solle keine Dummheiten machen. »Er kann ja nicht einmal die Treppen herunterkommen.« Und doch, dachte Garofalo – man würde schon helfen, wenn in der Familie ein solches Unglück passierte, und auch, wenn Amelios Eltern genau so einen Tabakladen gehabt hätten.

Aber Unglücksfälle kommen nie recht. Was für ein Leben mochte diese grobe Alte, die sich jetzt mit allen herumstritt, Amelio und seinem Mädchen bereiten! Garofalo ging am nächsten Tag Amelio nicht wieder besuchen, teils um sich nicht zu sehr zu binden, und teils weil er nicht wußte, ob die Alte ausgegangen war.

Er ging eines Nachmittags hin, als sich das Parfüm gewiß verflüchtigt hatte: die Küche roch nach Fußschweiß und Feuchtigkeit. Es war nicht gerade hell – draußen regnete es leicht –, und man hatte Amelio an diesem Tag nicht geholfen, aufzustehen: die Tür stand offen.

Amelio hatte einen Bart, der viele Tage alt war, und als erstes bat er um etwas zu rauchen. Er hatte sich unter den Decken hochgesetzt und lehnte an der kalten Mauer.

»Wann zieht ihr um?«

Man wußte, daß sie nicht vor dem Frühling umziehen würden, aber er fragte es nur, um irgend etwas zu sagen.

Amelio rauchte mit geschlossenen Augen.

»Gestern abend hat es im Kino eine Keilerei gegeben«, erzählte Garofalo. »Da war einer, der tat eine Hand vor das Loch und machte Schattenspiele. Sie haben gepfiffen, und dann hat man eine Frau schreien hören, und sie haben sie halbtot von den Soldaten weggerissen. Ein Strumpf war ihr zerrissen worden, doch als sie wieder zu sich kam, hat man gesehen, daß sie buckelig war. Buckelig wie eine Hexe. Aber was für Leute: sich mit Buckeligen einlassen!«
»Im Dunkeln sind alle Frauen recht«, sagte Amelio.
»Stehst du nicht auf?« fragte Garofalo.
»Wie soll ich?« Amelio öffnete die Augen. »Mich kann nur ein Mann tragen, der darin geübt ist. Aber es ist ja doch gleich.«
»Wohin bringen sie dich?«
»Drüben auf den großen Sessel.«
»Und dein Vater?«
»Er macht weiter, so gut er kann. Das letzte Geld haben sie ihm aus der Tasche gezogen, als sie mir die elektrische Kur verordneten. Ich selbst bin ja kein Dynamo.«
»Was für eine Kur machst du jetzt?«
Amelio zuckte die Achseln. Garofalo fragte ihn, ob er Karten spielen wolle. Er zog die Karten aus der Tasche – sie waren schon feucht – und setzte sich vorsichtig auf das Sofa. Während er sie auf der Decke zu einer ›Briscola‹ austeilte, sagte er herzlich: »Man müßte zu viert sein.« Und dann, als er den Stoß niederlegte:
»Wie geht es Natalina?«
Amelio hob die Karten nach und nach ab und gab keine Antwort. Sie begannen schweigend zu spielen. Amelios knochige Hände und sein Gesicht schienen ins Spiel vertieft. Garofalo gewann, aber wenn man nicht um Geld spielte, machte es keinen Spaß. Als sie ihre Karten ausgespielt hatten, zählte keiner die Punkte, und sie ließen es sein. Einige Karten glitten zu Boden.

Amelios Augen glänzten, es sah aus, als habe er Fieber. Plötzlich zog er die Lippen zusammen und stieß einen Seufzer aus; aber sofort unterdrückte er ihn.
»Ich habe es satt, hier drinnen zu hausen«, jammerte er leise. Es klang, als jammerte ein Kind. Garofalo bückte sich, die Karten aufzusammeln, und stammelte: »Gib dir Mühe, daß du wieder zu Kräften kommst; du bist nur blaß. Sobald es schön wird, gehen wir aus.«
»Solange ich hier drinnen hause wie eine Pflanze im Keller, werde ich dieses Gesicht haben. Bei Kräften bin ich schon. Mir würde wohler sein, wenn ich es nicht wäre.«
»Warum machst du nie das Fenster auf?« fragte Garofalo.
»Dann wird mir kalt. Und wer macht es wieder zu?«
»Deine Mutter ist doch da.«
Garofalo, an die Mauer gelehnt, lächelte.
»Die hat nur Angst, daß mir jemand was zu trinken bringt. Das riecht sie schon in der Luft. Die Flasche hält sie unter Verschluß.«
»Soll ich dir was mitbringen?« fragte Garofalo.
Amelio zuckte die Achseln. »Lieber was zu rauchen. Zu rauchen. Später, wenn du es hast, was zu trinken.«
»Ja. Aber du mußt dich in acht nehmen«, sagte Garofalo und stand auf. »Jede Unvorsichtigkeit kann dir schaden.« Während er sprach, hatte er die Augen anderswo.
»Gehst du?« fragte Amelio.
»Ich gehe, bevor die Alte zurückkommt.« Er legte ihm die drei Päckchen auf das Kissen.
Als er schon an der Tür war, rief Amelio ihm zu: »Willst du nicht meine Beine sehen?«
Garofalo drehte sich um. Amelio lag lang ausgestreckt im Bett, die Laken nur noch auf den Füßen, das Hemd über dem Bauch. Er mußte näherkommen. Die knochigen, starken Beine waren Amelios würdig. Nur sahen die

Schenkel durch die Abmagerung aus wie Säbelbeine, und sie waren unter den Haaren schmutzigweiß. Amelio krümmte sich, um mit der Hand auf sie hinzuweisen.
»Sehen sie nicht aus wie gesund?« fragte er.

III

Auf dem Nachhauseweg blieb Garofalo stehen. Er begriff nicht, warum Amelio ihn hatte seine Beine sehen lassen. Als er daran zurückdachte, stellte er sich statt ihrer Natalina vor: ihren weißen festen Körper.
Wenn er es sich recht überlegte, so machten ihm Amelios Beine Eindruck nicht wegen der Lähmung, sondern weil er gesehen hatte, wie nach oben hin die Behaarung der Schenkel dichter wurde – bis in einen rötlichen Wald.
›Wir müßten nackt gehen, dann würden wir uns daran gewöhnen.‹
Es war sonderbar, daß so ein Mann stärker auf ihn wirkte als die Frauen. Aber dann beruhigte er sich: er merkte, daß er in Wirklichkeit an Natalina dachte.
Als er am nächsten Tag im Laden stand, hob er den Blick, sooft jemand eintrat. Ob sie wiederkommen würde? Den Gedanken kann man nicht befehlen.
Hingegen trat Amelios Vater ein, mit roten Augen, und verlangte eine Toskanerzigarre. Da erinnerte sich Garofalo daran, daß Sonntag war.
»Geht es Amelio gut?« fragte er artig.
Der Alte betrachtete ihn von unten bis oben, mit zitterndem Schnurrbart, und antwortete, wie er noch nie geantwortet hatte: »Krepieren sollte er.« Dann wischte er sich über den Mund.
Garofalo fiel aus allen Wolken. Aber der Alte war noch nicht zu Ende. »Er hätte in der Fabrik krepieren und die Unfallversicherung erwischen können; nicht diese blöd-

sinnige Fahrt machen! Wer hat ihm das beigebracht, daß er über neunzig fahren sollte? Da sind sie zwanzig Jahre alt und bilden sich ein… und denken nicht an den, der sechzig auf dem Buckel hat.«

Er war betrunken. Und er ging. Garofalo wußte, daß seine Mutter im Hinterzimmer zugehört hatte, denn sie hatte einen Augenblick mit dem Kartoffelschälen ausgesetzt. Sicher hatte sie das gern gehört. Er wagte nicht, sich umzudrehen.

Natalina sah er wieder, weil er dorthin ging, wo sie wohnte, um sie zu treffen. Als er auf dem Gehsteig ihren knappsitzenden Rock gewahr wurde, lief er los und sah sie an, ließ den Blick über sie hingehen und nickte ihr zu. Es genügte ihm, daß er sie gesehen hatte; und er dachte an ihr gemeinsames Geheimnis. Natalina lächelte und blieb stehen.

Darüber wunderte sich Garofalo nicht; er hatte sie ja oft schon an Amelios Arm gesehen. Er lehnte sich an die Mauer und fragte, warum sie nicht wieder in den Tabakladen komme.

Natalina sah ihn belustigt an und antwortete, sie brauche nichts. Garofalo wechselte das Thema, damit es nicht so aussah, als handle er hier mit seiner Ware. Er fragte sie, wie sie denn den Sonntag so allein verbringe. Natalina zog ein mürrisches Gesicht, wie ein kleines Mädchen; dann sagte sie, während sie weiterging: »Ich kann keinem trauen: alle sind sie unverschämt zu mir…«

»Ich auch?« fragte Garofalo und fuhr sich schützend an die Wange. Natalina lächelte. »O nein, wir kennen uns.«

Am Abend gingen sie in das Kino in der Galleria, und Garofalo schämte sich, daß er versucht hatte, ihre Beine zu mustern. Natalina hatte eine so vernünftige Art, zu sprechen, daß Garofalo bestürzt war, wenn er an die kekken Blicke dachte, die sie früher, an Amelios Arm geklammert, den Vorübergehenden, die sie betrachteten, zugeworfen hatte. Er wagte ihr nicht davon zu sprechen, aber er begriff, daß alles das jetzt von dem Unglück kam. Und er dachte, wenn er ihr so Gesellschaft leiste, bewache er sie für Amelio und tue damit ihm einen Gefallen. Doch als er ihn am nächsten Tag besuchen ging, wagte er ihm nichts zu sagen, weil die Mutter in der Küche war, und er konnte ihm nicht einmal die Flasche Wein geben, die er in der Manteltasche hatte. Sie rauchten zusammen eine Zigarette; dann ging er wieder.

Natalina hatte es freilich nötig, bewacht zu werden. »Bravo«, sagte eines Tages Masino zu ihnen, als er sie Arm in Arm traf, und warf ihr einen Blick zu, der ihm nicht gefiel. Natalina lächelte.

Garofalo gewöhnte sich rasch an Natalinas warmen Arm und an die behutsamen Worte, die sie scherzend tauschten. Sie sprachen von früheren Zeiten, als Natalina für Amelio alles war, sie sprachen davon wie von etwas Vergnüglichem, das weit zurücklag. Dann war das Unglück geschehen. Als Garofalo das erstemal auf Amelios gegenwärtigen Zustand anspielte, drückte Natalina seine Hand, verzog das Gesicht und sagte: »Ich denke so schon immer daran. Wir wollen nicht davon sprechen.« Garofalo sah, daß ihre Augen dabei aufblitzten, und dieser Blick war nicht vernünftig, und er begriff, daß er selbst gar nichts zählte. Aber Natalina preßte sich an ihn und sagte: »Wir sind zusammen!« So nahmen sie die Gewohnheit an, sich manchmal im Gehen aneinanderzupressen, wenn niemand sie sah.

Inzwischen vergingen die Tage, jetzt schneite es oder es war Nebel, und im Kino fühlte man sich wohl. Garofalo fand eines, das etwas abgelegen war und Natalina gefiel.

Natalina hatte Bedenken wegen des armen Mädchens, dem sie seine Gesellschaft stahl. Garofalo sagte lachend, dieses Mädchen gebe es nicht.
Garofalo hatte keine Bedenken. Er freute sich, mit einem Mädchen wie Natalina auszugehen: sie begriff alles so rasch und vertraute ihm. Natalina war aufgeweckt und gewiß auch nicht unerfahren; das sah man an ihrem Gesicht, wenn das Gespräch einmal freier wurde. Garofalo beneidete Amelio, und das war nur natürlich: Natalinas Geruch und Bewegungen machten ihn unruhig. Aber – man darf schließlich die Frauen nicht nur darum suchen, weil sie unter den Kleidern nackt sind.
»Wir sollten uns weniger sehen lassen«, sagte Natalina, »sollten uns nur im Café treffen. Die Leute wissen, daß du Amelios Freund bist, und sie denken schnell etwas Schlechtes.«
Auch das war richtig. Sie beschlossen, Amelio nicht zu sagen, daß sie sich sahen, denn Amelio, immer allein und ans Bett gefesselt, konnte irgendwelche Geschichten machen.

IV

»Gestern habe ich Amelio gesehen, und wir haben Karten gespielt«, sagte er eines Abends zu ihr. »Ich habe ihm was zu trinken gebracht. Er ist erstaunlich. Nicht einmal, als er getrunken hatte, hat er von dir geredet.«
»Und warum sollte er davon reden?« sagte Natalina und runzelte die Stirn.
Garofalo wußte nicht, was er darauf antworten sollte.
»Ihr Jungen habt alle diese schlechte Angewohnheit«, fuhr Natalina fort. »Reden, reden. Wozu?«
»Aber... ich habe doch gesagt, daß Amelio nicht geredet hat...«

»Das heißt, daß ihm der Kopf richtig auf dem Hals sitzt. Halte du es genauso.«
Oft dachte Garofalo darüber nach, wie die Dinge laufen würden, wenn er an der Stelle von Amelio und Amelio an seiner Stelle gewesen wäre. Und er begriff, daß es dumm war, darüber nachzudenken; denn wenn Amelio an seiner Stelle wäre und Natalina hätte, würde gar nichts geschehen. Doch wenn er erst einmal im Erdgeschoß wohnte, würde er wenigstens ausgehen können.
Aber Amelio ging ja noch nicht aus. Eines Morgens, als wieder ein wenig die Sonne schien, wollte Garofalo hinaufsteigen und ihn besuchen. Während er in der Allee wartete, daß die Mutter herunterkäme, überlegte er sich: sollte er Amelio fragen, ob Natalina auch bei ihm so unvernünftige Ausbrüche habe? ›Der Ärmste, richten wir lieber keinen Unfug an‹, sagte er sich. Und inzwischen trat die Alte aus dem Haustor, nachdem sie überallhin einen scharfen Blick geworfen hatte.
Er fand Amelio in der dürftigen Küche; in einen Mantel eingemummt, war er gerade dabei, eine große Tasse Milch zu schlürfen. Sie winkten sich zu.
Als Amelio die Milch getrunken hatte, kaute er an einem Stück Brot, das er in einen Teller kalte Minestra tauchte. Er kaute langsam, stellte den Teller auf den Tisch und legte sich wieder bequem auf das Sofa.
»Hast du jemanden gesehen?«
Amelio zuckte die Achseln, drehte sich in der Hüfte um und streckte eine Hand aus den Decken. »Gib mir die Bettflasche.« Er faßte sie mit knochigen Fingern und nahm sie unter die Laken. Garofalo sah inzwischen aus dem vom Licht erfüllten Fenster und kam zurück, als Amelio die Decken hob und ihm die Flasche vorsichtig hinreichte. »Schütte es in den Ausguß.«

»Wer soll mich schon besuchen?« sagte er, als er die Zigarette angezündet hatte.
»Aber du empfängst doch Natalina hier?« fragte Garofalo.
»Und du – was stellst du mit Natalina an?«
Garofalo sah auf.
»Ich habe sie einmal ins Kino begleitet. Sie beklagt sich, daß sie allein ist. Wer hat es dir gesagt?«
Amelio lächelte. »Natalina bleibt nicht allein, auch wenn man sie anbindet. Hat ein Auge auf den Tabakladen.«
Während Garofalo im Stehen seine Zigarette malträtierte, sah Amelio ruhig auf die Decken. Der Ausguß im Winkel tropfte in regelmäßigen Abständen.
»Hör mal, Garofalo«, sagte Amelio plötzlich, »seit drei Monaten komme ich nicht aus dem Haus. Mein Vater ist nicht imstande, mir das zu verschaffen, was ich will, und für meine Mutter bedeutet das Sünde. Da ist es an dir. Wenn du mir nicht eine Frau ausfindig machst, komme ich um. Bring mir nichts mehr zu trinken und miete mir eine mit diesem Geld. Bring sie her, wenn niemand da ist.«
Garofalo lächelte so blöde, daß Amelio die Stimme erhob:
»Und sag ihr, daß ich ein Krüppel bin, damit sie mir dann keine Geschichten macht. Nimm eine Magere, sonst zerquetscht sie mich. Verstanden?«
Garofalo hatte eine Frage auf der Zunge, aber er stellte sie nicht. Wieder malträtierte er ein wenig die Zigarette, warf den Stummel weg und sagte ruhig:
»Irgendeine Frau?«
»Sie soll nicht zu fett sein, aber auch kein Hering.«
»Je nachdem, was ich finde. Um welche Zeit?«
»Morgen früh um diese Zeit.«
»Wenn ich bis dahin eine gefunden habe. Soll ich sofort gehen?«

»Sofort.«
Natalina sah ihn um Mittag am Haustor, verließ rasch die Kolleginnen, die lachten, und lief neben ihm her.
Als sie um die Ecke waren, begann Garofalo zu reden.
»Stimmt es, daß du seit drei Monaten nicht mehr zu Amelio gehst?«
Natalina blieb stehen, packte ihn am Handgelenk und sagte langsam: »Möchtest du, daß ich hingehe?«
Da Samstag war, hatten sie es nicht eilig. Während sie durch die verlassenen Gäßchen gingen, sagte Natalina ihm alles, ohne ihm vorzuwerfen, daß er mit Amelio gesprochen hatte.
»Ich habe ihn früher gerngehabt, das weißt du«, sagte Natalina und sah vor sich hin. »Ich habe es dir offen gesagt. Im Krankenhaus habe ich ihn immer besucht, obwohl er selbst daran schuld war, daß er hineinkam. Aber danach«, Natalina verzog den Mund, »danach habe ich es nicht mehr aushalten können. Es ist, als hätte er Beine aus Stein. Hättest du eine Frau gern, die Beine aus Stein hat? Ich träume nachts davon, und es schaudert mich.«
»Aber er ist ein Mann wie alle anderen«, sagte Garofalo, nur um etwas zu sagen.
»Was tut das?« Und Natalina sah ihn vorwurfsvoll an. »Ein Mädchen will nicht nur das. Und ich habe es ihm gesagt.«
»Du hast es ihm gesagt?«
»Ja.«
Sie spazierten bis ein Uhr umher, und Natalina nahm lächelnd Garofalos Hand von ihrer Hüfte; denn er dachte an die Frau, die er Amelio bringen sollte, und hielt sich nicht mehr zurück. Sie machten aus, daß sie nach dem Abendessen in den Tabakladen kommen würde, ihn abzuholen. Dann küßten sie sich, unter einem Haustor, in das ein Streifen Sonne fiel.

Natalina hatte es nicht gesagt – aber als Garofalo wieder nach Hause ging, kam ihm der Argwohn, daß Amelio sie auch gequält hatte.
Doch am Nachmittag ging er los, den Auftrag auszuführen. Ihm war es unsäglich peinlich, den Fuß wieder in dieses ›Haus‹ zu setzen: er wußte ja doch, daß es mit Natalina nur eine Frage der Zeit war, und daß er sie womöglich heiraten würde. Ein wenig außer Atem fragte er, ob er die Padrona sprechen könne.
Er war an der Tür zu einem kleinen Salon stehengeblieben; die Padrona hörte ihn an, ohne mit der Wimper zu zucken.
»Am Morgen, um welche Zeit?« fragte sie.
Garofalo sah in einem Seitenspiegel undeutlich etwas Nacktes.
»Wir müssen rasch einig werden. Es macht mindestens hundert Lire.«
»Hundert Lire...«
Am Nachmittag überlegte Garofalo sich die Sache noch einmal und beschloß, ein Straßenmädchen zu suchen, das auch in Zukunft für Amelios Mittel erschwinglich wäre. Aber vor der Nacht war es nicht möglich.
Am Abend bediente Garofalo am Ladentisch ein wenig zerstreut, denn jetzt dachte er mit allzuviel Vergnügen an Natalinas Beine. Ein Mädchen wie sie zu heiraten, war schon der Mühe wert. Ohne diesen bösen Sturz hätte Amelio sie sicher geheiratet.
Nach dem Abendessen trafen sie sich und gingen spazieren. Diesmal versuchte Natalina nicht mehr auszuweichen, ja sie kam sogar mit in eine dunkle Gasse, wo Garofalo manövrieren konnte. »Dummer Kerl«, sagte Natalina, »wir haben Zeit.« Sie küßten sich und preßten sich aneinander. Dann gingen sie tanzen, und Garofalo erreichte, daß sie nur mit ihm tanzte. Beim Tanzen sah Natalina ihn

an, und sie klebten aneinander, als seien sie ein einziger Körper.
Er verließ sie an ihrem Haustor; der Mond schien. Als Garofalo sie küßte, sagte er leise: »Ich heirate dich, dann kann Amelio nichts sagen.«
»Was soll er sagen?« flüsterte Natalina und blickte ihm in die Augen.
Dann ging Garofalo quer durch die Stadt bis zu einer Allee in der Stadtmitte, wo er einmal von einer Alten und einer Jungen, die stritten, angehalten worden war. Es war kalt, er blieb todmüde stehen und sah niemanden: vielleicht verjagte sie der helle Mondschein? Er bog in ein Seitengäßchen, und nach dem ersten Haustor wurde er aufgefordert.
Im Schatten erkannte Garofalo ein blasses Gesicht, es war nichts als Augen und Mund. Die Frau hörte ihn ungeduldig an und faßte seinen Arm. »Und du willst mich nicht?« sagte sie mit rauher Stimme.
Garofalo schüttelte den Kopf. »Du bist doch nicht krank?«
»Probier es doch!«
Sie verabredeten sich auf den nächsten Tag elf Uhr. Die Frau hielt noch immer seinen Arm, sie wollte eine Zigarette. Garofalo zündete sie ihr an; und froh darüber, daß er nicht einmal mit ihr gescherzt hatte, ging er davon: er dachte an Natalina.

Haus am Meer

Der violette Streifen Meer vor dem Fenster machte das ganze Zimmer kühl.
Es kam vor, daß ich bei Morgengrauen aufwachte, ein wenig unruhig, mich aufsetzte und gegen das Kissen lehnte, um einen Augenblick durch das geöffnete Fenster zu sehen; dann mußte ich, daran erinnere ich mich, lächeln und zündete mir eine Zigarette an. Daß trübes Wetter war, sagte mir der leere Platz von Andrea, meinem Mann. Auch hierin wie mein Vater: wenn die Luft ein wenig feucht ist, wacht Andrea vor Tag auf und hält es im Bett nicht mehr aus. Er sagt, es seien die Nerven, aber ich glaube eher, es ist dieses Bedürfnis, sich zu isolieren, das jeder Mann im Blut hat. Einmal sagte er mir, er tue es meinetwegen: ich hatte ihm anvertraut, der Gedanke, jemand betrachte mich, während ich schlief, mache mich schaudern.
Wahrscheinlich rauchte er im Garten eine Zigarre – es war einer dieser kleinen Riviera-Gärten, die aus einem Baum zwischen vier Mauern bestehen –, und ich stellte ihn mir vor, wie er ohne Brille hin und her ging mit dem nackten, mir so vertrauten, kindlichen Gesicht, und die Zigarre beim Rauchen in der umgekehrten Hand hielt und vor sich hin brummte.
Aber nein: damals war Andrea in mich ganz frisch verliebt, und die Tatsache, daß ich ihn geheiratet hatte, gab ihm noch einen gewissen Übermut. Nicht daß er jetzt lauer geworden wäre – der arme Andrea –, aber er hat immerhin begriffen, daß es mir am liebsten ist, ihn gern zu haben wie eine Tochter den Vater.

Er ist beinahe schüchtern geworden – merkwürdig genug an einem entschlossenen, ernsthaften Mann, wie er es ist – und ist mir gegenüber so rücksichtsvoll, mich allein zu lassen, wenn er plötzlich so trübe gestimmt ist, daß er brummen muß. Ich bin überzeugt, er hat es aufgegeben, mich mit diesem Ungestüm zu »lieben« – als hätten wir nicht alle insgeheim das Bedürfnis, für uns zu bleiben, damit wir uns sammeln und die Dinge ohne Lüge betrachten können! Jetzt ist seine Eifersucht wirklich so geworden, wie ich sie mir gewünscht habe: die herzliche Anteilnahme von jemandem, der sich nur mit großer Zurückhaltung Sorgen macht und einem Raum zum Leben läßt.
Ich bin sicher, daß er sich an diesem Morgen in dem Gärtchen eines vollkommenen Glücks erfreute, das noch zunahm durch dieses kühle, etwas bedrohliche Wetter: das mußte ihm, der von einer Woche Stadtarbeit müde war, willkommener sein als die übliche, dürre Langeweile des Strandes. Schon am Abend vorher hatte er halb im Ernst über meine gebräunte Haut gemault – verbrannt, sagte er, von den Blicken der Leute –, und hatte den Kopf geschüttelt und gesagt, er wolle mir den Lebensunterhalt streichen; aber bei diesen Scherzen weiß man ja, wohin sie führen. Eines aber paßte ihm ganz und gar nicht: daß er an meiner Seite – ›ich nur gekochtes, du geröstetes Fleisch‹ – inmitten so vieler dummer Bekanntschaften erscheinen mußte, die den Jungverheirateten eine Menge Komplimente machten, und darin kann ich ihm nicht unrecht geben; und diese Komplimente waren außerdem sozusagen familiär und voller Anspielungen, die er nicht verstand, so daß er sich wie ein Eindringling vorkommen mußte.

… … …

Die Bettler

Schon als Junge hatte Geri nie Verständnis gehabt für diese Bettler, die sich anständig angezogen – im Winter mit einem Mantel – an der Tür zeigten und das Almosen so ernsthaft forderten wie jemand, der ein Geschäft wahrnimmt, keine Zeit zu verlieren hat und einen das fühlen läßt. Geri hatte immer einen dumpfen Groll gegen sie verspürt wie gegen Menschen einer anderen Rasse, und hätten sie ihm nicht leid getan, so hätte er den hageren, unbestimmt bedrohlichen Gesichtern die Tür vor der Nase zugeschlagen, wie die Mutter ihm immer auftrug. Aber Geri erfaßte nicht sofort, wer vor ihm stand; dann erkannte er mit Schrecken den Armen an dem fordernden Gebrumm, das unter diesem Hut hervorkam. Mit flammendem Gesicht murmelte er, es sei niemand da, und schloß rasch die Tür; und er machte sie leise zu, ohne den Mann auch nur anzusehen. Aber er blieb hinter der Tür im Dunkeln wie festgenagelt stehen und hielt den Atem an. Lange Minuten wartete er, in Aufruhr, und lauschte auf den Atem des andern vor der Tür mit einer krampfhaften Scham und Angst; und er wartete gespannt darauf, daß die Schritte sich entfernten. Aber er war froh, daß er ihm nichts gegeben hatte, froh, daß er zwischen sich und dem erwachsenen, anständig gekleideten Mann die Tür hatte: dieser hatte das Almosen mit der Härte eines Menschen gefordert, der ein Recht darauf hat.

Einmal war, statt daß geklopft wurde, sogar geklingelt worden, und Geri, der herbeilief, die Tür zu öffnen, fand vor sich eine Signora mit Hut und einem Pelzchen um den

Hals, die ihn lächelnd bat, ob er ihr nicht etwas geben wolle. Geri holte seine Mutter, doch sie war kaum an der Tür, da zog sie sich zurück und machte sie zu, und noch lange hörte Geri, wie die Mutter sich über diese unerhörte Unverschämtheit beklagte. Seitdem dachte Geri, die ordentlich gekleideten Bettler hätten Frauen und daher Wohnungen und Arbeitsstunden und Festtage und Eßzimmer, Leute also, die arbeiteten und verdienten. Das verstärkte seinen Groll.

Die Armen aber, die ihm wirklich leid taten, ja er beneidete sie sogar ein wenig, waren die zerlumpten Bettler der Straße, die Alten mit dem tränenden Betrunkenengesicht, die Frauen mit einem schmutzigen Kind, das wie ein Bündel aussah, aber vor allem die umherziehenden Musikanten, die immerzu in irgendeinem Winkel Musik machten ohne zu sprechen und ohne aufzusehen, Arme, die nichts verlangten und die Augen senkten, wenn jemand stehenblieb. Als Geri eines Tages allein ausging, fand er unter den Lauben einen Alten, der wartend auf dem Gehsteig saß, und die Steinplatte war bedeckt mit einer bunten Kreidezeichnung; ihm schien, es sei der heilige Joseph mit der Lilie. Er ging mehrmals wieder hin, und das Bild war immer anders, und der Alte saß in einem Streifen Sonne und kaute Kürbiskerne. Aber als Geri eines Tages früher kam als sonst, sah er, wie der Alte am Pfeiler kniete, das Kinn auf der Brust, die Arme gekreuzt, und mit Inbrunst betete; die Leute standen um ihn herum. Dann schlug sich der Alte an die Brust und sagte laut in singendem Tonfall Worte, die alle zum Lachen brachten; aber Geri verstand nicht, was los war. Schließlich nahm der Alte die Kreidestifte und begann eine Kreuzigung zu zeichnen. Geri sah nie, daß jemand ihm eine Münze zuwarf.

Die gleichen Gedanken gingen Geri eines Morgens durch den Kopf. Er hatte noch keine Lust, aus dem Bett zu steigen; das vorhanglose Fenster warf auf alle Kanten ein feuchtes, schmutziges Licht.
Da kam, und die Tür schütterte davon, ein quietschender Laut oder eine rauhe Stimme von der Treppe her, ein Wispern, dann ein Plumps. Von einem Augenblick zum andern konnte jemand gegen die Tür stoßen, die Füße abstreichen – und warten.
Geri sah plötzlich wieder jenes zögernde Kind vor sich, das wie festgenagelt hinter der Tür gestanden hatte; sein Herz hatte wie toll geklopft, sein Ohr ins Dunkel gehorcht: genauso gespannt und steif preßte er sich jetzt gegen das Kissen.
Aber er sah auch den erwachsenen Mann wieder vor sich: in den Kragen vermummt, finster blickend unter der stark knochigen Stirn, die Fäuste fest in den Taschen, stand er still vor der Tür. Zwei, die sich haßten, ohne daß einer den anderen sah, und jeder spürte, wie der andere atmete.
Geri drehte sich im Bett um, vergrub das Gesicht im Kissen und horchte ins Leere. Einen Augenblick war das Haus ganz still; nur von der Straße her zerkratzte ein fernes, unbestimmtes Geräusch die tiefe Ruhe. Die Bettwärme dämpfte auch das Pochen der Adern.
Geri, der am Nacken und an den Schläfen die Kälte des Zimmers verspürte, hatte das Gefühl, als liege sein Körper lang ausgestreckt in der Sonne, als seien die leichten Geräusche in der Stille die unbestimmbaren Laute vom Schwimmbecken her.

Jahre danach befreundete sich Geri mit einem Jungen namens Achille; sie bummelten nach der Schule ein paar Stunden durch die Straßen; dann sagte jeder zu Hause, er sei zum Lernen bei dem anderen gewesen. Ohne Achille wäre Geri höchstens ins nächste Kino gerannt: dort fragte er dann in jeder Pause irgendeinen Soldaten oder einen anderen Zuschauer ängstlich nach der Zeit. Achille hingegen liebte es, sich unter die Passanten zu mischen; beim Gehen zerteilte er die Menge und drehte sich oft um, um einige Worte mit dem Freund zu wechseln. Aber vor allem gefielen ihm Unternehmungen, die er im Augenblick zu erfinden schien; man merkte jedoch, daß er auf die Gelegenheit schon seit einiger Zeit gewartet hatte und die Örtlichkeiten kannte. Einmal ging es ihm darum, in ein Café zu treten, in dem Dirnen verkehrten; ein andermal darum, Nußkerne kauend vor den Gefängnissen zu warten, ob irgendein Verbrecher in Handschellen gebracht würde; ein andermal wieder darum, dabeizusein, wenn die Lehrmädchen aus einer großen Schneiderwerkstatt kamen: darunter war manches Gute.

Achille hinterlegte, um sich freier zu fühlen, die Bücher bei dem Hausmeister des Instituts; dort fand er sie am nächsten Tag wieder vor. Geri bewunderte das sehr, aber er nahm seine Bücher mit, obwohl er am Abend zum Lernen keine Lust mehr hatte.

Schön waren diese Eskapaden, wenn sie durch ungewohnte, abseits liegende Straßen gingen. Geri liebte die Menschenmenge nicht: die vielen sorgenvollen, ängstlichen Augen, das Getrampel, das Hin und Her, die Hast, all das bewirkte, daß er sich fremd fühlte; es erinnerte ihn daran, daß er pflichtgemäß um diese Zeit an seinem ruhigen Schreibtisch hätte sitzen und auf das Abendessen warten sollen. Aber es machte ihm Spaß, wenn sie auf stillen Fußsteigen zurückkehrten, wenn die kalte Luft dämmerig wurde, der Himmel klarer war, wenn von einem Augenblick zum andern die lange Reihe der Straßenlaternen aufflammen konnte.

Achille hatte schon versucht, Geri in ein Bordell zu führen, aber Geri war dazu noch nicht entschlossen. Übrigens war auch Achille nie wirklich dort gewesen. Er wußte, wie man das machte, wieviel man bezahlte, wie man der Pförtnersfrau antwortete, aber als Geri ihn einmal wieder danach fragte, brachte er Namen und Einzelheiten durcheinander, und es war offensichtlich, daß er die Sache nur erfand. Doch Geri wagte nicht, ihm das vorzuwerfen, denn Achille war in all diesen Gesprächen so freimütig und überzeugt, daß er ihn reden ließ: das war ein Vergnügen, während sie, wenn er ihn gekränkt hätte, beide verstimmt gewesen wären.

»Erst will ich die Frauen besser kennen«, hielt Geri ihm entgegen. »Machen wir uns an irgendeine kleine Schneiderin heran oder an irgendein braves Mädchen, und wenn wir mehr Erfahrung haben, werde ich dorthin gehen.« Er redete so, um Zeit zu gewinnen; denn Achille hatte, als er sich eines Abends in einem Garten an ein Dienstmädchen heranmachte, sowieso nur Spott davongetragen. Geri sah es sich aus zehn Schritt Entfernung an, bebend vor Scham, und er war richtig erleichtert, als das Mädchen – ein braunes, kräftig gebautes, dickliches Mädchen – Achille, der auf sie einredete, laut ins Gesicht lachte, das Kind an die Hand nahm und sich entfernte. Achille ging eine Zeitlang hinter ihr her, Geri sah nicht, was für ein Gesicht sie machte, aber er hörte, wie eine rauhe Stimme ärgerlich sagte: »Hau ab, du dummer Kerl.«

Mittlerweile wurde es Frühling; Geri staunte, daß er noch nie in seinem Leben gemerkt hatte, wie schön es war, auszugehen, umherzuschauen und zu atmen. Es war nicht nur die Luft und das schöne Wetter, denn schon im Winter war er gern auch im Schmutz oder im Nebel unterwegs gewesen, und ungern trennte er sich von Achille am Haustor; oft begleiteten sie einander gegenseitig wieder nach

Hause bis zur Zeit des Abendessens. ›Das kommt wohl daher, weil dies das erste Jahr ist, wo ich selbständig ausgehe und lebe‹, dachte er, während er, die Bücher unter dem Arm, zur Schule ging. Und jetzt würde es nicht mehr kalt werden, auch kamen die Blätter schon heraus, und es war bis späthin hell. Hätte nur Achille, wenn eine schöne Frau vorüberging, endlich nicht mehr geträllert: ›Ich möchte dich küssen, wenn du nackt bist.‹ Das gefiel Geri gar nicht. Mußte man, um seine Männlichkeit zu beweisen, so etwas sagen?

… … …

Ein Ruf

Ich erinnere mich, wie viele Mohnblumen man vom Fenster aus auf dem Lande sah, und die hatte ich sicher nicht geträumt. So lebhafte Farben träumt man nicht, und dann habe ich immer beobachtet, daß man von einem Traum nur die unnützen Einzelheiten im Gedächtnis behält. Aber diese Mohnblumen, die wuchsen auf der höher gelegenen Wiese bis ins Fenster, als wären es wirkliche Blumen. Ich erinnere mich sogar, daß ich dachte: ›Wäre alles das ein Traum, so würde jemand in den Mohnblumen auftauchen, es würde etwas geschehen, denn in den Träumen hat alles eine Bedeutung.‹ Statt dessen begriff ich, wenn es mir ab und zu gelang, aus dem Fenster zu spähen, daß nichts geschehen konnte, und ich fand gerade in dem Gras und in den Dingen ein unerschütterliches Gefühl von Vertrauen. Das vor allem war es, worüber ich lächeln mußte.

Dieses Gefühl von Vertrauen ist mir ziemlich geläufig, es erfaßt mich, sooft ich von einem geschlossenen Platz aus einen Blick in den Himmel werfe, auf die Bäume, in die Luft. Es ist, als hätte ich einen Moment an der Existenz der Dinge gezweifelt, und dieser Blick beruhigte mich wieder. Eine ziemlich banale Angewohnheit. Wie auch die andere, die daraus folgt: den geschlossenen Raum aufzusuchen, um, wenn ich die Nase an die Luft stecke, den Augenblick der Befreiung zu genießen. Daher kommt es, daß ich ein großer Besucher von Cafés und Osterien bin; ich setze mich gern unter den Fenstern im Halbdunkel in die Ecken.

Aber ich habe nicht die Angewohnheit, mich zu betrinken, und noch weniger die, am Tisch einzuschlafen. Wie dem auch sei, damals hatte sich jede Gewohnheit überhaupt verflüchtigt; ich fand mich manchmal tief in der Nacht auf irgendeiner Vorortstraße und ging immer weiter, entschlossen, den dämmernden Morgen im Gehen zu erleben. Ich spazierte umher unter allen nur denkbaren Vorwänden, und besonders gern in abgelegenen Gegenden. Manche Stunden des Tages vertrödelte ich unruhig in dem oder jenem Winkel. Denke ich heute daran zurück, so ist es sonderbar, daß eine solche Unruhe, die im Grunde bedeutete, daß ich nicht mehr allein zu leben vermochte – und ich lebte in der Tat einen Teil des Tages und der Nacht nicht mehr allein –, mir im Sinn geblieben ist als eine Sucht nach Einsamkeit, als eine Sättigung, fast als ein Widerwille gegen die einzige Gesellschaft, die ich damals suchte. Aber so etwas kommt vor, sagt man. Um es kurz zu machen: ich war verliebt; und ich genoß meine Liebe, so gut ich konnte. Ich verließ jenes Haus bei Nacht, am späten Morgen, mitten am Nachmittag, zu den verrücktesten Stunden, satt und zufrieden, und ging, solange mich die Beine trugen, durch die verschiedensten Straßen, unruhig nach der nächsten Begegnung verlangend, manchmal schläfrig und manchmal frisch und neugierig. Ich schlief zu allen Stunden, und bei jedem Erwachen schien mir, als sei es Morgen: so war für mich der ganze Tag ein langer Morgen. Die Cafés und Osterien waren so etwas wie die Etappen einer Reise, die nie ein Ende nahm.

Damals bei den Mohnblumen saß ich an einem großen Tisch unter dem Fenster, auf den Ellenbogen gestützt, und wußte: draußen war das Land; aber aus Trägheit sah ich nicht hin. Meine Augen waren müde, noch geblendet von einer grellen Sonne; ein Summen von Fliegen, irgend etwas Mühseliges erfüllte das Halbdunkel. Sonst war nichts zu hören, denn das Zimmer war verlassen, und verlassen schien die ganze Osteria; ich hatte mich meines Wissens auch nicht gerührt, um etwas zu bestellen. Vielleicht genoß ich es, daß alle mich vergaßen, und ich weiß auch nicht, wie ich vom Eingang in dieses abgesonderte Zimmer gelangt war. Wenn es überhaupt einen Eingang gab. Ich erinnere mich, daß ich die Ohren spitzte in der Hoffnung auf den fernen Lärm einer Trambahn, und eben das Fehlen dieses Geräusches gab mir plötzlich ein leichtes Gefühl von Verwirrung und einen bestimmten Verdacht, den ersten: der Grund, daß ich nichts hörte, war vielleicht der, daß ich nichts hören durfte, und um mich herum hatte etwas begonnen, das wer weiß wie enden würde.

Aber gerade diese Empfindung, die doch einen Wachzustand voraussetzte, vermischte sich mit einem unsinnigen Vertrauen – ich war seelenruhig –, daß mir nichts zustoßen konnte, weil der Mann, der an der anderen Seite des Tisches saß, kein Feind war.

Das ist wichtig. Nichts war geschehen, seit ich mich in diesem Gastzimmer allein wußte; ich hatte nicht versucht, die Wirte zu rufen, ich hatte sogar versucht, die Stille mit dem Lärmen einer fernen Trambahn zu beleben. Und siehe da, jetzt überlegte ich vernünftig und nahm ruhig die Gegenwart eines Fremden hin und wußte sogar, wer dieser war; das heißt, nicht wer er war, aber immerhin etwas mehr: seine Gesinnungen mir gegenüber, seine gewohnten Gesten, seine Art, zu schweigen und mich zu betrachten. Ich glaube, ich betrachtete meinen Nachbarn nicht einmal mit Neugier, denn man ist nicht neugierig auf den, der sich mit derselben Unausweichlichkeit darstellt, mit der uns ein anderes Ich im Spiegel erscheint. Nicht darin war meine Unruhe begründet: die Gesellschaft nahm ich in aller Natürlichkeit hin, ich war darüber sogar froh. Gar nicht zu vergleichen zum Beispiel mit der Angst, die mich damals manchmal überfiel – sobald ich mich von jener anderen Angst erholte, die sich immer neben mir breitmachte, so daß ich mich einen Augenblick fragte, welche nun wirklich für mich vorhanden war. Ich wiederhole, mein Gefährte beunruhigte mich nicht: unter uns herrschte eine Vertrautheit, die wie aus einer ungeheuren, vagen Masse von Erinnerungen bestand; diese Masse war im Augenblick für mich undurchdringlich, aber sie war existent und gemeinsam.

Nun gut, sagte ich mir, ich bin also hier mit ihm zusammen; aber in solchen Dingen darf man nicht zuviel überlegen und auch nicht glauben, wenn man die Trambahn nicht hört, müsse das durchaus eine Bedeutung haben. Vielleicht habe ich sie gehört, ohne daß es mir bewußt wurde.

Ein für allemal muß ich sagen, daß ich mich schon als Junge, wenn ich nach einem Traum aufwachte, nie damit habe zufriedengeben können, ihn so ohne weiteres zu vergessen, sondern ich habe immer wieder daran gedacht und versucht, ihm sein Geheimnis zu entreißen. Das ist alles andere als leicht. Aber über eines wenigstens bin ich mir klar geworden: ein Traum wickelt sich ab nicht wie eine Tat, die geschieht, sondern wie eine Tat, die erzählt wird. Zum Beispiel: ihr verliert beim Laufen einen Schuh. Ihr glaubt, es geschehe aus Zufall, aber es ist kein Zufall. Nach wunderlichen Abenteuern, die euch euern unbeschuhten Fuß vollständig haben vergessen lassen, trägt es sich zu, daß ihr mitten auf einem reich gedeckten Tisch, dem ihr euch mit angehaltenem Atem nähert, euern Schuh stehen seht, ohne Schnürsenkel, und die durften ja wirklich nicht fehlen. Der Operateur, der euch den Traum projiziert – ihr selbst, werdet ihr sagen –, hatte bewirkt, daß ihr den Schuh verloren habt, hatte ihn zurückgehalten, wie ein Erzähler es mit einer guten Einzelheit tut, und siehe da, er

bringt sie für euch herbei, wenn ihr nicht mehr daran denkt. Ganz als müßte ich einem Ruf Folge leisten, habe ich mich im Lauf der Jahre dieser Suche so sehr hingegeben, daß mir nun nicht selten dieses geschieht: ich begleite einen Traum mit beständiger Sorge darum, herauszufinden, wie er gemacht ist, und mit einer verzehrenden Aufmerksamkeit auf seine geringsten Einzelheiten in dem Versuch, zu erraten, welche Bedeutung sie weiterhin annehmen werden. Und dann hoffe – und fürchte – ich immer, den Operateur bei einem Irrtum zu ertappen.
Das alles – immer vorausgesetzt, daß ich an jenem Nachmittag träumte – könnte etwas erklären. Zum Beispiel meine Unruhe darüber, daß die Trambahn nicht zu hören war. Was auch der Grund für diese Stille war, es ist dumm, sagte ich mir, sich darüber Sorgen zu machen. Das, was geschieht, ist weit wichtiger. Wenn wirklich etwas begonnen hat, so wird man erst einmal zu Ende träumen müssen; dann wird man sehen.
Aber da war das Fenster. Und in dem Fenster, in dem bleichen Gras des Nachmittags, die scharlachroten Mohnblumen, die nichts zu tun hatten mit mir oder meiner Unruhe und mich doch sehr interessierten, weil sie von so lebhafter Farbe und so absurd waren. Für die Mohnblumen bedeutete es nichts, daß die Trambahnen nicht fuhren; sie tüpfelten mit ihren Farbflecken die höhergelegene Wiese wie dünne Gespenster, die leise schaukelten; und ich erinnere mich, daß ich sie nur flüchtig betrachtete, weil ich begriff: in diesem Augenblick war ihre Welt eine andere, und ich allein wußte, daß sie dort standen.
Mein Nachbar schwieg. Es war zwischen uns etwas wie ein Einverständnis, uns nicht außerhalb des geschlossenen Zimmers bemerkbar zu machen, weil in diesem Fall einer von uns beiden hätte verschwinden müssen. Das wußten wir ganz genau. Wie ich auch wußte, daß er mir an Schul-

tern, Händen, Ausdruck ähnelte, so etwas war wie ein Arbeiter; die Jacke jedenfalls trug er zusammengerollt im Hosengürtel, und er stützte einen nackten Ellenbogen auf den Tisch und die Kinnlade auf die Faust; so saß er buckelig da und betrachtete mich.
Ich lächelte nachdenklich, ohne den Blick von den Knöcheln seiner Faust zu lösen; sie standen weit vor, denn sie waren mager und stark. Ich mußte auch darum auf sie hinsehen, weil an sie irgendwie dieses Gefühl von Vertrauen und früherer Intimität gebunden war. Hier also begann ich mich nach dem Grund meiner Empfindung zu fragen und zu versuchen, wie ich die Mauer so vieler geheimnisvoller gemeinsamer Erinnerungen überwinden könnte. Ich kenne mich genau und bin gewiß, ich wäre unruhig oder wenigstens verlegen gewesen, hätte ich nicht schon seit einiger Zeit einen spürbaren Beweis dafür gehabt, daß jene Augen mir wohlgesinnt waren. Daß der junge Mann – siehe da, ich wußte auch seinen Namen, Masino – selber verlegen sein könnte, war eine Vorstellung, die sich mit meinem Temperament nicht vertrug. Nie, in keiner Lebenslage denke ich, jemand, der vor mir steht, könne etwas von mir befürchten, aber die Erfahrung lehrt mich, daß die Menschen das sehr oft tun. Immerhin begann ich zu begreifen oder vielleicht mir vorzustellen, woraus mein Vertrauen bestand. Wir mußten uns kurz vorher schon gesprochen haben. In der Tat – wie ich seinen Namen kannte, so kannte ich auch die Klangfarbe seiner Stimme; ich wußte sogar, daß er die italienischen Worte sozusagen umkreiste, er sprach sie mit Mühe und langsam aus; ich wußte, daß er sich auf italienisch ausdrückte wie jemand, dem der Dialekt vertrauter ist, der sich aber dem Gesprächspartner angleichen will.
»Sehen wir die andere Hand!« sagte ich plötzlich.
Ohne jede Verwirrung streckte mir Masino den freien

Arm entgegen, wobei er den Ellenbogen und den Rücken der geschlossenen Faust auf den Tisch stützte und keine Miene verzog, als schlage er mir ein Spiel oder ein Rätsel vor. Ich schob gierig die Hände nach vorn, ergriff seine Finger und suchte ihm die Faust mit Gewalt zu öffnen. Ich erinnere mich, daß ich mich sogar vom Stuhl erhob. Masino, das Gesicht noch immer auf die andere Faust gestützt, gab nicht nach. Da tat ich, als sei die Sache gar nicht wichtig, und betrachtete ihn ungeniert. Masino lächelte gegen die Knöchel seiner Hand.

»Muß man wirklich den Spaß so weit treiben?« sagte ich.

Masino öffnete die Faust. Die Handfläche war mager und dunkel, die fleischigen Teile der unteren Fingerglieder voll Schwielen. Ich sah die Hand kaum an, fragte mich aber, warum ich versucht hatte, sie mit Gewalt zu öffnen, und ob ich mich deswegen auf lange Zeit hin schämen würde.

»Du bist sicher froh, nicht mehr dran zu denken«, sagte Masino zögernd.

»Doch, es ist möglich, daß ich noch dran denke, und viel«, antwortete ich. »Warum sollte ich nicht dran denken? Demütigungen bleiben mir mehr im Gedächtnis als Freuden. Ich bin wie ein Junge.«

»Wenn du auf mich hören willst: denke nicht mehr dran«, sagte Masino. »Es ist so wenig Zeit. Und du mußt so rasch wie möglich alle Freuden suchen, die dir erreichbar sind. Denn in dem Augenblick, wo du wach wirst, ist es aus.«

Ich starrte auf den Tisch und murmelte etwas vor mich hin, wie ich es oft tue, wenn ich allein bin. Und wie das so geht – ich war auf ungewöhnliche Weise bewegt und hob den Blick nicht mehr und fühlte mich leer und verzweifelt, so sehr, daß mir die Tränen herabliefen, als wären sie Blut, und ich sagte: »Dies ist mein Blut, das von mir geht. Mach diese Dinge allein, du Spaßvogel.« Aber ich wußte, je mehr ich mich einschüchtern ließ, um so rascher würde ich wieder obenauf sein, und im passenden Moment sagte ich: »Genug. Es war nichts. Ich habe damit nichts zu tun.«

»Dann bist du überzeugt?« fragte Masino, der sich nicht gerührt hatte.

»Nein«, antwortete ich trocken. »Du gehst nicht eben zart mit mir um; ich mit dir auch nicht.«

Ich sprach in dem schrecklichen Gefühl, zu übertreiben, aber ich konnte nicht an mich halten. Ich sprach, wie man einen Stein in einen Brunnen wirft, wobei man sein Plumpsen in die Tiefe verfolgt mit der Kälte des Wassers in den Knochen, ohne doch zu wagen, sich darüberzulehnen. Masino konnte ja auch den Ausdruck wechseln und mein Feind werden. Aus dem Augenwinkel überwachte ich das Fenster und wartete, daß irgendwer es mit dem Oberkörper ausfülle. Aber ich wußte, draußen war niemand.

Als ich Masino wieder ansah, hatte ich ein Lächeln aufgesetzt wie er vorhin, die Hand vor dem Mund.

»Habe ich recht?« sagte ich.

Masino winkte mir mit den Augen, ich solle fortfahren.

»Ich war immer ein unglücklicher Mensch«, sagte ich. »Aber mehr noch ein Junge als ein Unglücklicher. In manchen Nächten tut es mir leid, schlafen zu gehen, denn das scheint mir verlorene Zeit. Ich möchte immerzu wach sein, bereit, zu atmen und zu schauen. Für mich ist es ein Vergnügen, wie verrückt aus dem Haus zu rennen und mir das Wetter anzusehen, die Menschen, die vorübergehen, den Geruch zu spüren. Dann ist es schön, darüber nachzudenken. Es gibt natürlich Demütigungen – na, meinetwegen.«

»Wirklich wach sein, ist etwas anderes«, sagte Masino mit harter Stimme.

»Laß mich reden. Es kommt mir zu, das zu sagen, denn ich denke Tag und Nacht daran. Es wird wohl nur eine Demütigung sein. Die ärgste von allen. Aber man wird sie erzählen können.«
Es folgte ein Moment, den ich noch heute nicht mit dem übrigen verbinden kann. Mir scheint, daß ich ein Gesicht zog, ich wurde von neuem schwach, hob aber hin und wieder den Kopf und warf verstohlen einen Blick auf Masino. Masino hörte mir so ernsthaft zu, als sei das Fenster gar nicht vorhanden. Ich hingegen sah flüchtig dorthin, und das gab mir ein heimliches Gefühl von Überlegenheit. Ich achtete darauf, mich nicht ertappen zu lassen, hielt seine Augen in Schach, damit er nicht wie ich hinaussähe, und inzwischen dachte und dachte ich. Masino hatte die Hand vom Kinn genommen, er lag jetzt krumm, die Arme gekreuzt, über dem Tisch.
»Man kann sie erzählen«, fuhr ich fort. »Ich habe schon andere Demütigungen erzählt. Wenn du willst, erzähle ich sie dir jetzt sofort. Ich tue Tag und Nacht nichts anderes.«
Wir blickten uns lächelnd an, wir saßen über den Tisch gebeugt wie zwei Spieler. In mir war keine Gereiztheit mehr. Ich war verwirrt. Beide wollten wir sprechen.
»Ich habe es einmal versucht«, sagte Masino. »Aber ich bin dazu nicht imstande. Man muß das Warum des Schuhes wissen.«
»Versuche es jetzt«, bat ich.
Da zog Masino die Schultern zusammen und zog ein Gesicht.
»Ich weiß nur eines«, sagte er. »Ich kann es nicht. Hier sind arme Leute, sie würden alle herkommen und uns nicht reden lassen. Auch Mädchen sind hier.« Masino lachte leise und öffnete und schloß auf dem Tisch nervös die Faust. »Man muß darüber nachdenken und das Warum

begreifen. Man tut eine Sache – aber sie erzählen, das ist etwas anderes.«

»Das stimmt«, sagte ich. »Niemand hat mir je das erzählt, was ich tue. Das ist unmöglich.«

Uns kam beiden dieselbe Idee. Ich las sie in seinen Augen. Er betrachtete mich mit gesenktem Kopf.

»Man muß zu zweien sein«, sagte ich. »Wie beim Lieben.«

Aber eben während ich sprach, spürte ich, daß ich im Leeren war. Nicht das erwartete Masino von mir. Er dachte an ganz etwas anderes.

»Es ist noch schöner«, fuhr ich fort. »Als käme man ein zweites Mal zur Welt.«

Masino sah nach dem Fenster; wieder verspürte ich die alte Erschütterung.

»Bist du nie wirklich wach geworden?« fragte er mich leise.

Ich hatte in den Augen das Licht der Mohnblumen und betrachtete sie intensiv in mir, als sei das die einzige Art, sie ganz in mich hineinzunehmen und vor ihm zu verstekken. Fast hätte ich geschrien, so bange war mir. Mein Leben war an diese Mohnblumen gebunden.

»Was hat das zu sagen?« rief ich rasch. »Ich habe keine Angst, wach zu werden. Ich denke sowieso Tag und Nacht darüber nach.«

Masino sagte, noch immer zum Fenster gewandt: »Es hat keinen Zweck, darüber nachzudenken. Wach werden ist schlimmer als Angst haben. Von dem Augenblick an kannst du nichts mehr tun.«

»Ich weiß es«, sagte ich leise. Gerade da hatte Masino von den Mohnblumen weggeblickt und starrte nun wieder auf den Tisch. Mir war das Herz schwer, weil ich begriff: nichts würde geschehen; was geschehen konnte, war schon gewesen; alles war in diesem Zimmer und in dem

Fenster enthalten. Ich hörte in dem Halbdunkel so etwas wie das Summen der Stille, und irgend etwas hinten im Gehirn flüsterte mir zu: ›Es ist belanglos, es ist belanglos.‹

Ich betrachtete Masino voll Mitleid, fast mit Qual, wollte es mir aber nicht anmerken lassen. Alles an ihm stimmte mich jetzt mitleidig. Ich hatte das unwiderstehliche Gefühl eines Menschen, der sich selbst bemitleidet: er kann nicht damit fertigwerden, am liebsten würde er sich gehenlassen und weinen, wenn ihn nicht ein dumpfer Groll gegen sich selbst daran hinderte. Ich betrachtete auf dem Tisch seine harten, traurigen Hände.

»Du willst nichts wissen, Masino«, sagte ich plötzlich.

»Nein, nichts«, antwortete seine Stimme, während sie sich entfernte – als sei sie hinter der Mauer.

Ich blieb, wie lange weiß ich nicht, an dem Ort sitzen, die Schläfe an das Holz des Fensterflügels gelehnt, von wo ich, ohne mich zu rühren, vorhin die Mohnblumen gesehen hatte. Ich wußte, es wurde Abend, aber ich fühlte mich wohl und rührte mich nicht.

Als mich der Lärm der Trambahnen erreichte, fuhr ich zusammen, und doch hatte ich das unbestimmte Gefühl, als hörte ich sie schon seit einiger Zeit. Das Halbdunkel, das auch das Fenster erfüllte, konnte die Wiese noch nicht verborgen haben, aber in diesem Augenblick dachte ich nicht daran und sah nicht hin. Dagegen sah ich hinten im Zimmer eine kleine, nur halb geschlossene Tür, die ins Freie ging; und da ich nicht wußte, wie lange ich schon dort war, packte mich die Unruhe, die Wirtsleute könnten plötzlich auftauchen und sich über mein heimliches Verweilen beklagen. Es war nicht nur Unruhe, es war Schrecken. Ich ging durch die Tür ins Freie und rannte mit klopfendem Herzen ein Stück durch die Wiese. Dann kam ich, wie auf der Flucht, hinter einer Fabrik heraus.

Der Hauptmann

I

An manchen stillen Abenden stieg ich die halbdunkle Treppe hinauf, nachdem ich das Mädchen an der Ecke verlassen hatte; und in halber Höhe sah ich aus einem kleinen Fenster in den freien Himmel. Ich blieb nicht stehen; aber ich hatte ein zärtliches Gefühl dem großen Himmel gegenüber, der bis hier herein reichte. Dann läutete ich an der Tür. Jetzt weiß ich, daß mein Gastgeber in den raschen Blick, den er mir zuwarf, die gleiche heimliche Intensität legte, die ich einen Moment vorher dem Himmel gewidmet hatte. Aber damals war ich törichter: ich stellte mir vor, ich bereitete ihm ein Vergnügen, wenn ich mich albern zeigte. Wir unterhielten uns; nach und nach wurde ich still. So breitete sich im Zimmer wieder das anfängliche, starre Schweigen aus. Die dunklen Wände um das Licht in unserem Winkel wurden ungeheuer hoch; ich wußte, meinem Gastgeber war diese Art des Zusammenseins recht – er würde mir, wenn ich nach einer Stunde fortginge, sagen, ich solle wiederkommen.
Er war ein großer Mann, noch nicht alt, mit vorsichtigen, doch kräftigen Bewegungen, wie ein Bauer sie hat; so wagte ich ihm nicht mit klaren Worten zu sagen, was mich an diesen Abenden bezauberte: es wäre genauso sinnlos gewesen, als hätte ich ihn gefragt, ob er für eine bestimmte Farbe oder ein Parfüm eine Vorliebe habe. Aber er sollte merken, daß ich zu allen Dummheiten aufgelegt sei, so daß er lächeln müßte.

»Wie kleiden sich die Frauen jetzt?« fragte er einmal. Ich hob erstaunt den Kopf. »Ich meine: wie wirken sie auf euch junge Leute?« Ich zögerte, und er fügte hinzu: »Nun ja, für euch sind sie immer gleich angezogen.«
So unerwartete Dinge sagte er. Ich besuchte ihn ziemlich häufig, einfach weil die Ecke, an der ich mich von dem Mädchen trennte, gerade unter seinem Hause war, und das Tor des riesigen Gebäudes wurde zu keiner Stunde der Nacht geschlossen. Ich glaube, es gab gar keinen Pförtner. Meinen ersten Besuch bei ihm hatten gewisse politisch interessierte Freunde von mir veranlaßt; er jedoch ging auf meine Anspielungen nicht ein, er war still, oder er raffte sich plötzlich auf, stellte mir ungewohnte Fragen und beantwortete sie sich selbst, hörte aber dann, ohne mit der Wimper zu zucken, an, was ich ihm zu sagen wußte. In diesem einzigen großen Zimmer roch es nach eingeschlossener Luft, und es herrschte dank des vielen leeren Raumes eine gewisse unordentliche Ordnung. Nur in dem beleuchteten Winkel – er wurde von zwei alten Sesseln und einem Regal voll Zeitungen gebildet, auf dem die Lampe stand – fühlte man sich in einem bewohnten Zimmer. Ich hatte ein abenteuerliches Gefühl, wenn ich mich mit ihm dort allein befand, und eine gewisse Sehnsucht nach der freien Luft und dem nächsten Tag, wie sie mit nächtlicher Einsamkeit untrennbar verbunden ist. Diese abendliche Pause war nach der Gesellschaft, die ich verließ, etwas wie eine Bestätigung der Männlichkeit. Und das Lächeln und die albernen Gedanken hatte ich für meinen Gastgeber, weil ich im Kontrast seine Gegenwart um so mehr genießen und ihm zu verstehen geben wollte, warum ich ihm so bescheiden zuhörte.
Eines Abends sagte er zu mir: »Warum kommst du zu mir, statt deinem Vergnügen nachzugehen?«
Ich setzte ein unbestimmtes Lächeln auf.

»In deinem Alter war ich munterer«, fuhr er fort.
»Alles hat seine Zeit«, erwiderte ich.
»Und warum willst du dich mit Politik beschäftigen? Das ist nicht dein Beruf.«
Das verletzte mich. Ich wartete ein wenig, das gehörte zu unserer Art von Unterhaltung, und sagte dann etwas mühsam, ich wolle von diesen Dingen hören, damit ich mir eine Vorstellung bilden könne. Aber er nahm das Gespräch nicht noch einmal auf, und als ich mich in dieser Nacht verabschiedete, wurde ich nicht aufgefordert, wiederzukommen. Vielleicht reagierte ich nur, weil ich erregt war, so empfindlich auf eine Unterlassung, die auch sonst vorgekommen war; jedenfalls dachte ich über sein Verhalten, das mir nicht gerecht wurde, noch viel nach. Dann, wie das so geht, überzeugte ich mich schließlich davon, daß ich selbst im Unrecht war, und ärgerte mich nur darüber, daß der verdammte Kerl so gut hinter mein Geheimnis gekommen war.
Die Folge war, daß ich am nächsten Tag Streit mit meinem Mädchen bekam; sie wollte wissen, warum ich so nachdenklich wäre, und ihr konnte ich dieses Urteil über mich bestimmt nicht erzählen. So verbrachte ich Augenblicke der Niedergeschlagenheit, ich fühlte mich zu allem untauglich. Doch nach einigen Abenden ging ich von neuem die bewußte Treppe hinauf; Gewohnheit und Jahreszeit trugen dazu bei, daß ich diese nächtliche Unterbrechung wieder suchte. Der Hauptmann – so nannten wir ihn – öffnete mir mit der gewohnten Gleichgültigkeit die Tür und empfing mich, als sei nie etwas vorgefallen.
»Wir können eben nicht allein sein«, sagte ich heiter. Ich verbarg meine Zufriedenheit und murmelte, ich käme zu ihm nicht nur so, sondern weil ich etwas lernte. Er fragte mich nicht, was, sagte jedoch, man müsse lernen, allein zu sein. Ich versicherte, ich lebte allein, und er lächelte wie-

der und beugte sich im Licht nach vorn. »Dafür bist du zu jung«, sagte er. »Ihr seid alle zu jung. Ihr redet gern. Wenn man in Gesellschaft ist, sagt man Dummheiten.«
Ich dachte bei mir: um zu handeln, braucht man doch Gesellschaft – und sagte es ihm. Er ging nicht darauf ein und fuhr fort: »Was glaubt ihr damit zu tun, daß ihr redet?«
»Ich rede nur bei Frauen.«
Gewöhnlich mündete das Gespräch in ein Schweigen, und ich drang vergeblich in ihn, mir zu sagen, was er mir vorzuwerfen habe. Er schwieg, sah auf den Tisch und hob nicht die Augen; innerlich war ich froh, daß ich mit meinem Mädchen verzankt war, und wollte gerade wieder mein törichtes Lächeln aufsetzen, als er von neuem anfing:
»Das Gefängnis hat ein Schönes: es lehrt einen, daß man nicht redet.«
»Ich dachte im Gegenteil, man käme heraus mit einem großen Verlangen nach Gesellschaft.«
»Sicher. Die erste Zeit«, brummte er. »Aber dann merkst du, daß du gelernt hast, ohne sie auszukommen. Die ganze Welt wird so etwas wie ein Gefängnis. Und ihr, ihr hättet das nötig.«
Damals sprach Freund N., einer von denen, die mich zu ihm geschickt hatten, nicht eben achtungsvoll von ihm. Wir diskutierten gerade einen Plan, den er hatte, und ich erinnere mich, daß ich ihn an einem bestimmten Punkt des Gesprächs fragte, was der Hauptmann über die Sache denke. Der Freund sah mich, fast scheel, von der Seite an und seufzte. Ich fragte verärgert, was er gegen ihn habe. Da setzte mir mein Freund auseinander, der Hauptmann habe in seiner langen Haft den Kontakt mit der Wirklichkeit verloren, und nun sei er passé, nicht mehr imstande, uns zu folgen.
»Aber er könnte uns sagen, wie man alles macht«, sagte ich.

Wieder sah mich der Freund von der Seite an.
Als ich mit dem Hauptmann von ihm sprach, verzog dieser keine Miene und sagte, er sei ein junger Mann, auf den man sich verlassen könne.
»Taugt er etwas?« fragte ich beharrlich. Der Hauptmann wurde ärgerlich; da ich nun schwieg, antwortete er: »Du urteilst zu rasch. Gib gefälligst keine Charakterbilder deiner Genossen. Arbeite.« Ich konnte ihm nicht berichten, was jener von ihm gesagt hatte, und das Gespräch war zu Ende. Nun – die Welt bestand nicht nur aus diesem Dachzimmer. Das, was ich mit den Freunden tat, hatte schon auch eine Bedeutung.
Doch als ich das nächste Mal – ich konnte es nicht lassen, zu jenem Fenster hinaufzublicken – eintrat, war ich unangenehm berührt: in unserem Winkel saß ausgerechnet Freund N. Er blickte von einer Zeitschrift auf und winkte mir zerstreut zu. Ich hatte die beiden von außen nicht reden hören, mein Freund sprach natürlich leise, und der Hauptmann hörte, wie immer, zu. Ich blieb stehen und fragte, ob ich etwa störe. »Sei nicht blöde und setz dich«, sagte N.
Ich blieb aber doch stehen, stützte mich auf die Rückenlehne des Sessels und betrachtete den Hauptmann, der sich wieder uns gegenüber hingesetzt hatte. Mir schien, sie erwarteten, daß ich etwas sagte, aber da mich der Zufall nun einmal zum Eindringling gemacht hatte, war ich wild entschlossen, im Halbdunkel zu bleiben und mich an dem Gespräch der beiden zu freuen. Mein Freund drehte mir das Gesicht zu, sah zu mir herüber und brummte: »Habt ihr euch gezankt?« Damit meinte er zu erreichen, daß ich mich rechtfertigte, obwohl er ja wußte, daß ich das Mädchen jeden Abend um diese Zeit verließ. »Sprecht weiter«, antwortete ich. »Ich bin sozusagen nicht da.«
Sie sahen mich flüchtig an – der Hauptmann ohne eine

Miene zu verziehen – und schienen sich zu amüsieren, und N. drehte mir wieder den Rücken zu und setzte das, was er sagen wollte, klipp und klar auseinander, als sei ich wirklich nicht da. »Habe ich es Euch nicht gesagt, Hauptmann? Das ist echt Pippo. Pippo steht am liebsten da und sieht sich alles an. Sieht sich die gefährlichsten Dinge an. Es gibt kein Schauspiel, das ihn schreckt. Aber er selbst ist ›nicht da‹. Das ist für ihn die heimliche politische Tätigkeit.«

»Auch sein Tag wird kommen«, sagte der Hauptmann friedlich.

Der Freund wußte nicht, daß wir gerade davon schon gesprochen hatten, und wunderte sich über diese Gleichgültigkeit. Aber da er mich kannte, wußte er auch, daß dies nicht der Augenblick war, einen Streit mit mir anzufangen. Er sprach mit ruhiger Stimme weiter von seinen Plänen. Ich hatte angefangen, durch das Zimmer zu gehen, wobei ich immer einmal stehenblieb, um zu sehen, wie das, was mein Freund auseinandersetzte, auf den Gastgeber wirkte. Er schien mir aufmerksamer als sonst.

Es waren die gleichen Dinge, die N. am Tag zuvor ihm hatte verschweigen wollen. Insgeheim machte es mir Spaß, daß er so meiner Idee folgte; aber ich ging schweigend auf und ab, ich argwöhnte irgendeinen Kniff. Der Hauptmann runzelte die Stirn.

»Seid ihr alle damit einverstanden?« fragte er barsch.

Wir antworteten ihm nicht sofort, weil jeder wartete, daß der andere spräche; dann bemerkte ich, daß N. ihm schon mit einem Kopfnicken geantwortet hatte.

»Nein«, sagte ich da verärgert. »Ich zum Beispiel bin nicht damit einverstanden.«

»Das wissen wir«, sagte N. kalt. »Du gefällst uns gerade darum.«

Da zuckte ich die Achseln und sagte: »Idiot.«

Nun sprach der Hauptmann und setzte seine Idee auseinander. Er fragte nicht, ob unser Projekt uns ausführbar scheine oder nicht – diese Dinge sind nie ausführbar –, sondern ob die verschiedenen Genossen entschlossen seien, die Haut zu riskieren. Er, der uns kannte, zweifelte daran.
Da begann N. ihm auseinanderzusetzen, daß er eine Gefahr überhaupt nicht sähe, wenn die Dinge getan würden, wie es sich gehört – und ich lachte mir eins, denn ich kannte die Überzeugung des Hauptmanns besser als mein Freund: die Jugend in die Gefahr hineinwerfen, gerade damit sie sich die Finger verbrennt. Als N. seinen Standpunkt schön deutlich dargestellt hatte, zuckte der Hauptmann die Achseln und zog den Schluß: »Dann ist es zwecklos. Ich rate euch, euch nicht erst zu bemühen.«
»Siehst du wohl?« sagte N. zu mir, als wir die Treppen hinuntergingen, »der Hauptmann folgt uns nicht. Bist du nun überzeugt?«
»Recht hat er doch«, brummte ich und setzte ihm, ungern genug, auseinander, man müsse schon sehr harmlos sein, wenn man nicht begriffen habe, daß der Hauptmann uns für Schwätzer halte. »Darum müssen wir ihm zeigen, daß wir keine sind«, gab N. zurück.
Gewöhnlich bin ich schweigsam. Aber an diesem Abend war ich ganz mit meinem Mädchen beschäftigt, deshalb konnte ich ihnen gegenüber gar nicht gesprächig und angriffslustig sein. Sie und ich, wir hatten in dem Winkel eines Cafés gesessen und uns bestimmte Versprechungen gegeben; dann waren wir einträchtig unter den Frühlingsbäumen umherspaziert. Als ich zum Hauptmann hinaufstieg, war mir leicht ums Herz. Jetzt bummelten wir, mein Freund und ich, durch die Alleen, aber ich konnte mich nicht entschließen, nach Hause zu gehen.

Das Gespräch und die gespannte Atmosphäre von vorhin waren fast vergessen.
Wir kannten uns schon sehr lange; es geschah oft, daß wir schweigend nebeneinanderher gingen, ohne daß eine Verlegenheit entstand; jeder dachte an die eigenen Angelegenheiten. In dieser Nacht dachte ich an gar nichts; ich genoß die Erinnerung und schmeckte im voraus das Feuer vieler anderer, künftiger Gespräche, denn mir schien, ich sei imstande, überhaupt alles zu tun und zu unternehmen, in einer immerwährenden Märznacht. Ich war jung.
»Der Ärmste«, sagte N. »Er tut einem leid.«
»Und wir uns nicht?« erwiderte ich.
»Er tut mir leid«, wiederholte N., »weil er ein erledigter Mann ist.«
»Er hat mehr gearbeitet als wir.«
»Jedenfalls ist er erledigt.«
»Immerhin bezeichnet er sich nicht selbst so«, widersprach ich ihm.
»Ich frage mich, ob wir eines Tages genauso sein werden wie er«, sagte er seufzend. »Wenn das alles hier so weitergeht, habe ich Angst.«
Tagsüber schien die Sonne, und ich kann gar nicht sagen, wie mir das gefiel. Damals arbeitete ich; es war das erste Jahr, daß ich arbeitete, und wenn ich am Morgen in die große Fabrik mit den vielen Glasfenstern hinaufging, wo ich an einem solchen Fenster zeichnete, klärten sich meine Ideen. Manchmal ging ich in einen weiten Raum hinunter, in dem Arbeiter eine Reihe Maschinen beaufsichtigten, und wenn ich an dem einen Dreher vorüberkam, zwinkerte ich ihm zu: ein aufgeweckter Bursche, wenige Worte von ihm hatten mir das gezeigt. Wir hatten uns noch nicht verständigt und zusammengetan, aber ich wußte genau, daß ich, wenn ich es wollte, nur mit ihm zu

sprechen brauchte. Ich zögerte diesen Augenblick hinaus, weil ich im Grunde begriff, daß unsere Tätigkeit an sich nicht zählte, während, wenigstens für mich, das schweigende Einverständnis sehr viel wertvoller war. Es gab mir das Gefühl, daß, unabhängig von mir und den Genossen, die Wirklichkeit selbst sich auf uns zu bewegte.

II

Mein Mädchen hielt die Versprechungen, und infolgedessen kam ich sehr viel später nach Hause, sehr müde und glücklich. Ich hatte keine Gelegenheit mehr, zum Hauptmann hinaufzusteigen, aber ich dachte oft an ihn und sah ihn dort oben vor mir, allein und widerborstig, vor den Fenstern, die er nun in der schönen Jahreszeit sicher weit offen ließ. N. sagte, daß manche ihn noch immer aufsuchten, denn er hatte zu seiner Zeit viele Kameraden gehabt, und die wenigen, die noch da waren, versuchten ihm sogar zu helfen.

N. war damals oft auf Reisen; er knüpfte eifrig Verbindungen mit der Provinz an, und da er wußte, daß ich das nicht besonders schätzte, sprach er zu mir sehr wenig davon. Ein Glück, daß meine Arbeit mich an die Stadt fesselte; sonst hätte auch ich mich zu mancher Reise verpflichtet gefühlt. Eine so große Vorsicht bei N., der ja kein Junge mehr war, flößte mir einige Angst ein, auch weil N. zwischen der einen und der nächsten Fahrt wieder normal wurde und mich anrief und Zusammenkünfte vereinbarte, weil er in seinen politischen Salons von mir sprach und auf meine Einwände erwiderte, die Polizei habe viel zu viel damit zu tun, hinter dem Gespenst in der Provinz herzulaufen, als daß sie daran dächte, es in der Stadt zu packen. Für den Augenblick hatte er in meinem Zimmer be-

stimmte kleine Manifeste deponiert, von denen ich wußte.
Dafür warf er mir oft vor, daß ich, sobald ich das Mädchen verlassen hatte, zum Hauptmann hinaufging: er an meiner Stelle würde sich dort nicht hintrauen. Mir riß die Geduld, und ich sagte ihm, er solle lieber auf die Jungen achtgeben, die sich in seinen Salons mit gewissen jungen Mädchen trafen: Frauen und Politik passen nicht zusammen.
Eines war schön: ich konnte ihm als, glaube ich, einzigem der Freunde geradeheraus die Wahrheit sagen. In solchen Fällen machte er ein ernsthaftes Gesicht und setzte mir seinen Standpunkt auseinander. Und diesmal setzte er mir auseinander, seine jungen Mädchen seien nicht irgendwelche Frauen, sondern solche mit Gewissen, die sich, genau wie ich und er, verpflichtet fühlten, zu handeln. »In der Zeit, als deine Arbeiter noch zu kämpfen verstanden, haben so viele Frauen, so viele Fabrikmädchen, wie du gar nicht ahnst, für die Organisation gearbeitet.«
Der Freund kannte mich recht gut, und während er mir solche Antworten gab, mußte er selbst leise lächeln.
»Frauen mit Gewissen«, brummte ich. »Daß ich nicht lache!« Aber das Gespräch war eröffnet, und N. bestand darauf, ich müsse soviel Mut aufbringen, wie es meine Umwelt erforderte.
»Aber ich habe ja gar keine Umwelt«, antwortete ich hartnäckig, und der Freund lachte und fragte mich, wo ich die Abende zubrächte.
»Auf den Straßen«, antwortete ich.
»Das nimmt einmal ein Ende«, sagte N. »Einmal tust auch du deine Pflicht.«
Manchmal ärgerte ich mich und versuchte den Tag irgendwie anders zu verbringen. Ich nahm mein Mädchen

mit ins Boot oder, wenn mich jemand anrief, kam ich nur unter der Bedingung, daß wir auf den Hügel gingen, um dort eine Flasche Wein zu trinken, damit ich nicht aus Verzweiflung im Hause von N. landete, der immer bereit war, uns anzuhören.
In der Fabrik zwinkerte mir der Dreher listig zu – er war schlagfertig, entschied sich aber trotzdem nicht, offen zu reden. Er begnügte sich damit, vor meinen Augen bestimmte mächtig große Aufschriften, die die Wand zierten, mit schiefem Gesicht zu betrachten. Das war so ein stummes Spiel zwischen uns. Er hieß Severino. Doch als ich eines Tages über N.'s Spöttereien ungeduldig wurde, prahlte ich, ich arbeitete ›unter Wasser‹, und versprach ihm, mit Severino zu reden. In Wirklichkeit hatte ich das nur so hingesagt; N. jedoch lachte nicht, sondern nahm die Sache teuflischerweise ernst, setzte eine wichtige Miene auf und tat, als glaube er mir. Er verbreitete auch unter den Freunden das Gerücht, mir komme eine solche Arbeit zu, ich sei ernst zu nehmen, und so brachte er mich in den Ruf eines Mannes, der geschickt zu handeln weiß.
Wie dem auch sei – ich konnte mich nicht dazu entschließen, bei dem Dreher zu sondieren. Ich zog es vor, alles, was er tat, rasch zu erfassen: seine Äußerungen, seine Grimassen, die er hinter der verstohlen gerauchten Zigarette versteckte, die schöne Unverschämtheit, die er sogar in den Schritt zu legen verstand, wenn er vor einen Vorgesetzten treten mußte. Ich fragte mich, wie er seine Abende verbrächte. Wahrscheinlich wie ich mit einem Mädchen. Mit den Kameraden verständigte er sich durch Blicke. Er gefiel mir.
Eines Tages erklärte ich mich bereit, N. auf einer Radtour zu begleiten: er wollte eine bestimmte Person aufsuchen, und diese wieder sollte ihm einen bestimmten Dienst er-

weisen, ihm einen Zweifel nehmen über jemanden, dessen er sich unvorsichtigerweise bedient hatte. »Ich glaube nicht, daß der Mann ein Spitzel ist«, sagte er naiv zu mir, »sonst wären wir alle längst eingesperrt.«

Während wir die Pedale traten, rechtfertigte er sich: man müsse doch handeln und also manchmal auch blind vertrauen. Ja, er sagte im Spaß, es sei genauso gut, immer zu vertrauen, es zu halten wie die Kreuzfahrer: Gott, das heißt dem Gefängnis die Sorge dafür überlassen, die Frommen von den Gottlosen zu scheiden.

Ich sagte ihm, auf die Art stimme er mit dem Hauptmann überein. Darüber mußte er lächeln.

Ich setzte es ihm auseinander. »Ja doch! Er sagt, alles müsse bis an die äußerste Grenze vorangetrieben werden. Ja mehr Menschen im Gefängnis landeten, desto revolutionärer würde die Lage.«

N. lächelte weiter, mit einer gewissen Duldsamkeit. Dann lenkte ihn eine Biegung der Allee ab; aber während wir weiterradelten, merkte ich, daß er sich um die Sache mit dem Spitzel ziemliche Sorge machte.

Die doch immer ungreifbare, abenteuerliche Vorstellung vom Gefängnis kam uns auf dieser Radtour, die einer Flucht ähnelte, unangenehm nahe, so daß ich einen bitteren Geschmack davon behielt. N.'s Gegenwart erschien mir wie das spürbare Zeichen der Drohung. Unsere Gummireifen rauschten auf dem feuchten Asphalt; und die Vorstellung, dies könnte unsere letzte Tour sein, nahm meine Aufmerksamkeit ganz in Anspruch.

»Wer ist der Mann, der den Spitzel machen könnte?« fragte ich plötzlich.

N. gab mir keine Antwort, er sprang an der kahlen Böschung gerade vom Rad und sah sich um. Dort standen ein paar niedrige Häuser mit Holzdächern, keine Arbeiterhäuser mehr, sondern ländliche Hütten, die die Stadt geschluckt hatte. Eine Tür stand über einer verschmutzten Schwelle offen, und das Schild bezeichnete die Hütte als Osteria.

»Ist es hier?« fragte ich. Wir lehnten die Räder an einen Baum; N. sah mich neugierig an und sagte: »Das Milieu müßte dir gefallen.«

»Geh hinein«, sagte ich, »und beeile dich. Ich passe auf die Räder auf.«

»Wenn sie kommen, pfeif!« rief N. höhnisch von der Tür her.

Ich zuckte die Achseln und blieb allein. Zwischen den Bäumen erstreckte sich die lange Wiese, dann die unbebaute Sperrzone, und weiter entfernt erhoben sich andere, einzeln stehende Häuser, alle gleich. Es regnete nicht mehr, die Sonne schien; diese Häuser waren für mich wirklich die nächste Zuflucht. Ich zündete mir eine Zigarette an, um in Ruhe meinen Gedanken nachzuhängen, und die vorherige Angst klärte sich – es war weniger Furcht als ein Unbehagen gewesen – zu der Vorstellung, ich könnte meinen Beschäftigungen plötzlich entrissen werden: dem Rendezvous mit meinem Mädchen nach dem Abendessen, dem morgendlichen Erscheinen in der Fabrik, dem Umherbummeln, den Gesprächen, allem, was der Tag an Unvorhergesehenem bringen konnte. Ich merkte jedoch, daß sich das Warten bei den Rädern im Grunde von einem Leben im Kerker nur durch die Dauer unterschied. Man hält inne und denkt nach, sagte ich mir. Man hält ein wenig zu lange inne, aber das ist auch alles. Sehr viel quälender war der Zweifel, ob man im Kerker rauchen durfte. Ich werde den Hauptmann fragen, dachte ich. Falls ich dazu noch Zeit haben sollte.

Natürlich hatte ich Zeit. Als ich am folgenden Nachmittag bei dem Hauptmann am Fenster lehnte, dachte ich lächelnd an unseren Landausflug zurück – etwas anderes war es nicht gewesen – und daß ich ihn streng geheim halten sollte: N. wollte, daß kein Mensch davon erführe. Bei dem Hauptmann hatte ich Besuch vorgefunden, eine Signora Bianca.

»Oh, Carlos Freund«, hatte sie ausgerufen, als sie meinen Namen hörte. Der ihre hingegen sagte mir gar nichts. Sie hockte nur eben auf dem Rand des Sessels und sah so richtig mütterlich besorgt von mir zu dem Hauptmann.

Die Unterhaltung versiegte rasch, denn zu dem Hauptmann ging ich ja hauptsächlich, um zu schweigen, die Signora jedoch sah aus, als erwarte sie wer weiß was für schöne Dinge; sie begann etliche Male ein Gespräch, das keiner von uns aufnahm. Der Hauptmann warf spöttische Bemerkungen oder ein Brummen dazwischen, wie ich es von ihm kannte. Endlich machte die Signora Anstalten, sich zu erheben; sie sah sich verstohlen im Zimmer um und sagte: »Also diese Dinge...« Der Hauptmann kramte in einem Schrank und holte für sie einen Packen von der Größe eines Schreibheftes heraus, den sie in ihrer Handtasche verschwinden ließ.

»Man tut, was man kann«, sagte sie vor sich hin, während sie sich erhob.

Als der Hauptmann, nachdem er sich draußen von ihr verabschiedet hatte, wieder hereinkam, lehnte ich am Fenster und dachte gerade an unseren Ausflug.

»Was gibt es zu lachen?« ertönte seine Stimme.

»Es geschehen lächerliche Dinge«, sagte ich. Aber der Hauptmann war schlechter Laune. Ich fragte, ob ich ihn gestört hätte. Er verneinte es und nahm seinen Hut. »Wollen wir ausgehen?«

Auf der Straße brach er das Schweigen mit einem Seufzer: »Und du – warum kommst du mich besuchen?«

Er blieb mitten auf der Piazza stehen.

»Haben wir die Signora gekränkt?« fragte ich. Er sah mich von der Seite an; ich zuckte nicht mit der Wimper, ein…

… … …

Die Familie

Einmal, als es Sommer geworden war, gingen wir zusammen rudern. An der Brücke nahm man das Boot, zog die Badehose an und ruderte bis zu den Wäldern. Dort blieben wir den ganzen Nachmittag. Damals – wir waren jung – nahmen wir uns oft Gesellschaft mit; aber wie es so geht – wir fühlten uns nicht so ganz wohl dabei, und es brauchte etliche Jahre, bis wir begriffen, daß man so etwas im Freien nicht tut. Wenn ich jetzt daran zurückdenke, weiß ich, daß Corradino sich dieser Dinge schämte.
Als wir um die Dreißig waren, hatte sich Corradino zwar eine gewisse Erfahrung erworben, glaubte jedoch, er sei noch der gleiche wie damals. Aber als er dann wieder einmal an den Fluß kam, machte es ihm plötzlich keinen Spaß mehr, sich ans Ruder zu setzen; er betrachtete die Boote oben von der Brücke aus, bestieg dann sein Rad und fuhr wieder heim. Am Tag danach hingegen fuhr er auf einer langen, staubigen Straße in die gleichen Wälder; und als er den Sangone erreicht hatte auf sehr viel steileren Pfaden, als es der Weg war, den er früher mit dem Boot gemacht hatte, fand er, umschlossen von Gestrüpp und Büschen, einen klaren ruhigen Teich. Der Platz gefiel ihm, er zog die Badehose an, badete, streckte sich in der Sonne lang, rauchte, sah zwischen den Weiden in den Himmel und verbrachte eine Stunde, die er nicht mehr vergaß. Sehr bald fuhr er mit dem Rad wieder dorthin, und daraus – es war Juli – wurde eine Gewohnheit. Die Kunst bestand darin, daß man nicht zu lange blieb und sich langweilte; aber Corradino, der sich selbst nun schon eine Weile

kannte, ergriff Vorsichtsmaßnahmen: er kam nie anders als gegen Ende des Vormittags oder eine Stunde vor Sonnenuntergang. So konnte er immer rasch wieder zurückfahren.

Doch tat er, nachdem er einmal an diesem Kiesufer angekommen war, stets die gleichen Dinge. Er machte ein wenig Sonnenbad, durchschwamm das Wasser, das einen steinigen Grund hatte, kam triefend heraus, hängte sich an den waagerechten Ast eines Baumes und wärmte und kräftigte sich damit, daß er immer wieder die Knie anzog. Alles das geschah, um mit frischerem Körper und Atem die Zigarette zu genießen, die er dann rauchte.

Im gewöhnlichen Leben – wir alle wußten es – hatte Corradino Furcht vor der Einsamkeit. Er hauste in einem möblierten Zimmer, kam aber häufig zu uns in die Wohnungen, und nichts schreckte ihn mehr, als wenn er einen Abend allein verbringen mußte. Immer hoffte er bis zum letzten Augenblick auf einen Anruf oder auf einen unvorhergesehenen Besuch; doch obwohl so etwas manchmal gerade mitten im Sommer vorkommt, wenn die Stadt halb leer ist, meldete sich damals im Juli niemand bei ihm, und Corradino war sich selbst überlassen. Warum er nicht rascher Ferien machte und sofort an die See fuhr zu Menschen, die ihm nahestanden – das sagte er mir nicht. Er lebte unruhig-gelangweilt in der Arbeit und in den gewohnten Beschäftigungen und verschob die Entschlüsse von Tag zu Tag. Sein einziger fester Punkt am Tag war der Ausflug zu den Weiden. Sehr bald bräunte sich sein Körper, und das gab, so meinte er, diesen Tagen einen Sinn, so wie die Mauser bestimmter Tiere ihren Jahreszeiten einen Sinn gibt. Corradino war als Junge kränklich gewesen und hatte sich damit kuriert, daß er in glühender Sonne Bootsfahrten unternahm und tüchtig schwitzte. Er war überzeugt, ein Körper, der ohne Sonnenbräune in den Winter gehe, sei für Krankheiten anfällig. Aber die Mauser jenes Jahres – das sagte er mir oft – schien ihm mehr zu bedeuten als eine hygienische Maßnahme: sie war eine Rückkehr, ein Sichzurückbiegen zu sich selbst, eine tätige Vorbereitung auf irgendein Geschehnis, von dem er fühlte, es stehe ihm bevor. Solche fixe Ideen hatte er.

Damals rief Corradino wieder von Zeit zu Zeit ein Mädchen an – Ernesta – und bestellte sie für den Abend aufs Zimmer. Das Mädchen eilte zu ihm – sie war immer frei – und ließ ihn müde und zerschlagen zurück. Es war eine Bekanntschaft aus der Zeit, als er zwanzig Jahre alt war; sie hatten sich nur selten gesehen, und immer hatte die Begegnung in Nächten geendet, die keine Fortführung fanden. Aber seit Corradino sich damit abgefunden hatte, allein zu leben, hatte er Ernesta öfter gerufen; sie war immer gefällig und nun schon eine feste Freundin geworden. In der ersten Zeit nahm Corradino sie auch mit spazieren, ins Café, ins Theater; jetzt aber war ausgemacht, daß, wenn er sie anrief, sie unverzüglich zu ihm kam. Natürlich hätte Ernesta, die Tochter einer Kurzwarenhändlerin, ihn gern geheiratet. Sie war ein einfaches Mädchen, nicht imstande, auf angenehme Art die Zeit zu nutzen und sich einen Mann zu suchen, wie Corradino ihr riet: sie verließ sich lieber auf das Bedürfnis, das er in gewissen Abständen nach ihr empfand, und sah ihn gefügig, mit weitgeöffneten, weichen Augen an. Das ärgerte Corradino; er war an dem Tag, der auf ihre Begegnungen folgte, schlechter Laune.

Seit Anfang Juli hatte er sich vorgenommen, sie nicht mehr zu sehen. Die Einsamkeit zwischen den Weiden gab ihm eine Art Stolz, ein Bedürfnis, um sich her Leere zu schaffen, wie er es seit den frühen Jugendjahren nicht mehr empfunden hatte. »Statt älter, werde ich wieder zum

Jungen«, sagte er zu mir. Doch die Länge der Stunden jetzt, wo wir fast alle fortgingen, der langsamere Gang der Arbeit, ein durch gelegentliche Arbeitslosigkeit erzwungener Müßiggang, die lastende Schwüle der Jahreszeit – alles das verleitete ihn, jene Lust, so eintönig sie war, noch einmal zu suchen.

Ernesta kam wie immer und zeigte sich erkenntlich dafür, daß er sich an sie erinnert hatte. Es war unvermeidlich, daß sie seine dunkle Haut sah, und Corradino gab ihr dafür eine begeisterte Erklärung. Als sie zusammen ausgingen, ein Eis zu essen – Ernesta war naschhaft wie ein kleines Mädchen, und auch das ärgerte Corradino –, kamen sie im Gespräch auf die Sonnenbräune zurück, und Ernesta sagte mit der Eindringlichkeit, die sie an so etwas zu wenden pflegte: »Mich nimmt nie einer mit zum Schwimmen, damit ich mich sonnen kann.«

»Warum gehst du nicht allein hin?«

Ernesta lächelte. »Das wäre bedenklich.«

Corradino sah sie von der Seite an und tat, als lächelte er darüber. »Daran ist gar nichts bedenklich«, sagte er. »Vergnüge dich, solange du jung bist.«

»Ich bin nicht mehr jung«, antwortete Ernesta.

Im stillen gelobte sich Corradino, dies solle das letztemal sein, und strich ihr mit den Fingerspitzen über die Haare. Er lächelte, ohne sie anzublicken. Wie ein Hund, den man streichelt, rieb Ernesta die Wange an seiner Hand. An jenem Abend sagte Corradino nichts weiter, nicht einmal, als sie auf die Trambahn warteten. Er schwieg beharrlich, damit Ernesta endlich begreifen sollte. »Du bist müde«, sagte sie, als sie sich von ihm verabschiedete. »Ciao«, sagte Corradino im Fortgehen.

Alle Tage haben ein Morgen, und Corradino kehrte zu seinen Weiden zurück. Er setzte sich nackt in die Sonne, rauchte schlechtgelaunt seine Zigarette und sah sich überall um – immer die gleichen schlammbedeckten Steine am Ufer, die gleiche Stille, die gleichen unbewegten Blätter. Nun dachte er darüber nach, wie sich von dem einen Tag zum nächsten nichts in dieser Waldblöße änderte, wie dem gleichen Ausschnitt von Bäumen gegen den Himmel die gleichen Empfindungen und Gedanken entsprachen. Wahrscheinlich hatte er die gleichen Dinge gesehen und Phantasien darüber nachgehangen schon viele Jahre früher, als er bis zu den Wäldern hinaufruderte. Die Wassertropfen, die Weiden, ein vorüberfliegender Vogel, die unveränderlich auf die Haut brennende Sonne. ›Etwas Neues gibt es doch‹, dachte er, ›ich brauche keine Gesellschaft mehr und bräune mich allein.‹ Im Sommer in der freien Luft ist schlechte Laune nichts als eine Art Mattigkeit, und das viele Licht straft diese Laune Lügen. Trotzdem fand Corradino Zeit, zu bemerken – so sagte er uns an jenem Abend –, daß auch sein Abschied von Ernesta mit vielem anderen heimlichen Groll in der Vergangenheit, mit einer alten Sehnsucht nach Einsamkeit verglichen werden könnte. Es ärgerte ihn, daß sich ihm die Dinge so hartnäckig immer auf die gleiche Art darboten. Als er auf dem Rad durch die mittäglich verlassenen Straßen zurückfuhr, erschien ihm die Stadt wirklich unbewohnt.

Damals machte ich Ausflüge, und Corradino – ein Mann, der ohnehin viel zuviel saß – wollte nichts davon wissen, mich zu begleiten. »Du kannst dich in den Bergen genausogut bräunen«, sagte ich zu ihm an dem Abend, als wir davon sprachen, »und falls, wie ich glaube, diese Manie nur eine Art Junggesellen-Flucht ist, werden wir eine Zerstreuung für dich finden.« Aber Corradino wiederholte nur seinen Grundsatz, alles, was geschehe, müsse geschehen, und sah mit einem so trostlosen Ausdruck auf die Tapete zwischen mir und meiner Frau, daß wir lächeln mußten. Sein verdrießliches sonnengebräuntes Gesicht mit den weißen Zähnen und Augäpfeln verriet etwas ganz anderes, es war, wie meine Frau sagte, das eines Mannes, der irgend etwas ausheckt, der sich zum Beispiel lebhaft damit beschäftigt, zu heiraten. Aber sooft uns sonst Corradino mit Selbstvorwürfen davon erzählt hatte, wie er sich Ernesta gegenüber benahm – an diesem Abend tat er das nicht. Er sagte jedoch etwas anderes, Merkwürdigeres: wenn er heiraten sollte, dann täte er es nur, nachdem er sich schön von der Sonne hätte bräunen lassen. Meine Frau fragte ihn, warum. »Um ein anderer zu werden«, brummte Corradino. »So ein gefallsüchtiger Mann!« rief meine Frau.

Als wir fortfuhren, war er Cate noch nicht begegnet. Jedenfalls erzählte er mir nichts davon. Er redete lange und merkwürdig begeistert von seinen fixen Ideen, von einer wahren ›Sucht nach Ruhe‹, wie er es nannte, von dem Wunsch, daß etwas geschähe, daß sich sein Leben änderte; aber er wollte keine einzige Gewohnheit dafür aufgeben. »Ich möchte ein anderer werden, ohne daß ich etwas davon merke«, setzte er mir auseinander. Das erschien mir ganz natürlich, und ich sagte es ihm. »Du bist ein Mann um die Dreißig. Die Jahre vergehen für alle.« Corradino war verdutzt. Und sogleich wurde er deutlicher und setzte mir auseinander, seine Sehnsucht gehe nicht etwa dahin, sein Hauswesen zu ordnen, eine höhere Stellung zu bekommen, in der Zeitung an einem anderen Tisch zu arbeiten. »So würde ich denken, wenn ich verliebt wäre. Aber nein, darauf pfeife ich. Ich denke mehr an die Vergangenheit als an die Zukunft. Ich möchte ein anderer sein.«

Mehr wußte er darüber nicht zu sagen; auch unserem Freunde Giusti, der als einziger in Turin blieb und ihm Gesellschaft leisten konnte, erzählte er nie etwas Besonderes. Nun war allerdings Giusti, ein Mann von einer beißenden Ironie, nicht der geeignete Typ, für ihn den Beichtvater zu machen; aber die beiden verstanden sich, und wahrscheinlich hätte Corradino der Versuchung, ihm zu beichten, doch schließlich nachgegeben, wäre Giusti nicht zu uns gereist. Giusti merkte jedoch an den wenigen Abenden, wo sie sich vor dem August noch sahen, daß irgend etwas Corradino beschäftigte. Er merkte es nicht so sehr bei den Gesprächen als aus der Art, wie Corradino mit fieberhaft erregten Blicken im Café in die Bogengänge spähte oder zwischen die Bäume, wenn sie im Freien saßen. »Du kommst mir gar nicht erholt vor«, sagte er eines Abends zu ihm, »die Sonnenbadekur schlägt nicht recht an. Wäre es nicht ohnehin klar, daß du gerade eine Frau in den Fingern hast, so würde ich dir einen Luftwechsel empfehlen.« Der andere schwieg. »Es würde dir nur guttun.«

Aber schon hatte Corradino eine Antwort gefunden; er scherzte über den Scharfblick des Freundes, jedoch nicht sorglos genug, als daß man ihm nicht an der rauhen Stimme angemerkt hätte, es stecke etwas dahinter.

»Nun gut«, sagte Giusti, »ich will nicht darauf bestehen.« Und er bemerkte um Corradinos Mund einen leicht geringschätzigen Zug, weil der Freund diese Gelegenheit hatte vorübergehen lassen. Denn Corradino war allerdings ein Typ, der genau wie von den Frauen, so auch von den Freunden gebeten und beharrlich gesucht werden wollte.

»Meiner Ansicht nach bist du nur schüchtern«, hatte Giusti einmal gesagt, als sie wieder davon sprachen. »Es mag ganz schön sein, sich auf diese Art lieben zu lassen. Das sagt ihr alle. Aber Dauer kann es ohne eine Portion Frechheit nicht haben. Es ist nicht natürlich. Es hieße, der Frau den Griff vom Messer in die Hand geben.«

»Schön ist es nicht, aber wahr«, sagte Corradino. »Man

macht auf die Art allerdings manche unglücklich, das schon.«
»Daß ich nicht lache!« sagte Giusti. »Wenn eine Frau auf dich losgeht, hat sie ihre Rechnung schon fertig. Du bist nichts als schüchtern, sage ich dir.«
Hier schwieg Corradino einen Augenblick, dann sagte er, das sei eine Frage der Gewohnheit, und der Vorteil liege darin: wenn eine Frau Widerstand leiste, sei für den Schüchternen viel gewonnen, denn so geschehe nichts.
»Also leistet diese Frau Widerstand?« fragte Giusti lachend.
»Und nichts geschieht«, antwortete Corradino.
»Dir wird die Situation gefallen...«
»Natürlich.«
Im August kam auch Giusti zu uns in die Berge und ließ Corradino, wie er uns sagte, als wir nach ihm fragten, allein und ohne eine vernünftige Gesellschaft zurück.
»Der Mann ist verrückt«, sagte er. »Du wirst sehen, dieses Jahr verbringt er den Sommer in Turin. Brächte er es wenigstens fertig, das Mädchen mit an die See zu nehmen...«
Aber Corradino hatte gesagt, er werde wohl nicht an die See gehen, und das verwirrte wieder meine Frau, denn sie kannte die *** – Corradino hatte sie im letzten Jahr an der Riviera kennengelernt. »Wie dumm ihr Männer seid«, sagte sie. »Da ist diese Marina, ein hübsches, reiches, vornehmes Mädchen, die nur darauf wartet, erobert zu werden, und ihr lauft wer weiß welchem Weibsbild nach.«
»Das es womöglich gar nicht gibt«, warf ich ein. Damals wußte ich noch nichts von Cate und dachte höchstens an Ernesta, die – so gut kannte ich Corradino denn doch – sicher nicht imstande war, ihm den Schlaf zu nehmen.
»Man wird sehen«, sagten wir abschließend. »Wenn er nur nicht die Ferien drangibt! Imstande wäre er dazu.«
Wir steckten eine Karte an ihn in den Kasten mit sämt-

lichen Unterschriften und dachten an alles andere, an unser Ausflüge – da kam ein Brief. Corradino schrieb zuerst, dies solle keine Antwort auf die gemeinsame Karte sein – er bat mich sogar, mich als seinen einzigen Vertrauten zu betrachten und alles für mich zu behalten –, sondern die Karte habe ihn nur daran erinnert, daß er einen Freund habe; und nun mache er sich auch sofort Luft. »Im übrigen«, schrieb er, »fahre ich immer zum Sangone und bin allein wie ein Hund. Aber das, worauf ich mich vorbereitete – du verstehst schon –, ist geschehen. Ich glaube allmählich, daß es eine Vorsehung gibt. Mancher würde sagen, man brauche nur etwas intensiv zu wollen, dann geschehe es; aber es ist nicht alle Tage Festtag, und wenn ich geahnt habe, daß ich in Turin bleiben und auf etwas Unvorhergesehenes warten mußte – wodurch ich es zwang, sich zu manifestieren –, so gibt es doch jetzt einen Felsblock, viele Felsblöcke, die mir den Weg versperren. Ich werde mir noch den Kopf daran einrennen. Mehr kann ich nicht sagen. Ich stecke in einem unwahrscheinlichen Durcheinander. Aber mir scheint, das Leben bietet mir eine einzigartige Gelegenheit, ein anderer zu werden – du weißt schon, wie. Ich habe diesbezüglich sehr klare Vorstellungen im Kopf. Bis gestern bestand mein Unglück darin, daß ich nicht aus mir selbst, aus meinem natürlichen Kreis hinauszutreten wußte. Wenn alle begreifen könnten, wie ich es begriffen habe – heute früh habe ich vor Wut geweint –, was diese Verdammung zum Ewig-Unabänderlichen, dieses zu allem Vorherbestimmtsein bedeutet, weswegen dem sechsjährigen Kind schon alle Impulse, die Fähigkeiten und der Wert eingeprägt sind, die der Mann von Dreißig haben wird, dann würde es niemand mehr wagen, an die Zukunft zu denken; die Menschen würden ein Reinigungsmittel erfinden, um das Gedächtnis zu waschen. Im täglichen Leben glaubt man anders zu sein, man glaubt, daß die Erfahrung einen ändert, man fühlt sich heiter und Herr seiner selbst – aber stell dir vor, es kommt eine Krise, stell dir vor, das Leben gibt einem Menschen einen heftigen Stoß, einen Tritt ins Gesicht und befiehlt ihm: ›Los, entscheide dich‹ – er wird unfehlbar so handeln, wie er in der Vergangenheit immer gehandelt hat, er wird fliehen, wenn er feige ist, er wird standhalten, wenn er mutig ist. Es scheint Blödsinn zu sein, aber es ist keiner. Auch weil es nicht nur darum geht, zu fliehen oder standzuhalten; die Dinge sind komplizierter. Es geht darum, zu begreifen, abzuwägen: es ist eine Frage des Geschmacks, und der ändert sich bekanntlich nicht. Wer einmal Angst vor dem Dunkel hat, wird immer Angst vor dem Dunkel haben.

Jetzt bin ich soweit, daß ich Dinge tun kann, die ich früher nie getan hätte. Dazu hat mir das Leben verholfen – mehr sage ich nicht. Ich könnte auch etwas tun, was zu allem, was mir zustößt, keine wirkliche Beziehung hat, könnte von vorn anfangen. Du siehst, es hat sich gelohnt, in Turin zu bleiben.

P. S. Wenn ich so heiter bin, so mußt du nicht glauben, ich hätte keine düsteren Momente durchlebt und durchlebte sie nicht noch. Aber wenn ich dir sagen wollte, was für welche, würdest du es nicht begreifen. Ich überzeuge mich wieder einmal davon, daß es hierin nicht anders zugeht als im Krieg: es läßt sich nicht beschreiben.«

Ich hielt den Brief für harmlos, und natürlich sah auch meine Frau die Sache so an. Sie sagte nur, sie begreife überhaupt nichts. Ich zögerte, aber schließlich zeigten wir ihn auch Giusti; er versprach, uns nicht zu verraten. Giusti lächelte, als er ihn las, und erklärte, irgend etwas Ähnliches habe er ihn schon sagen hören. »Ich würde mich nicht wundern, wenn er bereits Vater wäre«, schloß er.

Da telegrafierten wir Corradino: »Erwarten Erklärungen.

Uns geht es gut.« Es gefiel mir nicht ganz, ihn zu verspotten, aber Giusti redete so viel daher, daß ich selbst das Telegramm aufsetzte.

Cate war für Corradino nur noch eine vage Erinnerung. Sie hatten sich kennengelernt, als er Student war, denn eine Freundin von Cate ging mit einem älteren Kommilitonen von Corradino Boot fahren, und eines Tages hatten sie zusammen einen Landausflug unternommen mit Wein und Grammophon und hatten sich sehr amüsiert. Einige Monate hindurch hatten sich dann Corradino und die damalige kleine Angestellte Cate weiter getroffen und waren zusammen Boot gefahren – Corradino versteifte sich darauf, weil er durchaus wie der andere eine Freundin mit im Boot haben wollte. Cate war ihm zu Gefallen ein-, zwei-, dreimal mitgekommen, aber Corradino hatte als erster genug davon gekriegt und sich nie mehr um sie gekümmert. Er erzählte mir einige Jahre später davon mit einem merkwürdigen Ausdruck von Reue, er sagte, es sei eine Dummheit gewesen, ein Gemisch von Leidenschaft und Viecherei, Dinge, die man zwar tut, aber nicht tun sollte.
Und jetzt waren sie einander begegnet. Corradino sagt: alles geschieht, weil wir es wollen; aber ich werde nie begreifen, wie das auf diese Begegnung zutreffen sollte – er, der damals an dem Abend ganz apathisch Giusti gewähren ließ: sie gingen zusammen in ein Lokal, in das er sonst nie ging.
Sie spazierten umher, die Unterhaltung schleppte sich hin. Da schlug Giusti vor, sie wollten den Rest des Abends in einem Tanzlokal verbringen.
»Bist du denn nicht müde?« fragte Corradino lachend. Ihm war die Idee, tanzen zu gehen, seit Jahren nicht mehr gekommen.
»Warum machst du nicht eine Kreuzfahrt?« sagte Giusti.

»Dreißig Jahre sind ein gutes Alter dafür.« Sie gingen im Halbdunkel einer Allee, und Corradino brummte natürlich – er meinte es ernster, als seiner Stimme anzuhören war –, es sei vergnüglicher, sich von einer Reise erzählen zu lassen, als sie selbst zu machen. »Du bist doch immer der gleiche«, sagte Giusti. »Wohin gehst du dieses Jahr? Nach Camogli?«

Sie betraten das Park-Varieté. Hier konnte Giusti tanzen und Corradino Bier trinken und sich die Varieténummern ansehen. Die Tische standen um eine große, leere Betonfläche herum, und hinten, über dem kleinen Orchester, war die offene, vergoldete Bühne, auf die in diesem Augenblick eine Sängerin trat. Während sie einen Platz suchten und sich setzten, hatte diese den letzten Ton hinausgeschmettert und verbeugte sich unter Händeklatschen. Corradino lächelte verlegen. »Wußtest du, daß es so elegant ist?« fragte Giusti.

»Ich gehe nie hierhin.«

Der Abend verlief eintönig. Zwischen den einzelnen Programmnummern schloß sich der blutrote Vorhang, und das Orchester rief die Paare auf die Tanzfläche. Giusti ging sehr bald auf die Suche nach einer Tänzerin, und Corradino rief hinter ihm her, er werde keine finden. Aber er hatte nach einer Weile offenbar doch eine gefunden, denn er kam nicht zurück, und in dem Durcheinander tanzender Beine sah Corradino flüchtig ein paar weiße Hosen, die doch wohl zu Giusti gehörten. Einige Programmnummern liefen ab, ohne daß er sich wieder blicken ließ, und Corradino saß nachdenklich da, betrachtete zerstreut die Chanson-Sängerinnen und versuchte sich dieser kümmerlichen Musik und Erregung zu überlassen, die den nächtlichen Park erfüllte. Während eines Tanzes blitzten endlich über einer nackten Schulter die Augen von Giusti auf, der ihm zuwinkte.

Er und die Frau kamen an den Tisch. Corradino hatte sich sofort gesagt, daß er hier überflüssig sei, er sah die Dame des Freundes kaum an; die eine Schulter war nicht bedeckt, im Eifer des Tanzes war ihr wohl der Träger heruntergerutscht. Giusti stellte die beiden einander vor und rief den Kellner. Die Frau streckte Corradino die Hand entgegen, eine feuchtgeschwitzte Hand; er lächelte.
Er sagte sofort: »Sie müssen entschuldigen – ich tanze nicht.« Das Mädchen sah ihn überrascht an. Giusti bat beide, sich zu setzen.
Der Vorhang öffnete sich; das rettete die Situation. Eine Spanierin trat auf die Bühne, und Giusti fand dabei Gelegenheit, Frechheiten zu sagen. Das Mädchen hörte aufmerksam zu, dann plötzlich schlug sie kindlich die Hände zusammen und gab Giusti mit seinen Bemerkungen recht, sie packte ihn am Handgelenk und lachte ihn an. Sie mochte zwanzig Jahre alt sein.
Den nächsten Tanz tanzten sie wieder. Das Mädchen entschuldigte sich bei Corradino mit einem leichten Lächeln. Corradino blieb allein. Er ließ den Blick über die Tanzfläche wandern, über die vielen kleinen Gruppen an den Tischen; vor der einen Gruppe verbeugte sich gerade ein junger Mann. Manchmal hob die Frau, schon zum Tanzen bereit, die Arme, wenn ihr Tänzer noch gar nicht bei ihr war.
Plötzlich hatte er den Eindruck, daß ihn jemand von irgendwoher fixiere. Er drehte sich um: eine Reihe Köpfe, ein alter Mann, weibliche Schultern, ein lachend ihm zugedrehtes Männergesicht – niemand, den er kannte. Er empfand ein gewisses Unbehagen; er suchte eine Zigarette und setzte sich wieder bequem auf dem Sessel zurecht; aber er wußte, wenn jemand ihn angesehen hatte, so war dieser Jemand eine Frau. Seine Augen suchten zwischen den Paaren – die beiden waren nicht mehr zu sehen. ›Ein

Glück‹, dachte er, ›daß dieses blöde Ding mit Giusti zusammen ist.‹ Er malte sich aus, die Frau, die ihn angeblickt hatte, träte an den Tisch, um ihn zum Tanzen zu holen. Von einer Frau erwartete er sich alles. Wieder betrachtete er die Tische neben dem seinen; da bemerkte er in dem Halbdunkel an der Wand einen langen Spiegel: vielleicht hatte ihm den blitzenden Blick jemand von der Tanzfläche her zugeworfen. In diese Vorstellung verlor er sich. Aber zugleich dachte er, nur die Musik habe ihm die Idee eingegeben, es sei eine Frau gewesen.

Er hörte der Musik zu und schloß dabei die Augen, um das Gefühl von vorhin wieder in sich zu beleben. Nein, nichts. Er spürte, wie der Rhythmus mit seinem banalen Lärm sein Blut zum Pulsieren brachte. Es folgte ein spärliches Händeklatschen.

Als die beiden zurückkamen, schlug Corradino vor, einen Schnaps zu trinken; und er begann unter Giustis ergötzten Blicken ein lebhaftes Gespräch mit dem Mädchen. Sie wünschte sich nichts mehr, als zu spaßen, und hielt ihm keck stand. Sie redeten viel dummes Zeug. Das Orchester spielte. »Erlaubst du, daß wir tanzen?« Corradino hatte sich erhoben und sah Giusti an. »Aber natürlich!« Auch das Mädchen erhob sich.

Sie umfaßten sich und gingen los. Als sie auf der Tanzfläche waren, fragte Corradino: »Wollen wir etwas trinken?« Sie gingen an die Bar und lachten, als wären sie miteinander ausgerissen. Das Mädchen nippte an einem Pfefferminzlikör. Corradino nahm einen Schnaps. Während sie vor der Theke standen, versicherte ihm das Mädchen, sie habe ihn bestimmt nicht im Spiegel angesehen. Corradino umfaßte sie wieder und schleppte sie zu den letzten Takten auf die Tanzfläche; er drückte das Mädchen an sich und drehte brav nach rechts und nach links. Als die Musik schwieg, machte das Mädchen eine Bewegung, als müsse sie Atem schöpfen, sie preßte, erhitzt und lachend, die Hand auf den Magen. »Gehen wir an den Tisch zurück«, sagte Corradino.

Für den Rest des Abends rührte er sich nicht mehr. Die beiden kamen und gingen, flüsterten einander ins Ohr – es war ihm gleichgültig. Als das Mädchen ihm einmal etwas Aufreizendes zurief, tat er, als verstehe er nicht. Später sagte Giusti zu ihm: »Entschuldige – wir gehen.« Da nickte er wortlos.

Wieder öffnete sich der Vorhang. Für einen Augenblick wurde es still, dann trat ein japanischer Taschenspieler heraus. Corradino sah sich die ersten Bewegungen an, er betrachtete die großen, geblümten, wehenden Ärmel. Von Zeit zu Zeit erhob sich Beifall. Auch das nahm ein Ende.

Corradino ging nach dem Ausgang zu; der Kies knirschte. Da fing die Musik wieder an, es bildeten sich Paare, sie versperrten ihm den Weg. Er ging rascher, dicht an der Wand entlang; als er die Lorbeerbüsche im Hintergrund erreicht hatte, drehte er sich um. Und da waren jene Augen.

Für einen Augenblick war Corradino verlegen: er erkannte Cate nicht. Er bildete sich ein, all das sei ein dummer Zufall; die Frau, die ihn hier erwarte, sei gar nicht die Cate von früher. Aber noch bevor Cate sagte: »Corrado«, hatte er ihr schon zugelächelt und streckte ihr die Hände entgegen. Sie nahm seine Hand mit großer Herzlichkeit, wobei sie ihr Erstaunen übertrieb; doch erst als sie ein wenig zurücktrat, um ihn beiseite zu ziehen, wußte er, daß es wirklich Cate war. Er erkannte sie an dieser Bewegung wieder.

Corradino erinnert sich, daß er sie als erstes danach fragte, ob wirklich sie die Frau von dem Spiegel gewesen sei. Und er muß sie das mit einer besorgten Eindringlichkeit gefragt

haben, denn – so sagte er mir – Cate erwiderte ihm heiter, ob er sie in diesem Augenblick wirklich nichts anderes zu fragen habe. Und so gab sie ihm keine direkte Antwort. Aber nun hatte Corradino die Erinnerung an jene Augen schon mit dem Gesicht vor ihm vermengt und wußte genau, daß sie es gewesen war.
Sie sprach in herzlichem Ton mit einer schwingenden, wohltönenden Stimme, so daß Corradino gar nicht dazu kam, sich dessen zu schämen, was früher geschehen war, wie er es doch hätte tun müssen, als schon eine andere, ihn noch mehr bedrängende Verlegenheit über ihn kam: die, daß er sich mit einer ausgewachsenen, anmutigen Frau duzte, die ihm so gut wie unbekannt war.
Cate setzte sich munter auf die Bank am Eingang. Sie hielt noch immer Corradinos Hand; die Beine mit den dünnen Strümpfen hatte sie übereinandergeschlagen. Fingernägel und Lippen waren scharlachrot; über der bis zum Hals geschlossenen Bluse trug sie eine fast männliche Jacke – zweifellos ein Reisekostüm. Von der früheren Cate war nichts übriggeblieben als die Augen und das Haar. Corradino suchte in ihrem Gesicht nach den Spuren der Jahre, aber er sah darauf nur eine freudige Röte.

Ich wußte, Giusti hatte ihn am nächsten Tag angerufen, wußte auch, daß Corradino ihm geantwortet hatte: »Scher dich zum Teufel«, womit er Giustis höfliche Worte kurz abschnitt.
Denn Giusti hatte nur vorgehabt, zu sagen: »Entschuldige, daß wir dich gestern haben sitzen lassen«; er war immer überaus höflich. Statt dessen sagte er nun: »Was hast du denn?«
Corradino, der einen ganz anderen Anruf erwartete, sagte einfach, er wisse noch nicht, was er sich am Abend vornehmen werde; und von diesem Tag an antwortete er nur

noch ausweichend. Sein Gesicht nahm den Ausdruck von Gespanntheit an, den Giusti uns später beschrieb.
Cate war für ihn wirklich eine Unbekannte. Corradino hatte nicht einmal Zeit gehabt, sich unbehaglich zu fühlen, da hatte sie ihn schon geschickt damit abgelenkt, daß sie ihm erzählte, sie sei Varietékünstlerin und gerade aus Neapel zurück. In Turin wollte sie sich erholen und war im ›Park‹ nur, weil dies ihre Welt war, eine Welt von Halunken zwar, aber sie hatte doch ihr Schönes. Und dann fragte sie ihn geradeheraus, ob er sich verehelicht habe. Genauso sagte sie: verehelicht. Corradino gab ihr ziemlich verwirrt Antwort, selbst überrascht, daß er mit der einfachsten Stimme Dinge erzählte, die er nicht oft aussprach: er fühle, er werde älter, er denke nicht daran zu heiraten, bedaure aber keineswegs die Zeit von damals, als er zwanzig war. Heimlich betrachtete er Cates spitze, zierliche Schuhe und horchte dabei auf die Klänge des Orchesters jenseits der Hecke.
»Du hast dich sehr verändert«, sagte er schließlich.
»Soll das ein Kompliment sein?« gab Cate mit einem halben Lächeln zurück.
An einer solchen Antwort merkte man, daß sie eine andere war, eine richtige Frau. Beide lächelten, ohne einander anzusehen: Corradino weiß gar nichts davon, daß er vor sich hin lächelt, weiß nicht, ob aus Verlegenheit, oder weil er so naiv gewesen war. Denn das war nicht mehr die Cate, die bescheiden schweigend an seinem Arm umherspaziert war, die Cate, die in ihrem Täschchen eine abgenutzte Puderquaste und ein nicht ganz sauberes Taschentuch hatte. Auch die Stimme war verändert: sie schnellte los, sie hatte in ihrer Freimütigkeit eine gewisse Kraft, einen lebhaften, angriffslustigen Klang, der an die Bühne erinnerte.
»Ich dachte wirklich, du hättest geheiratet«, murmelte Cate.

»Du weißt, ich bin nicht der Typ dafür«, sagte Corradino. Während sie dort saßen – das Orchester spielte noch immer, und die Chanson-Sängerinnen schmetterten –, gingen Menschen an ihnen vorüber, sie gingen und kamen zurück, auch eine wasserstoffgebleichte, auffallende Frau war dabei, und alle grüßten Cate, der eine rief etwas, ein anderer winkte ihr zu. Cate antwortete ihnen mit Lebhaftigkeit.
»Hör mal«, sagte sie und stand auf, »entfliehen wir dieser Unruhe. Bist du heute abend allein?«
Da machten sie untergehakt einen Rundgang auf dem Uferdamm; und an Cates Stimme war zu merken, daß sie nicht etwa auf ein altes Recht pochte – sie redete ganz ungezwungen herzlich. Corradino brannte auf den Lippen so etwas wie eine Rechtfertigung, ein leichter Hinweis auf die Vergangenheit: er hätte von Cate gern gehört, daß sie, ohne Groll, über damals womöglich eine alberne Bemerkung machte, damit sie zusammen darüber lachen konnten. Aber in dem Halbdunkel der Bäume, wo das Brausen vom Wehr das Orchester übertönte, begann Cate wieder von ihrem Beruf zu sprechen, von Orten, wo sie aufgetreten war, von Eifersüchteleien der Kollegen. Sie war sogar in den Kolonien gewesen. Tripolis, das war eine großartige Stadt. »Ich war dumm, daß ich nicht da unten geblieben bin«, sagte sie. »Elegant ist es dort! Ihr hier laßt euch das nicht einmal träumen. Man gibt mehr Geld aus als anderswo. Am Abend Cafés, Theater, ein Fest. Hier ist das Varieté wie ein Begräbnis.«
»Du hast also Karriere gemacht«, sagte Corradino.
»Ich verdiene mir den Lebensunterhalt«, sagte Cate und preßte seinen Arm. »Aber, mein Lieber, was für ein abscheuliches Leben! Wenn du wüßtest, was ich alles durchgemacht habe! Wäre meine Mutter nicht gewesen, ich hätte es nicht geschafft.« Und sie erzählte mit leiserer

Stimme, daß ihre Mutter tot sei, daß im Grunde der Vater sie umgebracht habe – er habe sie beide sowieso mißhandelt. Als sie gerade anfing, auf der Bühne zu singen, war er ins Theater gekommen und hatte ihr zugeschrien, sie solle damit aufhören; er hatte es dahin gebracht, daß sie kontraktbrüchig wurde.
»Kannst du denn wirklich singen?« fragte Corradino im Scherz.
Sie zog heftig ihren Arm aus dem seinen. »Du bist doch immer der gleiche«, rief sie unwirsch. »Du willst mir nicht glauben...«
»Aber wie hast du es fertiggebracht?«
»Ich habe studiert, ich habe jemanden gefunden, der mir half. Auch die Mutter hat mir geholfen. Hättest du mir nicht auch geholfen?«
Cate war stehengeblieben. Sie streckte den Arm aus, hielt Corradino an und sah ihm freimütig ins Gesicht. Corradino lächelte.
»Und du, was tust du? Studierst du noch immer?« fragte Cate, während sie weiterging.
Es war schon tiefe Nacht, als Corradino ein Streichholz anzündete, um nach der Uhr zu sehen. Sie beschlossen ein Taxi zu nehmen. Während der Fahrt geschah es, daß Corradino, um das Schweigen zu brechen, sie fragte, ob er sie wiedersehen würde. Er fragte es ohne eine bestimmte Absicht, ja fast ohne zu wollen, Cate zu Gefallen, und um irgendwie die vor vielen Jahren begangene Flegelei wiedergutzumachen. »Ruf mich an«, sagte er zu ihr, »Ich gehe nie in den ›Park‹.« Ihm schien, als erwarte Cate von ihm eine Aufforderung, mit ihm zu kommen, als wäre sie glücklich, das zu tun, denn sie drückte ihm die Hand und flüsterte ihm ins Ohr: »Lieber!« Corradino hätte sie rasch umarmt – da fuhr das Taxi langsamer, und Cate sagte: »Ich bin zu Hause.«

Als Corradino in der Nacht heimkehrte, dachte er an die kleine Freundin von Giusti und sagte sich, jeder habe die Abenteuer, die er verdiene. Jetzt war er froh, daß er nicht versucht hatte, Cate zu umarmen – nicht weil er fürchtete, er werde zurückgewiesen, sondern weil alles an dem Abend sich unter einem Zeichen von Freimut und Vertrauen abgespielt hatte, was um so sonderbarer war, wenn man an die Vergangenheit dachte.

Und noch am Morgen lächelte er, als er aufwachte. Doch dann versetzte ihn erst der Anruf von Giusti in schlechte Laune – er rief nie an, ausgerechnet an diesem Tag mußte ihm das in den Sinn kommen – und außerdem das Schweigen von Cate, so daß er keine Luste hatte, an den Sangone zu gehen. Ein auch nur telefonischer Gruß von Cate hätte ihm an dem Morgen viel bedeutet. ›Wie kann sie so dumm sein, daß ihr das nicht klar ist?‹ dachte er. So kam der Abend, und ihm fehlte Giusti, ihm fehlte Cate, ihm fehlten alle. Er hätte in den ›Park‹ gehen können, dort hätte er Cate angetroffen; aber er bezwang sich. »Nein, sie soll zu mir kommen.« Und er ging in ein Kino.

Giusti sah er am nächsten Tag: damals sprachen sie davon, daß diese Liebesgeschichte neu beginnen könnte. Giusti redete es Corradino mit vielen Gründen ein, daß es möglich sei, es mit Cate noch einmal zu versuchen – jetzt, wo sie welterfahren war. Corradino sagt, an dem Einfall, an jenem Abend ins Varieté zu gehen, seien teils sein Unmut und Ärger, teils die Spötteleien Giustis schuld. Aber schon in der gleichen Nacht überlegte er sich, als er heimkehrte: wenn überhaupt, sei es Sache von Cate, ihm klarzumachen, daß sie nicht aufgehört habe, ihn zu lieben. Und er legte sich befriedigt zu Bett. Am nächsten Tag fror seine Zufriedenheit ein, das Telefon schwieg, der rosige Tag, den er sich erhofft hatte, begann wie immer mit Ängsten. Aber Corradino ging an den Sangone, betrachtete dort, frisch und sonnengebräunt, seine Weiden, und fand dabei seinen Gleichmut wieder. Er dachte an Camogli, an sein Schicksal und fragte sich, was wohl Marina gerade tue. Hier lächelte er wirklich. Allmählich begriff er: etwas war geschehen, die Erwartung, die er in jenen Tagen verspürt hatte, hatte sich irgendwie erfüllt. Dadurch, daß er Cate begegnet war, war die Vergangenheit wiederaufgetaucht, und alles kam in Ordnung: das Leben war voll herzerfreuender Dinge, man brauchte nur abzuwarten, daß sie geschahen. Kurz – er fühlte sich frei, frei und einsam; und eben das hatte er immer gewollt.

Aber Cate rief nicht an. Einmal in der Woche machte Corradino Nachtdienst; in jener Nacht blieb er im Büro, bis der Morgen dämmerte, weil er gern ganz früh durch die verlassenen Straßen zurückging. Er bummelte umher, bis es warm wurde; dort, wo ein Bogengang in die Straße einmündete, traf er Cate.

»Ciao«, riefen sich beide lachend zu.

Cate in der ihm nun schon bekannten hochgeschlossenen blauen Bluse war wirklich eine schöne Frau. Man sah ihr zwar ihre achtundzwanzig Jahre an, aber sie erschien stolzer und größer. Vor allem wußte sie ausdrucksvoll zu lächeln, und die Art, wie sie sich zurechtmachte, betonte das noch. Sie wollte Strümpfe kaufen; Corradino begleitete sie.

Sie lachte gern; Corradino, der von der Nachtwache müde war, hatte nicht die Kraft, dem zu widerstehen, und lachte mit, ob es paßte oder nicht. Aber sie hakten sich nicht unter.

Da sie kein zusammenhängendes Gespräch führten, merkte Corradino, daß er nichts Rechtes zu sagen wußte, und das machte ihm Spaß: er verglich im Geist Cate mit Marina und lächelte. ›Was auch geschieht, es ist klar, daß

wir einander fremd sind‹, dachte er. Vor dem Ladentisch mit den Strümpfen ließ Cate eine Packung öffnen und schob ihm einen Strumpf über die Hand. »Gefällt er dir?« fragte sie.
Als sie heraustraten, nahm Corradino ganz unwillkürlich ihren Arm. Sie machten einige Schritte, dann löste er selbst seinen Arm aus dem ihrem. Cate sah ihn verlegen an, dann fragte sie, warum er nicht wieder in den ›Park‹ gekommen sei. Von da an wurde ihr Gespräch gezwungen, Corradino redete vielerlei und sah dabei auf seine Fußspitzen. Im wesentlichen sagte er, er habe auf sie gewartet, aber in den ›Park‹ habe er nicht gehen wollen, diese Leute paßten ihm nicht. Sie könnten sich ja dort vergnügen, wenn sie wollten; er jedoch habe keine Lust, sich dort zu vergnügen.
Cate fragte ihn, wie er da die Abende verbrächte.
»Gestern zum Beispiel habe ich gearbeitet, die ganze Nacht.«
Da lächelte Cate – ein plötzliches ungläubiges Lächeln – und fragte ihn, ob er denn keine Freundin habe.
»Nein«, sagte Corradino.
Cate wunderte sich nicht darüber; sie lächelte weiter. Corradino behauptet, in diesem Augenblick habe er begriffen, daß das Urteil über ihn gefällt war. Er sagte nichts, er schwankte zwischen Selbstsicherheit und Gleichgültigkeit. Aber, so sagt er, in dem Moment entschied Cate – und vielleicht war es gut so – ihrer beider Schicksal.
Sie selbst fragte ihn, wo er wohne, und erklärte sich bereit, ihn nach Hause zu begleiten. Unterwegs kam die Rede darauf, was jeder von ihnen tat, und Corradino rühmte sehr, wie bequem und zukunftsreich seine Arbeit sei. Er sagte sogar, sie seien Kollegen: beide arbeiteten sie für ein Publikum. »Seinen Lebensunterhalt verdienen ist eine schöne Sache«, bemerkte Cate.

Die Wirtin drückte ein Auge zu, als Corradino mit einer Frau nach Hause kam. Sie hörte sie über den Flur gehen und steckte nur eben den Kopf aus der Küchentür; aber dafür hatte sie sein Bett nocht nicht gemacht. Corradino schloß verärgert die Tür und bat Cate, zu warten. Er zog die Decke über das zerwühlte Bett mit dem Schlafanzug und schlug die Fenstervorhänge zurück. Nun lag das Zimmer in einem rosigen, erträglichen Halbdunkel.

Corradino wird sich an dieses ruhige Licht immer erinnern. Cate hatte sich auf den Sessel gesetzt, die Beine übereinandergeschlagen, beide Hände auf den Armlehnen. ›Gestern saß Ernesta dort‹, dachte Corradino, und siehe da – Cate betrachtete ihn wie Ernesta, mit einem weichen, gesammelten Ausdruck; ihm kam es so vor, als seien die Worte, die sie lachend beim Heraufsteigen gewechselt hatten, irgendwie aus diesem Zimmer ausgeschlossen, als gehörten sie dem Draußen an, dem Lärm der Straße.

Sie sprachen von Bootsfahrten, und Cate rauchte eine Zigarette. Es war wie ein normales Gespräch: Corradino erzählte, er sei seitdem nicht mehr dorthin gegangen, und Cate stieß den Rauch aus und hörte ernst, sozusagen aus Pflicht, zu. »Sonnenbäder, die mache ich schon.« Cate schwieg.

Als sie die Treppen hinaufstiegen, hatte sie gesagt: »Ich rauche oben eine Zigarette mit dir«, und jetzt war die Zigarette fast zu Ende, und nichts geschah. Corradino dachte entsetzt an die ihm nun bevorstehende Einsamkeit; sein Groll auf Cate nahm zu. Da faßte er sich ein Herz und fragte sie, ob sie ebenfalls keine Bootsfahrten mehr unternommen habe. Er fragte es in den Rauch hinein, fast ohne sie anzusehen.

»Wäre es dir lieb, wenn ich wieder hingegangen wäre?«

»Ich meine, mit einem andern«, stammelte Corradino.

Da lächelte Cate, ein so hintergründiges Lächeln, daß Corradino den Blick nicht von ihr lösen konnte. ›Sie ist gekommen, um sich zu rächen‹, dachte er verzweifelt. ›Nur darum ist sie gekommen.‹
»Corrado, du bist doch immer der gleiche. Natürlich habe ich wieder Bootsfahrten unternommen. Aber du – hast du in all diesen Jahren auch nur einmal an mich gedacht?«
Corradino nickte und ließ sie nicht aus den Augen. Cates Lächeln war ganz dünn geworden, es verschwand nach und nach, doch ohne daß ihr Gesicht den Eindruck von Feindseligkeit erweckt hätte.
Cate erhob sich und kam an den Tisch, neben Corradino, um den Stummel in den Aschenbecher zu drücken. Corradino war nahe daran, sie zu umarmen; aber Cate drehte plötzlich das Gesicht genau unter das seine, das glühendrot geworden war. Bei dieser Bewegung sah sie ihn forschend an, mit einem eifrigen, ernsten Blick einer Frau, die ein Kind trösten will.
»Dein Zimmer gefällt mir«, sagte sie. »Wohnst du schon lange hier?«
Corradino stammelte eine Antwort, und schon war Cate am Fenster. Sie schob die Gardine beiseite und sah auf die Straße. Corradino regte sich nicht: es wäre lächerlich gewesen, hinter ihr herzulaufen.
Cate drehte sich heiter um. »Du hast die Friseuse gerade vor der Haustür. Das wird deinen Freundinnen lieb sein.«
»Du mußt entschuldigen – ich wollte eigentlich nicht mit heraufkommen«, fuhr sie fort. »Aber ich bin neugierig.«
Corradino hatte ihre Hand ergriffen. Cate ließ es zu, daß er sie küßte – sonderbar, die lackierten Nägel –, und sagte spöttisch: »Ich bin doch keine Dame! Ja, es war unrecht von mir, daß ich mit heraufkam. Ich mache, daß ich fortkomme.« Corradino hielt ihre Hand fest, er vermochte

weder zu scherzen noch Ernst zu machen. »Nein es war nicht unrecht von dir«, murmelte er.
»Ich meine, es war dir gegenüber unrecht«, antwortete Cate.
Er fragte, ob er sie wenigstens wiedersehen könne. »Heute?« Cate dachte einen Augenblick nach. »In dem Garten der Piazzetta bei meinem Haus. Du bist gestern nacht daran vorübergekommen. Gegen vier Uhr?«
Cate wollte nicht mit ihm aus dem Haus gehen; sie ging rasch hinaus und verließ ihn im Flur. Corradino wartete eine Weile im Dunkeln hinter der Tür, bis ihre Schritte unten an der Treppe verhallten; dann ging er verstohlen hinaus, damit es die Wirtin nicht merkte. Den Vormittag eingeschlossen im Zimmer zu verbringen, brachte er nicht fertig.
Es war lächerlich, hinter ihr herzulaufen; aber in den Garten ging er doch. Die Arbeit begann ohnehin erst um sechs Uhr: alles an dem Tag paßte zusammen. Er ging hin und sagte sich: ›Ich kann mich noch immer zurückziehen.‹ Er hoffte sogar, daß Cate nicht da wäre, daß er sie nie mehr zu sehen brauchte.
An den Garten hatte er eine deutliche Erinnerung – wenige Bäume zwischen den Häuserblocks, ein Brunnen und ein Streifen Himmel. Von der Ecke her betrachtete er diesen Garten aufmerksam: er war sehr sonnig, stauberfüllt und voll Geschrei. Kinder spielten dort; Frauen waren da und einige Ammen. Corradino hielt Ausschau nach dem Brunnen. Ein Baumstamm schützte ihn vor Blicken; von da aus musterte er gleichgültig die Grüppchen der Leute. Er hatte sich für diese Verabredung einen einsamen Platz vorgestellt; die schreienden Kinder gingen ihm mehr als sonst auf die Nerven.
Cate entdeckte ihn doch: sie saß auf einer Bank im Schatten und zog einem kleinen Jungen die Jacke aus; er befreite

sich mit einem Ruck und lief los. Corradino trat nicht gerade gern näher, denn Cate war nicht allein, zwei Mädchen – sie sahen wie Dienstmädchen aus – saßen mit auf der Bank. Zum Glück unterhielt sich mit ihnen ein Soldat, der an einem Baum lehnte.

Cate sagte herzlich: »Guten Tag.« Eines der Dienstmädchen drehte ihm das runde Gesicht zu und betrachtete ihn. Sie musterte ihn genau, vom Kopf bis zu den Füßen; dann, als Cate ihm zulächelte und ihn die Hand hinstreckte, lächelte sie. Corradino sagte irgend etwas; das Dienstmädchen schaute noch immer her; da stand Cate auf und sagte: »Es ist zum Verzweifeln.« Sie hatte die Jacke des Kindes noch in der Hand und hielt sie schützend über die Augen, um den Jungen unter den anderen zu entdecken.

Corradino wartete, daß Cate mit ihm von der Bank wegginge, sah aber unwillig, daß sie sich wieder setzte. Da verlor er die Geduld und sagte verärgert: »Nun, Cate, spielst du die Amme?« Während sie miteinander sprachen, fixierte er das kleine Dienstmädchen so aufmerksam, daß es das Herschauen aufgab und sich ostentativ seinem Soldaten zuwandte.

Cate sagte: »Nein, die Mutter.«

»Was für ein Kind ist es?«

»Mein Sohn.«

Corradino wich einen Schritt zurück. In Cates Augen blitzte es auf, ein Funkeln, das ihm Schweigen gebot. Das kleine Dienstmädchen hatte sich nicht wieder umgedreht.

Endlich holten die beiden Mädchen die Kinder und gingen fort, und auch der Soldat entfernte sich; da setzte sich Corradino auf die Bank und bat Cate, ihm die Sache zu erklären.

»Ich habe es dir doch gesagt: es ist mein Sohn. Wenn ich

auf Reisen gehe, lasse ich ihn bei meiner Schwester. Sie ist verheiratet und wohnt dort im ersten Stock.«
»Aber du bist nicht verheiratet«, stammelte Corradino.
»Na und?« sagte Cate einfach. »Kann man etwa kein Kind haben, wenn man nicht verheiratet ist? Das kommt vor, oder?«
Corradino erzählt, Cate habe das gesagt, ohne im geringsten verwirrt zu sein, und das habe ihn ziemlich gereizt. Als er sie fragte, warum sie es ihm nicht früher gesagt habe, antwortete Cate, sie habe erst wissen wollen, ob ihm das passe. »Und wieso weißt du jetzt, ob er mir paßt?« fragte er. »Ich hätte es dir heute früh sagen sollen«, erwiderte Cate und sah ihn fest an. »Heute früh habe ich eingesehen, daß ich es dir sagen mußte.«
Corradino wußte im ersten Augenblick nichts zu antworten, doch dann kam er wieder auf seine vorige Frage zurück: ob sie denn jetzt wisse, daß es der rechte Zeitpunkt sei. Sie spielten sozusagen Verstecken. Cate machte dem ein Ende, indem sie sagte, sie seien Freunde und müßten einander verstehen. Dino, der Junge, kam in diesem Augenblick herbeigesprungen, daß der Kies spritzte.
Cate hielt ihn fest, fuhr ihm über die Haare und wollte ihm die Jacke anziehen, weil er erhitzt war. Sie sagte ihm, er solle guten Tag sagen.
»Wie alt bist du?« fragte Corradino.
»Sechseinhalb«, antwortete Dino atemlos mit einer klaren Stimme. »Aber ich gelte für sieben.«
Cate fragte ihn, mit wem er spiele. Dino nannte Namen, wies auf Balkone in den Reihenhäusern, sprach von Schulklassen.
»Gehst du schon zur Schule?« fragte Corradino.
»Und ob!« rief Cate. »Wenn er Ingenieur werden will, muß er doch lernen.«
»Du willst Ingenieur werden?« fragte Corradino.

Dinos Ja kam heraus, als der Kies wieder aufspritzte. Er war schon wieder fort. »Er ist ein wilder Junge, alles zerreißt er«, sagte Cate.
Sie schwiegen eine Zeitlang; Cate machte in einer Einkaufstasche Ordnung und sah ihn nicht an.
»Er ist ein recht hübscher Junge«, sagte Corradino und blickte auf ihre Hände, die sich nervös an der Tasche zu schaffen machten. Er sah wieder diese rotlackierten Nägel vor sich, wie sie die zerzausten Haare des Jungen glätteten, und schämte sich, daß er an diesem Morgen daran gedacht hatte, sie zu verführen.
»Tüchtig von dir, Cate. Und du lebst mit seinem Vater zusammen? Darf ich wenigstens das erfahren?«
»Ich und die Mutter, wir haben ihn aufgezogen«, erwiderte Cate, rot geworden, voller Stolz und erhob sich plötzlich. »Etwas anderes gibt es nicht zu erfahren.«

Am nächsten Tag kam eine Karte aus Camogli, auf der unter vielen Namen auch der von Marina stand. Auch ihr Vater und ihre Mutter hatten unterschrieben, und Corradino betrachtete diese Namen lange. ›Sie haben sich dort zur Beratung zusammengefunden‹, dachte er mit einigem Hohn und verließ das Zimmer, spähte aber nach dem Telefon in der geheimen Furcht, es rufe jemand an. Diesen Morgen wollte er allein sein.
Für den Sangone war es zu spät, so ging er früher in die Trattoria; doch als er schon eintreten wollte, zögerte er und beschloß, in ein anderes Restaurant zu gehen, das er sonst nicht besuchte. Dort gab es wenigstens keine bekannten Gesichter; die Kellner verbeugten sich höflich, die Bedienung war so, daß sie nicht einmal Marina mißfallen hätte. Das Essen kostete das Doppelte, aber ein einsames Leben wie das seine war sowieso immer zu billig. ›Ich habe mir nie Kinder geleistet‹, dachte er an diesem Tag,

›ich habe mich nie an jemanden binden mögen. Das ist meine Natur. Ich habe Frauen gekannt und sie versetzt. Wenn Marina sich an mich klammern wollte, würde ich sie morgen genauso versetzen.‹

Den ganzen Tag verbrachte er in schlechter Laune; spät am Abend traf er sich mit Giusti. Er wagte ihm nicht vorzuschlagen, in den ›Park‹ zu gehen, und hörte seinen endlosen Plaudereien zu, denn Giusti, der sein finsteres Gesicht bemerkte, versuchte ihn abzulenken. Einmal stritten sie; Corradino sagte zu ihm, die Erfahrung diene dazu, uns zu lehren nicht, was wir tun sollten, sondern was wir unausweichlich tun würden; denn ein Mann, so tüchtig er sein möge, sei so etwas wie eine Brücke, die eine bestimmte Tragkraft habe – darüber hinaus geht es nicht. Es kommt ein Karren, der schwerer ist, und die Brücke stürzt ein.

»Na, das ist gut«, sagte Giusti. »Dann soll man nur vorher seine Rechnung machen.«

Corradino, der beim Sprechen lebhaft geworden war, setzte seine Bekenntnisse nicht so weit fort, ihn zu fragen, was für eine Rechnung ein Mann machen könne, der gemerkt habe, daß er nichts Rechtes zustande bringt, und den ganzen Tag Grillen fängt. Aber Giusti war befriedigt, daß Corradino sich überhaupt ereifert hatte, und sagte einfach, wenn es sich um Frauen handle – und man sprach doch wohl von Frauen? –, so solle er für sie die Brücke machen. Hier begannen sie zu spaßen, und das Gespräch zerflatterte.

So also leisteten die beiden einander Gesellschaft. Corradino sagt, er habe oft das Bedürfnis, sich mit mir auszusprechen; doch als Giusti Ende Juli abreiste, fühlte er sich erleichtert. Jetzt war er wirklich allein, und ein wenig gefiel er sich darin: so war er nun einmal. Er begann wieder unter den Weiden zu baden.

»Siehst du«, sagte er im Jahr danach wörtlich zu mir, »ich habe damals im Juli auf etwas gewartet, und wenn man auf etwas wartet, geschieht etwas. Aber um mich in diesen Zustand zu versetzen, isolierte ich mich, ich ging morgens an den Sangone, um im Wasser und in der starken Sonne mich selbst zu suchen. Wer sucht, der findet. Und was konnte ich finden unter diesen Weiden, wenn ich nackt dalag und meinen Nabel besah und das Glied, als wollte ich gerade einen Sohn zeugen? Ich fand ein lächerliches Wesen – mich selbst –, das sich immer wieder aus allem herausgewunden hatte, und fand in meinem Sinn Cate; denn ich dachte mehr an Cate als an Marina. Von Mal zu Mal haßte ich mich mehr, alle meine Fehler tauchten auf, ich entdeckte – das ist der springende Punkt –, daß ich die Menschen, und besonders die Frauen, immer auf die gleiche Art behandelt hatte: kennengelernt und versetzt. Mit niemandem hatte ich je Gemeinschaft gelebt, noch für jemanden eine Verantwortung übernommen. Ich bin niemandes Freund, auch nicht der deine.«
Auf diese Geschichte mit der Freundschaft kommt Corradino oft zu sprechen, immer wieder, er hat sie mir mehrmals auseinandergesetzt; und er behauptet, er sei nicht wirklich mein Freund, weil er auf meine Frau eifersüchtig sei. So ärgerte es ihn auch, sagt er, daß Cate ihn damals nicht anrief, weil das bedeutete: sie hatte Besseres, mochte dieses Bessere auch nur der kleine Sohn sein. »Und bedenke«, sagt er zu mir, »ich hätte in den ›Park‹ gehen können.« Noch etwas kränkte ihn: der Zweifel, Cate könne schon früher, als er sie entehrt und gedemütigt hatte, mit diesem doppelsinnigen Lächeln über ihn geurteilt haben. Darunter litt er wirklich, denn ein solcher Verdacht verletzte ihn an seiner empfindlichsten Stelle.
Um die ersten Augusttage entschied sich Corradino für Camogli und bat um Urlaub. Wenn er gekonnt hätte, wäre

er noch am gleichen Abend losgefahren; aber das Büro hielt ihm vor, es seien ohnehin alle fort, er müsse acht Tage warten. Corradino lächelte und murmelte: »Um so schlimmer für Marina.«

Am nächsten Tag nahm er Cate mit ins Boot, so verabredeten sie es am Telefon. Am Abend zuvor war er im ›Park‹ gewesen; dort hatte er sie stark geschminkt und mit einem neuen Hut vorgefunden. Als Corradino auf sie zuging, hatte er diesmal, im Scheinwerferlicht der Bühne, ihr Berufsgesicht gesehen, diese verbrauchten, zu auffällig geschminkten Züge, die von künstlichem Licht und Nachtleben zeugen. Cate war die gleiche gewesen wie immer, hatte ihm die Hand gegeben und zutraulich mit ihm geplaudert; aber Corradino hatte sich darin gefallen, sie zu betrachten, als habe er sie nie gesehen, und sich einzureden versucht, dies sei die wirkliche Cate. Er hatte es fertigbekommen, mit ihr zu tanzen (»Einmal mit dir tanzen kann ich schon, Corrado«), obwohl sie am Tisch Gesellschaft gehabt hatten – diese gewaltsam besitzergreifende Gesellschaft von Menschen, die sich im ›Park‹ wie zu Hause fühlen und keine andere Unterhaltung zulassen. Leute vom Varieté, die Cate duzten. Erst beim Tanzen hatte Corradino erreichen können, daß sie versprach, ihn am nächsten Morgen anzurufen. Das hatte sie wirklich getan und am Schluß selbst gesagt: »Machen wir eine Bootsfahrt.«
Corradino wußte, Cates Vorschlag war harmlos gemeint; doch der Verdacht, der ihn unterwegs nicht losließ, kam anderswoher. Sie gingen zum Bootssteg, sie hakten sich zwar nicht unter, Corradino faßte sie nur beim Ellenbogen, aber sie sprangen doch lachend, ja stolperten ins Boot; als Cate beinahe gefallen wäre, hielt Corradino sie fest, und sie setzten sich. Cate lachte – sie lachte wie alle

Frauen in solchen Fällen – und nahm den Rock über den Knien zusammen. Bei dieser Bewegung und als er ihr glückliches Gesicht sah, mit dem offenen Mund, in dem die Zähne sichtbar waren, tauchte vor Corradino die sorglose Vergangenheit auf, als sie noch ganz jung waren, und er begriff, daß Cate mit ins Boot gekommen war, weil sie die fernen Tage wiederfinden und im Vergleich zu den heutigen beurteilen wollte.

»Warum nimmst du deinen Sohn nicht mit in den ›Park‹?« fragte Corradino plötzlich und biß dabei die Zähne zusammen. Aber Cate merkte den Groll in seiner Stimme nicht; sie genoß dies alles, ihr Blick wanderte aus halbgeschlossenen Augen über das sonnenbeschienene Wasser, das sie vor sich hatte. Jetzt, wo sie den Hut abgesetzt hatte, waren die Lippen und die freiliegende Kehle nicht mehr so jung, sie verrieten, daß sie vom Nachtleben mitgenommen war.

Auf die wiederholte Frage antwortete Cate, vorläufig lebe Dino bei ihrer Schwester; er sei noch nicht alt genug, um zu begreifen, daß das Varieté ein Beruf sei wie andere auch. Vielleicht werde sie ihn in einigen Jahren, wenn sie ihre Angelegenheiten geordnet hatte, auf ihre Reisen mitnehmen; aber in jedem Fall müßte er studieren, und beim Studium dürfe man nicht abgelenkt werden. »Ich denke immer daran«, sagte sie. »Er soll mir, wenn er groß ist, nicht vorwerfen können, ich hätte ihn vernachlässigt.«

Corradino schwieg; er beugte sich vor und legte die Ruder kreuzweise übereinander.

Plötzlich sagte er: »Hast du denn die Mittel, ihn aufzuziehen?«

Cate antwortete lächelnd, bis jetzt sei sie immer damit fertiggeworden. »In unserem Beruf gibt es viele Kanaillen, aber es gibt auch brave Leute. Ich habe jemanden, der mir hilft.«

»Der von gestern?« brummte Corradino. »Was ist er? Musiker?«
Cate lächelte noch immer; eine ausdrückliche Antwort gab sie ihm nicht. Aber die Art, wie sie ihn ansah, zeugte von einem festen Willen, einer Beharrlichkeit, daß ihm unbehaglich wurde.
Die Sonne wurde heiß. Corradino legte die Ruder hin, beugte sich über das Wasser und spritzte es sich mit der hohlen Hand über die Schultern. Dann machte er auch seine Haare naß.
»Ist dir nicht warm, Cate?«
Cate schüttelte den Kopf; noch immer betrachtete sie Corradino mit diesem merkwürdigen Blick, der nicht leicht zu enträtseln war. ›Aha‹, sagte sich Corradino, während er nach den Rudern tastete, ›sie prüft mich; sie denkt daran, wie ich damals war; sie erinnert sich an das dumme Zeug, das wir zueinander gesagt haben.‹
Schließlich hob er den Kopf und fragte: »Wäre es nicht einfacher, wenn sein Vater ihn bei sich hätte? Oder weißt du etwa nicht, wer sein Vater ist?«
Cate zuckte abweisend die Achseln, ohne jedoch beleidigt zu sein. Sie sah ihn nicht mehr direkt an, sondern nur von der Seite; da ihr die Sonne voll ins Gesicht schien, war nicht zu merken, ob sie rot geworden war.
»Corrado«, sagte sie leise, »du weißt, wer sein Vater ist.«
Corradino sagt, daß er die Ruder fahren ließ, und spürte, wie es ihm kalt über die Haut lief. Cate sah ihn noch immer an, in ihren Augen war ein schmerzliches Lächeln; und doch fand Corradino die Kraft, sich zu fassen, die Ruder wieder zu packen, einen Seufzer auszustoßen. Er stöhnte: »Aber nein« – in einem Ton, zu dem ganz wenig fehlte, daß er spöttisch geklungen hätte; aber Cates Augen brachten es sogleich zuwege, daß er verloren klang.

Corradino erzählt, in den darauffolgenden Sekunden habe er vor allem einen mächtigen Magenkrampf verspürt. Und geradezu stumpfsinnig hatte er nur immer daran gedacht, daß er seit Tagen, vom Abend der Begegnung an und schon vorher, jene Angst im voraus gefühlt und gewußt hatte, daß sich für ihn etwas nicht wieder Gutzumachendes vorbereitete. Während er zuhörte und sein ›Aber nein‹ stammelte, so erzählt er, tat er ab und zu einen Ruderschlag, um das Boot in der Richtung zu halten, und Cate unterbrach ihre nun folgenden Worte mit einem gezwungenen Lachen, das so etwas wie eine Verteidigung war, als wolle sie damit sagen, sie richte diese Worte weniger an ihn als an sich selbst – so wie man redet, wenn man allein ist und scherzt, um sich Mut zu machen. Etwas, so erzählte er, war von Anfang an klar: Cate sprach nicht, um ihn zu rühren, ihn in eine Falle zu locken. Im Gegenteil, sie sprach in einem zögernden, angestrengten Ton, als wisse sie, sie tue ihm weh, und wolle rasch wieder aufhören, wolle ihn schonen.

»Du hattest mich kaum verlassen«, sagte sie. »Wozu davon reden? Wir wären beide übel dran gewesen. Damals war ich ganz verrückt, aber doch nicht so sehr, daß ich nicht gemerkt hätte, daß du mich los sein wolltest.«

Corradino klammerte sich an den Ton, in dem Cate sprach, weil er darin zwar nicht die Rettung sah – an die Zukunft wagte er nicht zu denken –, aber doch immerhin die Möglichkeit, nicht auf der Stelle verrückt zu werden; damit erlaubte ihm Cate, weiter er selbst zu sein. Er erzählte, er habe die blödesten Einwände gemacht und doch gewußt, daß seine Worte – wie es ja auch stimmte – nutzlos waren. Aber wie stellt man sich an, wenn man gesagt bekommt, daß man seit Jahren einen Sohn hat, während man die Mutter kaum kennt?

»Gib acht, da ist ein Boot«, sagte Cate, und Corradino

mußte die Ruder wieder aufnehmen, um sich abzustoßen. In dem Boot waren vier Mann – auch ein Soldat war dabei –, und als sie dicht an ihnen vorbeikamen, schoben sie sein Boot mit den Händen fort und sagten irgend etwas, wobei sie über Cate lachten.

Als sie wieder an den Bootssteg kamen, schlug der Bug heftig gegen die Mole, so daß die Padrona zu jammern begann; aber Cate und Corradino hörten nicht zu. Sie beeilten sich, auf die Allee zu kommen; sie sprachen kein Wort. Dann gingen sie im normalen Schritt weiter. Sie hatten sich untergehakt.

Offensichtlich erwartete Cate jetzt etwas von ihm. Zum Beispiel hätte er beginnen müssen, ihr Vorwürfe zu machen, daß sie es gewagt hatte, ein so großes Opfer ganz allein zu bringen. Statt dessen sagte Corradino, das Kind sei sechs Jahre alt, und sie beide hätten sich seit acht Jahren nicht gesehen. Cate schüttelte den Kopf. Seit sieben.

»Du mußt entschuldigen«, sagte Corradino da, »aber das ist, als bekäme man einen Ziegelstein auf den Kopf.«

Cate preßte seinen Arm und setzte ihm, da sie sich nicht mehr in die Augen sahen, mit ruhiger Stimme auseinander, sie grolle ihm ja nicht, sie wisse selber nicht recht, warum sie ihm das gesagt habe; keiner von ihnen sei schuld daran, oder nur sie, weil sie so dumm gewesen sei. »Alles, was geschehen ist, ändert nichts, Corrado. Ich möchte nur, daß du mich verstehst.«

Corradino suchte angestrengt nach irgendeinem Wort, das ihr Freude machen könnte. »Wieso ändert es nichts?« rief er.

»Wir bleiben Freunde wie vorher«, sagte Cate. »Hab keine Angst.«

Hier geschah Corradino etwas Seltsames. Je mehr Cates Worte – aber er hätte schwören können, daß Cate etwas ganz anderes zu ihm sagte, als er in Erinnerung hat – seinen ersten Eindruck bestätigten, nämlich, daß sie entschlossen war, nichts von ihm zu fordern, sich weder helfen noch gar heiraten zu lassen, kurz, daß sie ihm das Geheimnis nur aus Schwäche anvertraut und jetzt vorhatte, fortzugehen, ihm die Hand zu drücken und seine Gläubigerin zu bleiben; je mehr dies klar wurde, um so heftiger erhob sich in Corradino ein Groll, ein Gefühl verletzten Stolzes, als habe er selbst etwas zu fordern.

Die Vorstellung, einen Sohn zu haben, war ungeheuerlich, und ihn auf diese Art zu haben, auf diese Art dem Wort von Cate zu trauen, war verrückt; und doch geriet er in Aufruhr schon bei dem bloßen Verdacht, daß diese Frauen – sie, ihre Mutter und ihre Schwester – sechs, sieben Jahre lang das Kind als nur ihnen gehörend behandelt, es aufgezogen, gekleidet hatten, mit ihm umgegangen waren, als sei er gar nicht vorhanden, während sie wußten, wenigstens Cate wußte es, daß es sein Kind war.

Erregt zog Corradino seinen Arm aus dem von Cate und tat den ersten und einzigen liebenswürdigen Ausspruch jenes Tages.

»Womöglich sieht er mir ähnlich.«

Und er stieß einen Seufzer aus. Er spürte, daß Cates Augen ihn überwachten.

»Nein«, sagte sie, »das finde ich nicht. Vielleicht, wenn er ein junger Mann ist...«

»Verstehst du: sie hatte ihm meinen Namen gegeben«, murmelt Corradino, sooft er wieder davon spricht. »Doch sie war überzeugt, daß er mir nicht ähnlich sah. Wahrscheinlich hatte sie nicht unrecht. Aber sind das Dinge, die man zu jemandem sagt, der in diesem Augenblick erfahren hat, daß er Vater ist, und sich darin noch nicht zurechtfindet?«

Darin lag Cates Kraft, sagt Corradino: in ihrer Unbefangenheit. Cate hatte keine Geheimnisse, sie sagte alles frei heraus, während sie einem womöglich ins Gesicht sah und lachte, um sich Mut zu machen. Sie bemühte sich, einen Entschluß, ein Gefühl, das sie zu empfinden glaubte, zu verbergen. Oder vielleicht tat sie das nur Corradino gegenüber, weil sie wußte, daß dies die sicherste Art war, ihn zu beherrschen und sich zu schützen.

»Es ist gut von dir, daß du so sprichst«, sagte sie zu ihm am gleichen Tag in dem kleinen Garten, »aber ich könnte dir nie die Gewißheit geben, daß Corrado dein Sohn ist. Es war nicht richtig, daß ich es dir überhaupt gesagt habe. Diese Dinge spürt man sofort – oder nie.«

Corradino war gekommen, um die beiden zu sehen und zu dem Jungen zu sagen: »Weißt du, wer dein Vater ist?« So aber ging er fort mit dem Eindruck, er selbst sei vor sieben Jahren verführt worden. Dino spielte gewöhnlich mit den anderen und blieb zwischen seinen Knien stehen nur die kurze Zeit, die Cate brauchte, um aus der Einkaufstasche das Vesperbrot herauszuziehen. Corradino hatte ihn bei den Handgelenken gepackt und mühte sich, ihn festzuhalten. Aber Dinos Arme widerstrebten ihm energisch: er staunte darüber, wie man über die Kraft eines Hündchens erstaunt ist. Seine scharfe Stimme, als er sich freimachte, rührte ihn. Corradino hatte nie darüber nachgedacht, daß zwischen den Großen und den Kindern immer ein Kampf ist, ein beständiges Mißtrauen, und daß die Kinder, was ihnen gar nicht bewußt ist, in einer anderen, eifersüchtig gehüteten Welt leben. Als sie allein blieben, sagte Cate, Dino sei, alles in allem genommen, gehorsam, aber es sei schwierig, von ihm anerkannt zu werden. Im letzten Jahr hatte er, nur um einer bestimmten Person nicht guten Tag sagen zu müssen, sich einen ganzen Nachmittag hinten auf der Treppe versteckt.

»Und von seinem Vater weiß er nichts?« fragte Corradino.

Cate schüttelte den Kopf. »Fragt er nicht danach?« »Ja, er hat gefragt, aber ich wollte ihm nicht sagen, daß er tot wäre. Vorläufig begnügt er sich damit, zu wissen, daß er nicht da ist.«

Damals setzte Corradino alles auf eine Karte und sagte – wobei er sich mehrmals unterbrach –, Cate müsse ihn verstehen (›ich rede wie eine Frau‹, dachte er) und ihm Zeit lassen, sich zurechtzufinden, Dino kennenzulernen, sie kennenzulernen, sich davon zu überzeugen, daß er seinem Sohn zugetan sei; und inzwischen danke er ihr, finde vielmehr keine Worte für die vielen Opfer, die sie doch gebracht habe. Da hatte Cate ihm, ruhig aber entschieden, jene Antwort gegeben.

Als Corradino sich alles noch einmal überlegte, fühlte er sich gerechtfertigt. In jener Nacht – seiner ersten Nacht als Vater – ging er allein umher, rauchte nervös, prüfte alles von neuem. Es war offensichtlich: Cate hatte darin, daß sie von ihm wirklich nichts wollte, nicht gelogen; und Corrado war sein Sohn. Aber hätte Cate ihn schließlich eingefangen und etwas von ihm angenommen – was? Die Heirat oder nur Geld? –, wäre der Zweifel ja doch geblieben. Als Corradino das Dilemma klar erkannt hatte, verzog er das Gesicht; zum Grinsen hatte er nicht die Kraft.

In der Erinnerung, die ihm davon blieb, behauptet Corradino steif und fest, die Nacht damals habe sich sehr von anderen, ähnlichen, die er auf den Straßen verbracht hatte, um einem vulkanischen Ausbruch von Eifersucht, Liebe oder Begeisterung zu entfliehen, unterschieden. So mühsam er sich auch im Gleichgewicht gehalten habe – und sein Gefühl habe ihn beinahe zerrissen –, so habe er doch in all dem Aufruhr eine Ruhe verspürt, eine Sicherheit und Hoffnung, die ihn nicht verlassen hätten. Für gewöhnlich behauptete er, wenn er mir davon erzählte, diese Sicherheit sei ihm nur aus dem gekommen, was Cate ihm gesagt

habe, um ihn zu beruhigen, und zwar weniger aus den Gesprächen selbst als aus ihrer Stimme, die so entschlossen geklungen hatte: sie wollte nicht nachgeben und sich nicht helfen lassen. Seit damals, erzählt Corradino, habe er begriffen, daß Cate nichts von ihm wissen wollte; und das war die Ruhe, die Hoffnung, die ihn aufrechthielt.
Aber ich weiß, Corradino verleumdete sich gern selbst; und ich suchte ihn davon zu überzeugen, daß, wenn zwischen den rasenden Gedanken jener Nacht nicht mehr das Gefühl des eigenen Unwertes auftauchte, wie es in vielen seiner Krisen der Fall gewesen war, das vor allem von einer Tatsache herrührte: diesmal fand ihn die Krise als Mann, sie bot ihm statt Torheiten Wirklichkeiten, Leben von Menschen, das Problem, wie er sich verhalten sollte; und das entriß ihn seiner Isoliertheit. Corradino jedoch schüttelt den Kopf und sagt; ganz das Gegenteil sei wahr: er liebe Cate kein bißchen, sondern habe eher einen Groll auf sie wie auf alle starrsinnigen Menschen; und was Corrado betreffe, den ihm angedrohten Sohn – nun, heute denke er an ihn wie an einen Fremden, obwohl er davon überzeugt sei, daß Cate ihn nicht belogen habe. »Ich bin für die Vaterliebe nicht geschaffen«, versichert er. »Die Vorstellung, daß mein Sohn schließlich in anderer Leute Händen ist, gab mir vor allem das Gefühl, als sei ich einer Gefahr entronnen, und später, wenn überhaupt, empörte sie mich, wie einen ein Diebstahl empört oder eine Gaunerei, der man zum Opfer gefallen ist.«
»Aber das ist nur natürlich«, sage ich zu ihm, »auch darin besteht die Vaterschaft.«
»Dann erkläre mir«, sagt er lachend, »wie in aller Welt ich schon seit jener Nacht wissen konnte, daß ich, nachdem sechs Tage vergangen waren, nach Camogli reisen, daß ich Dino Cate überlassen und hinter Marina herlaufen würde?«

»Und der Brief, den du mir damals in die Berge geschickt hast?«

Der Brief, brummt Corradino. Es war folgendes geschehen. Am Tag nach jener Nacht war er wachgeworden mit einem Gefühl der Angst, von völliger Erschöpfung des Herzens; er war, wie es so geht, im Halbschlaf bis auf den Grund des Ekels hinabgetaucht. Mit der grausigen Klarheit, die manche Gedanken bei Morgengrauen annehmen, hatte er sich im Bett richtig elend gefühlt: nackt, armselig und schuldig. Die wenigen Frauen, die er gehabt hatte, kamen ihm in den Sinn – Ernesta, Cate, ein Ladenmädchen ohne Namen, die Dirnen ohne Gesicht und sogar, obwohl er sie nie berührt hatte, Marina; und seine Gewissensbisse nahmen zu. Alle sagten ihm das gleiche, erdrückten ihn mit der gleichen Erinnerung, so wie es einem Angeklagten ergehen mag, der in die Hände seiner Ankläger gefallen ist. Unfähig, sich zu verteidigen, sah Corradino diesmal in der stillen Morgendämmerung ganz deutlich das, was er für seine Wirklichkeit hält. Alle diese Frauen hatte er immer auf die eine Art behandelt, bei keiner war er fähig gewesen, ein Wort als Mann zu sagen, aus seiner Isoliertheit herauszutreten. Wäre er wenigstens brutal gewesen, fähig, eine Frau zu beherrschen oder zu schänden. An jenem Morgen dachte er daran, daß er immer alle verletzt hatte, weil sie sich verletzen ließen, zuerst die Dirnen, bei denen er immer – wie sollte er je über sich selbst hinauskommen – als vollendeter Herr galt, als feiner Mann; noch jetzt, mit dreißig Jahren, fragten sie ihn, ob er Student sei. Und alle – Ernesta, Cate, und morgen würde es Marina sein – lösten sich schließlich von ihm, verärgert und enttäuscht, daß er unausweichlich alles laufen ließ. Wenn er sich jetzt – und das setzte Corradino hart zu – bei allen so betragen hatte, so hieß das, seine Wirklichkeit war eben diese, und er werde immer auf die gleiche Art reagieren. Die Tragkraft der Brücke.

An jenem Morgen kehrte er an den Sangone zurück, um diese Dinge in der Sonne ruhig zu überdenken. Er kleidete sich in den Weiden aus, nach dem Baden rauchte er und sah zu, wie sein Körper am Licht trocknete. Die demütigende Traurigkeit des Erwachens war nun, im Licht und nach der Anstrengung des Schwimmens, natürlich verschwunden; er dachte jetzt, wie es unvermeidlich war, an Cate und an den Jungen. Und er stellte an seinem gebräunten Körper Vergleiche an mit der Gestalt von Dino, mit den feingebauten Beinen und den Handgelenken dieses kleinen Teufels, der so viel kräftiger war, als er erwartet hatte, und der – das schien ihm jetzt sicher – nicht von ihm gezeugt war. Unbestreitbar kam das Verdienst, ihn so tüchtig und gesund gemacht zu haben, Cate zu. Und dann – selbst wenn er es in der Schwebe ließ, ob er sein Vater war – fragte er sich, ob auch in diesem kleinen Körper ein Charakter heranreife wie der seine, einsam und störrisch. ›Es wäre ein Experiment‹, dachte er. ›Wenn er, fern von mir, mir eines Tages ähnlich sein wird, so heißt das: der Charakter ist von der Geburt gegeben und nicht von der Umwelt. So ist es bei Waisenkindern.‹ Bei diesem Gedanken begann Corradino sich wieder zu schämen und sagte sich, er sei ja leider nicht tot, also müsse er Cate heiraten. Mit der gleichen Klarheit, mit der er am Morgen, als er aufwachte, seinen Unwert gefühlt hatte, begriff er diesmal, daß er eine Pflicht zu erfüllen hatte. Eine Pflicht – sagte er sich jetzt höhnisch –, die nicht einmal unangenehm war: ›Cate ist eine schöne Frau, sie wird mir weitere Kinder schenken.‹

Damals entwarf er, von unklaren Anwandlungen bewegt, den Brief, den er mir später schrieb, vor allem die Sätze: *›Jetzt gibt es einen Felsblock, viele Felsblöcke, an denen* *werde ich mir noch den Kopf einrennen... es geht hier nicht anders zu als im Krieg: es läßt sich nicht beschreiben... ich könnte auch etwas tun, das zu allem, was mir geschieht, keine wirkliche Beziehung hat...* Und dies natürlich tat er, als er nach sechs Tagen in den Zug nach Camogli stieg.

Eine Enthüllung wie die im Boot hätte die beiden einander näherbringen müssen, wenigstens für eine kleine Weile, für einen Tag, sie hätten sich sehen und wieder davon sprechen müssen – würde denn Cate nie mehr in sein Zimmer hinaufkommen? Aber sie hatten, wenn sie einander verließen, gewöhnlich nichts verabredet. Selbstverständlich konnten sie sich abends im ›Park‹ treffen. Corradino bildete sich ein, das erwarte Cate von ihm, um ihm ihre Umwelt aufzuzwingen und sich zu rächen. Vor sieben Jahren hatte er sie an einem Nachmittag – jenem Nachmittag – an einer Ecke verlassen und vergessen, sich mit ihr zu verabreden, und sie hatten sich nicht mehr wiedergesehen.
Aber Corradino kehrte in den kleinen Garten zurück. Er ging rasch hin, weil man ihn in der Zeitung gerade nicht erwartete; er kam zwischen den Bäumen hervor und blieb hinter einem Strauch stehen. Er wollte nicht, daß Cate ihn sah, oder wagte es nicht, sich zu zeigen; vielleicht war es die romanhafte Idee, sich zu verbergen, um nach seinem Sohn zu spähen. Sein Blick folgte einem kleinen Jungen, den er schon kannte; er sah einen andern, dann noch einen: und da war Dino. Sie bildeten einen Kreis, ausgerechnet Dino zählte lebhaft die Spielkameraden ab, er spießte einem jeden den Finger auf die Brust. Dann erhob sich ein Geschrei, und alle rannten los. Weiter entfernt bildete sich eine kleine Gruppe von dreien, unter ihnen Dino; die Fäuste geballt, begannen sie zu brüllen. Kurz danach löste sich Dino aus der Gruppe und rannte mit

wehender Jacke auf Cate zu, die ihn gerufen hatte und sich nun von der Bank erhob. ›Er ist genauso ein Feigling, wie ich es war‹, stammelte Corradino, sah fort und entfernte sich.
Am gleichen Abend ging er in den ›Park‹. Er wehrte sich bis zum letzten Augenblick – es hätte sich gehört, daß Cate ihn anrief –, saß vor dem geöffneten Fenster und sah zu, wie der Tag zur Neige ging. Er sagt, um diese Stunde habe er gewöhnlich an Camogli, an Marina gedacht.
Plötzlich läutete das Telefon. Als Corradino Ernestas Stimme hörte, wurde er bleich vor Wut. Er fragte sie grob, warum sie anrufe. Ernesta zögerte; dann stammelte sie, sie habe nichts mehr von ihm gehört, niemand sei mehr in Turin, schließlich habe sie geglaubt, auch er sei schon aufs Land gefahren. Sie wolle ihm nur guten Tag sagen. »Du siehst, ich bin noch da«, sagte Corradino etwas sanfter. Ernesta schwieg, aber sie legte den Hörer nicht auf. Auch Corradino schwieg. »Dann ciao«, sagte Ernesta leise. Corradino gab ihr den Gruß zurück und legte den Hörer auf.
Entschlossen nahm er die Trambahn und fuhr zum ›Park‹. Cate war noch nicht da. Er wollte reden, wollte sich bewegen, irgend etwas tun. Da sah er den Mann vom letztenmal, er hatte mit Cate über Lieder geplaudert, und Cate hatte ihm bei ihren Antworten mit Wärme in die Augen geschaut. Er war ein schöner Mann mit grauen Schläfen. Corradino sprach ihn an. Während sie miteinander redeten, erschien Cate.
»Oh, ihr habt Freundschaft geschlossen«, sagte sie. »Wartet auf mich.«
An jenem Abend sang eine gewisse Naldina, die alle anderen kannten und begrüßen wollten, immer war am Tisch Unruhe. Die Frau war jünger als Cate, eine blonde, verbrauchte Florentinerin; sie lachte ausgelassen und be-

herrschte das Publikum mit Gesten, als halte sie eine Predigt. Während sie ihr zuhörten, fragte sich Corradino, wie Cate wohl auf der Bühne wirke. Sie saß neben ihm, aufmerksam, das Kinn auf die Hand gestützt: in dieser Haltung hatte sie etwas unsinnig Kindliches und zugleich Mütterliches, was ihn zum Lachen brachte. »Singt sie gut?« flüsterte er ihr ins Ohr. Cate runzelte einen Moment die Brauen und lächelte, ohne den Blick von der Bühne zu wenden.

Naldina, die von ihrer Gruppe viel Beifall erhielt, mehr als von den anderen Tischen, kam dann auf sie zu; in ihrem Abendkleid, dem gleichen, in dem sie gesungen hatte, kam sie zwischen den tanzenden Paaren hindurch an den Tisch. Cates Musiker, der vierzigjährige Mann mit der höflichen Stimme, begrüßte Naldina begeistert – alle nannten sich du –, und erst da merkte Corradino, daß auch er aus der Toskana stammte. Als sie Naldina Feuer gegeben hatten, musterte diese Corradino gründlich; inzwischen sprachen alle, Cate inbegriffen, von der ganz anderen Wärme des Publikums in Florenz und Rom.

»Ihr seid eben langweilig«, sagte Naldina und pustete den Zigarettenrauch in die Luft, als auch Corradino seine Meinung geäußert hatte; und Corradino fand diese Frau abscheulich vom Kopf bis zu den Füßen, er haßte ihre Art zu blicken, ihre Stimme, ihren Beruf, ihre Art, sich zu kleiden. Er haßte sie um so mehr, als er an ihr einiges wiederfand, was auch Cate hatte: die gleiche Offenherzigkeit, dieses Sichselbstvergnügen, die endlosen Gespräche über nichtige Dinge, und alles recht weiblich wichtig vorgebracht.

Alle um Naldina herum sprachen von ihren Angelegenheiten; nur der höfliche Mann aus der Toskana beteiligte sich zwar gelegentlich mit raschen Bemerkungen an dem gemeinsamen Gespräch, unterhielt sich aber in zurückhal-

tender Art viel mit Corradino. Cate hatte ihn als Journalisten vorgestellt, und so mußte er Auskunft geben auf Fragen und von Dingen sprechen, die ihm gar nicht geläufig waren. Signor Pippo – alle nannten ihn Pippo – machte sich Sorgen um die Streitfrage wegen des gewerkschaftlichen Schutzes der Orchestermitglieder, und das überzeugte Corradino endgültig davon, daß er Musiker war. Hin und wieder sah auch Cate zu ihnen herüber und hörte ihrem Gespräch zu.
Dann erhoben sich Pippo und Naldina, um zu tanzen; Naldina sagte zu Cate mit einer Grimasse: »Du erlaubst doch?«, und alle lächelten oder lachten.
Einmal an diesem Abend saßen sie allein auf der Bank am Eingang. Cate schwieg, sie war nervös, sie wartete, sie gab kaum Antwort, wenn Corradino mit ihr sprach. Der ›Park‹ war bereits halb leer; Naldina und Signor Pippo waren schon eine halbe Stunde fort. Corradino hatte nun alles begriffen, und zwar seit dem letzten Abend; es blieb ihm nur noch ein einziger Zweifel, und den, so unsinnig es war, wälzte er in sich hin und her.
»Seit wann kennst du diesen Maestro Pippo?«
Cate wurde rot und fragte ihn, warum er das wissen wolle.
»Aus keinem besonderen Grund«, log Corradino. »Ich sehe, du vertraust ihm sehr, und ich möchte nicht, daß er der erste beste ist.«
Da erklärte ihm Cate lebhaft, sie habe ihn vor zwei Jahren kennengelernt, er sei ein sehr guter Kamerad, voller Arbeitsenergie, einer von denen, die Karriere machen, ohne die Kollegen zu verleugnen.
»Und was tut er hier in Turin?«
Cate antwortete: »Du könntest ihm helfen.«
Corradino ließ sich erklären, wie, und sagte, beim Rundfunk kenne er niemanden. »Ein Wort bei diesem und je-

nem würde genügen«, sagte Cate mit einer gewissen Wärme und horchte weiter nach dem Eingang.
Corradino lächelte. »Ich muß mich wirklich bei dir bedanken«, sagte er. »Nicht nur, daß du mir unseres Sohnes wegen keine Vorwürfe machst – du möchtest sogar, daß ich dir helfe, dich loszuwerden.«
Cate runzelte die Stirn. Die Worte verstand sie nicht, wohl aber das Gefühl, das dahintersteckte. Einen Moment war sie verwirrt; rot werden konnte sie nicht, denn sie war es noch von vorhin; sie sah ihn mit einem weichen Blick verstohlen an. »Corrado«, sagte sie, »wir können nichts dafür.« Und sie preßte krampfhaft sein Handgelenk.
»Natürlich ist dein Pianist Junggeselle«, fuhr Corradino fort. Cate nickte, aber sie sah nicht auf.
Dann schwiegen beide. Corradino lächelte, um sich zu beherrschen; er merkte, daß Cate schon an anderes dachte, an diesen Pippo. Seine vielen verrückten Gefühle, die ihn so in Unruhe versetzt hatten, waren völlig verschwendet. Er stand auf und streckte Cate die Hand hin. »Gute Nacht«, sagte er. Cate sah ihn lebhaft an und streckte ihm zögernd die Hand hin. »Auf Wiedersehen«, stammelte sie.
Einige Tage lang, in den kritischen Augenblicken seines Wartens, gefiel sich Corradino darin, zurückzudenken an Cates Verlegenheit und an seine neue Fähigkeit, alles von oben zu betrachten; diese hatte für ihn in dem Moment begonnen, als er lächelte, statt beleidigt zu sein. ›Es genügt eine winzige Kleinigkeit‹, dachte er, ›es genügt, eine Frau zu überraschen, wenn sie es nicht erwartet – und man bekommt sich wieder in die Gewalt.‹ Gewalt worüber? Es war an Cate, von sich hören zu lassen; und zwei Tage verstrichen, ohne daß das Telefon läutete.
Corradino versagte es sich sogar, in den kleinen Garten zu gehen. Um ruhiger zu werden, sagte er sich: womöglich

ist der Junge von diesem Pippo, und Cate, die sich vernachlässigt fühlt, hat eine Gaunerei versucht, um sich von ihm, Corradino, bedauern zu lassen und ihm eine Empfehlung zu entreißen, mit der sie dem Liebhaber eine Stelle verschaffen und seine Gunst wiedererringen kann. Aber dann würde alles für ihn zusammenstürzen: daß er den halben Sommer gewartet, sich in Einsamkeit vorbereitet hatte, daß er einer ganz anderen Einsamkeit bedurfte. Alles das verflüchtigte sich. Corradino hätte sich auch damit abgefunden; aber auf Cates Starrsinn, auf ihre ernsthaft-einfache Art konnte er nicht verzichten: jetzt ging es darum, zu kämpfen, er wollte eine Cate, um deretwillen eifersüchtig zu sein der Mühe wert war. Und daß Dino sein Sohn war, peitschte ihm das Blut, gab ihm das Recht, Cate ins Gesicht zu sehen. »Bestimmte unglückliche Begebenheiten wünscht man geradezu herbei«, sagt Corradino noch heute.

Aber das Telefon schwieg. Als Corradino am Abend des dritten Tages – noch zwei Nächte und dann die Ferien – aus dem Büro kam, fand er unser Telegramm vor. Er sagt, er habe im ersten Augenblick wohlgefällig gelächelt bei der Vorstellung, ich hätte seinen Brief so wichtig genommen; doch dann las er das Telegramm noch einmal, begann sich zu schämen, fühlte sich verspottet und litt sehr. Er dachte zurück an das, was er geschrieben hatte, an die Demütigung dieses Morgens, an die Aufregungen dieser Nacht, als der Gedanke, einen Sohn zu haben und ihn nicht zu besitzen, ihm das Herz mit unklaren edelmütigen Anwandlungen erfüllte. Auch diesmal also hatte er sich umsonst an jemanden gewöhnt. Seine Wirklichkeit war eben diese – so hatte er an jenem Morgen beim Aufwachen gedacht. Seine Tragkraft hatte, wie üblich, nicht genügt, und es blieb nichts übrig, als das zu beklagen. ›Aber etwas will ich tun‹, sagte er sich.

Aber nein, er tat nichts. Er ging einfach in den ›Park‹ und verbrachte den Abend, wie üblich, am Tisch der Künstler, hörte den Chansons zu, betrachtete die tanzenden Paare. Als er mit Cate einen Augenblick allein blieb, fragte er sie nach Dino und hörte ihr zu, wie sie von ihren Sorgen sprach, von dem Charakter und den kleinen Angelegenheiten des Jungen. Er merkte, daß Cate glücklich und ein wenig stolz darauf war, ihm diese Dinge zu erzählen. Sie tanzten zusammen.
Dann begleitete er Maestro Pippo an die Bar und sagte ihm, Cate habe seinen Fall angedeutet, ihn ihm aber nicht genügend auseinandergesetzt; ob er selbst ihm einiges über seine Vergangenheit genauer erklären könne? Das Gespräch, das darauf folgte, bestätigte Corradino, daß jener Mann Cate erst seit zwei Jahren kannte. Obwohl er Pianist war, sprach er äußerst vernünftig und schien sich nicht für einen Gott zu halten. Im Varieté hatte er gespielt, um zu leben, aber seine Ausbildung war ernsthafter; er sprach von einem Konservatoriumsbesuch, und vor allem hatte er sehr bestimmte Urteile über die Chanson-Sängerinnen des ›Parks‹, die Corradino vergessen ließen, daß er diesen Mann haßte. Dann kam Cate.
In ihrer Gegenwart fragte Corradino ihn im Scherz, wie denn Cate singe. Pippo ging auf seinen Ton ein und antwortete, die Bretter des Varieté hätten schon Schlechteres gehört. Cate sah ihn halb herausfordernd, halb schmollend an und sagte, nicht alle könnten die Gaben von Naldina besitzen. Pippo lächelte; auch Corradino lächelte und wollte gerade fragen: ›Hat sie sich heute abend nicht sehen lassen?‹, als Pippo ruhig bemerkte: »Traurig, ein Mädchen wie sie.«
Er und Cate, es war offensichtlich, hatten sich versöhnt, wenn sie überhaupt je Streit gehabt hatten. Corradino

fragte sich, ob der Pianist etwas von Dino wisse, und wie er darüber denke.
In einer Gesprächspause sagte er rundheraus, in zwei Tagen habe er Ferien und werde verreisen. »Ich gehe aufs Land.«
Cate sagte unter Pippos Augen: »Schade.« »Aber vorher will ich sehen, ob ich mit denen vom Rundfunk sprechen kann«, fügte Corradino hinzu.
Sie plauderten vom Land, und Cate sagte ganz offen, es tue ihr leid, daß sie in diesem Jahr Dino nicht dorthin schicken könne.
»Du solltest es doch tun«, unterbrach Pippo sie. »Erst gestern hat mir der Junge gesagt, daß er sich langweilt und genausogut in die Schule gehen könnte. Na ja, diese Jungen...«
Corradino verspürte eine so heftige Regung von Eifersucht, daß ihm Tränen in die Augen stiegen. Für einen Moment sah er alles durch einen Nebel; er hörte die Worte der beiden nicht und erinnert sich auch jetzt nicht an sie. Als er sich erholt hatte, gingen sie, und er mit ihnen, auf den Tisch zu. Da nutzte er die Gelegenheit, als der Pianist abgelenkt war, weil er mit jemandem sprach, packte Cates Hand und flüsterte ihr zu: »Übermorgen reise ich. Ich will dich sprechen. Morgen vormittag erwarte ich dich bei mir.« Cate war so verwirrt, daß sie ihn kaum ansah, sie hielt den Kopf gesenkt. »Ruf mich wenigstens an«, stammelte Corradino noch.
Aber Cate kam am nächsten Tag nicht zu ihm. Corradino litt, unter verletztem Stolz, unter Eifersucht, unter der Demütigung; kaum erleichterte ihn der Gedanke, daß, was er leiden mußte, unbillig war, und er sagte und wiederholte sich, daß er das nicht verdiene. Sogar daß er Cate nicht liebte, ja ihr grollte, erschien ihm als ein Opfer, das er dem Jungen brachte. In diesem Zustand rief er einen

Bekannten an und empfahl ihm diesen Pippo als einen ernsthaften fähigen Mann. Er fühlte sich edelmütig.
Als wollte Cate ihn entschädigen, rief sie ihn am Nachmittag im Büro an. Sie sagte, sie habe zu tun gehabt, aber sie halte ihr Versprechen und sage ihm jetzt guten Tag. Ob er heute abend in den ›Park‹ komme?
Corradino bemühte sich, sanft zu reden; er antwortete, er habe wegen Pippo mit den Leuten vom Rundfunk gesprochen. Cate schwieg einen Augenblick. »Nun?« sagte Corradino. »Was gibt es?« Und sofort erklang Cates Stimme wieder, fröhlich, und dankte ihm in Pippos Namen.
Da sagte Corradino: »Nein, ich komme heute abend nicht. Was soll ich dort?« Cate sagte irgend etwas, aber Corradino fuhr fort: »Das dort ist deine Welt, damit habe ich nichts zu tun. Komm du heute abend zu mir.«
»Ich kann nicht, Corrado.«
»Cate, ich bin so allein.«
Er stellte sich ihre Augen vor, ernst, schuldbewußt, über den Apparat geneigt, den Mund nahe am Hörer, als schicke sie ihm einen Kuß, flüsterte ihm etwas zu.
»Ich komme morgen«, sagte Cate. »Um Mittag.«
Sie trafen sich an einer Ecke, und Corradino merkte sofort auf ihrem Gesicht, daß sie nicht mit hinaufkommen würde. Sie tat, als habe sie vielerlei zu besorgen, und nahm ihn mit in ein Geschäft. Trotz der herzlichen Begrüßung sahen sie sich nur von der Seite an.
Als er sie bat, mit hinaufzugehen, schüttelte sie den Kopf. »Wovor hast du Angst?« murrte Corradino. »Du bist doch schließlich kein kleines Mädchen.«
»Wäre ich ein kleines Mädchen, würde ich mitkommen«, sagte Cate.
Da setzten sie sich in ein Café. Cate schwieg. Corrado dachte an Pippo, aber er wagte nicht davon anzufangen. Er warf einen Blick in die Spiegel und sah seinen Nacken,

energisch, gebräunt, fremd, als gehöre er nicht zu ihm. ›Keiner würde sagen, daß wir zwei einen Sohn haben‹, stellte er fest, in das Weiße seines gespiegelten Auges hinein. Cate hatte den Hut abgesetzt, nun warf sie die Haare zurück; jetzt sah sie ihn an, ein paar kastanienbraune Strähnen über den Augen. Wußte sie, wie aufreizend sie so wirkte? Sie erschien jünger, und sie atmete schwer, während sie ihn ansah.

›Sie betrachtet mich zum letztenmal‹, dachte Corradino. ›Wir spielen Theater.‹

Als Cate sich endlich faßte und mit krausgezogenem Mund lächelte, sagte Corradino: »Je mehr ich über dich nachdenke, um so weniger kenne ich mich in dir aus. Du bist nicht mehr wie früher.«

Da redeten sie. Cate sagte, sie sei alt – das sei alles, und Corradino erhob keinen Einspruch dagegen, er sagte nur, auch er sei alt. »Wir sind sozusagen nahe an der Silberhochzeit«, bemerkte Cate und lächelte.

Sie scherzte eine Weile, und er fragte sie, wo sie in diesem Winter singen werde. Cate sagte, sie wisse es nicht, bis dahin sei ja noch Zeit.

»Dino wird sehr bald einen Papa haben, nicht wahr?« bemerkte Corradino mit gleichgültiger Miene, aber Cate wurde nicht verlegen; sie hörte es sich an und betrachtete ihn weiter, diesmal mit einer gewissen Härte.

»Er hat ihn schon«, murmelte sie.

»Er hat ihn, aber er läßt sich nicht blicken«, schlug Corradino zurück.

Cate schwieg unerschütterlich. Da sagte Corradino, er wolle sie heiraten. Er sagte es ihr so ruhig wie jemand, der von einem anderen spricht; doch als er es gesagt hatte, war er bewegt, vor Erregung trat ihm der Schweiß auf die Stirn, und er war verwirrt.

Aber Cate hatte schon geantwortet, mit einem Wink und

ihrem unerschütterlichen Lächeln. Sie schwiegen längere Zeit.

»Siehst du«, sagte Cate, und ihre Stimme klang ruhig, »du mußt verstehen: ich bin nicht mehr die gleiche, du aber hast dich nicht geändert. Für mich ist zu viel Zeit vergangen. Du glaubst nicht, daß Dino dein Sohn ist, und daran tust du recht. Ich war dumm, daß ich damals davon gesprochen habe.«

»Und wenn ich es doch glaubte?« sagte Corradino.

Cate nahm diese Worte sehr in sich auf.

»Wenn ich es glaubte?« wiederholte Corradino.

»Das ist es nicht«, sagte Cate; sie ließ den Blick umherschweifen und sah dann wieder auf Corradino. »Wir führen ein zu verschiedenes Leben. Wir wüßten nicht einmal, wovon wir reden sollten. Du wärest nicht froh.«

»Du – du wärest nicht froh.«

»Corrado«, sagte Cate, »gehen wir? Es ist schon halb eins.«

Sie gingen hinaus. Corradino begleitete sie bis an die Haustür; er streifte ihren Ellenbogen, er ging auf die andere Seite, wenn sie den Gehsteig wechselten, sie sagten einander unnütze, höfliche Worte. Einmal machte Cate eine Grimasse; da bemerkte er mit Vergnügen, daß sie im Grunde ein recht gewöhnliches Lächeln hatte.

»Du bist ja gar keine Frau«, sagte er.

»Was bin ich denn?«

»Du bist du«, brummte Corradino.

Als er sich von ihr verabschiedet hatte – und das ging ganz unfeierlich vor sich, sie waren kaum verlegen dabei –, ging er durch den kleinen Garten, ohne stehenzubleiben. Erst nachdem er um die Ecke gebogen war, zündete er sich eine Zigarette an. Er zündete sie an und versuchte sich daran zu erinnern, ob er im Café geraucht hatte. Aber er wußte es nicht mehr.

Der Name

Wer meine damaligen Spielgefährten waren, weiß ich nicht mehr. In einem Haus im Dorf, wohl uns gegenüber, lebten zwei Jungen, die im Hemd umherliefen, vielleicht Brüder. Einer hieß Pale – von Pasquale; aber es ist auch möglich, daß dieser Name zu dem anderen gehörte. Ich kannte hier sehr viele Jungen.

Dieser Pale – hochaufgeschossen, mit einem Pferdemaul – riß, wenn sein Vater ihm eins überzog, von zu Hause aus und blieb zwei, drei Tage fort, so daß der Vater, wenn er wieder erschien, ihm schon mit dem Gürtel auflauerte und ihn prügelte, bis die Haut in Fetzen hing. Dann riß er wieder aus, und seine Mutter rief ihn laut fluchend von dem Fenster aus, wo der Kalk abgebröckelt war; es ging auf die Wiesen, auf die Wälder am Fluß, dort wo das Tal hereinkam. An manchen Morgen wachte ich auf von dem lauten, irgendwie klagenden Ruf der Frau an jenem Fenster. Viele Frauen riefen die Kinder so; aber der Name, der alle verstummen ließ, der zu manchen Stunden so stark widerhallte wie die Flintenschüsse der Jäger, war der Name Pale. Manchmal schrien auch wir anderen diesen Namen, aus Übermut oder zum Spott. Ich glaube, es machte sogar Pale selbst Spaß, ihn zu brüllen.

So weiß ich auch nicht mehr genau, ob wir, ich und Pale, allein waren, als wir eines Tages die kahlen Hänge des gegenüberliegenden Hügels hinaufstiegen; zuerst hatten wir in den brennendheißen Stunden den Fluß und das Röhricht durchwatet. Sicher ist, daß mein Gefährte bleckende Zähne und einen roten Schopf hatte; daran erinnere ich mich, weil ich ihm erzählte, der Löwe, der in kahlen Gegenden lebt, blecke die Zähne und habe eine rotblonde Mähne genau wie er. An jenem Tag waren wir aufgeregt, denn wir hatten uns vorgenommen, ganz methodisch Schlangen zu jagen. Wir waren naß bis zum Bauch, die Sonne hatte unsere Nacken braungebrannt; hier und da sprang ein Frosch unter den Steinen hervor, die wir im Gehen zum Wackeln brachten. Meine Schienbeine waren voll grüner und blauer Flecken. Und meinem Gefährten Pale troff von den Zähnen der grüne Saft eines Krautes, das er durchaus kauen mußte. Dann hörten wir mit dem Wind, in der Stille zwischen Bäumen und Wasser, schwach, aber klar, einen Ruf.

Ich erinnere mich, daß ich die Ohren spitzte, ob man nach mir rufe.

Aber der Ruf wiederholte sich nicht. Kurz darauf verließen wir die Flußniederung und stiegen den Hang hinauf, sagten uns, wir gingen Schlehen suchen, waren uns aber bewußt – mir wenigstens war es bewußt, und das Herz schlug mir –, daß der Zweck diesmal die Vipernsuche war. Wir stiegen den Pfad zwischen den Wacholdersträuchern hinauf, und hier fing ich, kühn geworden, an, von den Löwen zu sprechen. Ich hatte die Schuhe wieder angezogen, gerade als wollte ich mit einer Brave-Jungen-Geste die Gefahren beschwören, die zu diesem abendlichen Gang gehörten. Ich pfiff vor mich hin.

»Laß das. Auf die Art ruft man die Viper nicht«, brummte mein Gefährte und blieb stehen.

Wir hatten uns mit zwei gegabelten Ruten bewaffnet, in diesen Gabeln mußten wir das Tier festhalten und es dann töten. Das Wasser hatten wir möglicherweise zu mehreren durchwatet, aber jenen Pfad, das ist sicher, stiegen wir beide allein hinauf. Pale ging, im Unterschied zu mir, barfuß über Steine und Dornen, er achtete gar nicht darauf.

Ich wollte es ihm sagen – da blieb er plötzlich vor einem Dornbusch stehen und begann, vorgebeugt, den Kopf hin und her wiegend, ganz leise zu zischen. Der Dornbusch wuchs an einem steilen Felshang; durch ihn hindurch sah man den Himmel.

»Es wäre besser, wir überraschten die Schlange«, sagte ich in die Stille hinein.

Der Freund gab keine Antwort, er fuhr fort, ganz leicht zu zischen – wie wenn ein dünner Wasserstrahl aus einem Hahn rinnt. Die Viper kam nicht heraus.

Plötzlich ließ uns ein Schrei zusammenfahren, der mit dem Wind über uns herfiel, es war wie ein Stoß. Wieder wurde vom Dorf her gerufen – die gewohnte Stimme, klagend, wuterfüllt: »Pale! Pale!«

Ich dachte sofort an Zuhause. Pale stand da, den Kopf nach vorn, er stand auf nur einem Bein, und mir schien, als mache er eine seiner teuflischen Grimassen. Aber kaum war es still geworden, schrie die Stimme, unmenschlich in dem uns anspringenden Wind, von neuem: »Pale! Pale!«

Da warf der Gefährte wütend die Weidenrute hin und sagte rasch: »Zu blöd! Wenn die Viper meinen Namen hört, während wir sie suchen, kennt sie mich dann.«

»Komm fort«, sagte ich mit einer ganz dünnen Stimme.

Die verfluchte Alte rief weiter. Ich sah sie am Fenster vor mir: immer wieder tauchte sie da auf, einen Säugling im Arm, und stieß diesen klagenden Schrei aus, in einem bestimmten Tonfall, sie sang ihn geradezu. Auf einmal packte mich Pale am Handgelenk und schrie: »Reiß aus!« Wir rannten ohne innezuhalten bis in die Ebene. Wir schrien einander zu: »Die Viper!«, um uns zum Laufen anzureizen, aber unsere Furcht – wenigstens meine – war etwas viel Komplizierteres, ein Gefühl, als hätten wir, irgendwie, Mächte der Luft und der Steine beleidigt.

Der Abend kam, wir saßen auf den Querbalken der Brücke. Pale schwieg und spuckte ins Wasser.

»Komm auf den Balkon, dort ist es kühl«, sagte ich zu Pale. Es war die Zeit, wo alle Frauen im Dorf irgend jemanden riefen; aber im Augenblick war ein wunderbarer Friede, nur ein paar Grillen hörte man.

›Mich haben sie noch nicht gerufen‹, dachte ich. Und laut sagte ich: »Warum antwortest du nicht, wenn sie dich rufen? Heute abend geben sie es dir.«

Pale zuckte die Achseln und verzog das Gesicht. »Frauen! Was verstehen die schon!«

»Kommt die Viper, wenn sie einen Namen hört, dann wirklich an und sucht einen?«

Pale gab keine Antwort. Weil er immer von zu Hause ausriß, war er notgedrungen so schweigsam geworden wie ein Mann.

»Aber dann müßten deinen Namen alle Schlangen hier auf den Hügeln kennen.«

»Deinen auch«, sagte Pale mit einem Grinsen.

»Aber ich antworte sofort.«

»Das ist es nicht«, sagte Pale. »Meinst du, die Viper kümmert sich darum, ob du ein braver Junge bist? Die Viper will die töten, die sie suchen...«

Aber in diesem Augenblick setzte das laute Rufen erneut ein. Die Alte stand wieder am Fenster. Die Räder eines Karrens quietschten; man hörte, wie ein Eimer in den Brunnen plumpste. Da machte ich mich auf den Heimweg. Pale blieb auf der Brücke.

Ende August

In einer Augustnacht bummelten wir langsam den Gehsteig entlang; selten wechselten wir ein Wort. Es war eine der Nächte, in denen ein lauwarmer, heftiger Wind weht. Immer wieder fächelte er einem zärtlich das Gesicht, er drückte an Wangen und Lippen Wellen von Duft; dann wirbelte er weiter zwischen die schon dürren Blätter der Allee. Nun weiß ich nicht, warum diese laue Wärme eine Erinnerung an eine Frau oder an sommerliche Blätter heraufbeschwor – jedenfalls floß mir das Herz so plötzlich über, daß ich stehenblieb.
Clara wartete, mir halb zugewandt, daß ich weiterginge. Als bei der Straßenbiegung ein neuer Windstoß über uns herfiel, blieb Clara, ohne mich anzusehen, von sich aus stehen und wartete wieder. Vor der Haustür fragte sie mich, ob ich Licht haben oder noch spazierengehen wolle. Ich blieb eine Weile auf dem Gehsteig stehen, horchte auf das Rascheln eines dürren Blattes, das der Wind über den Asphalt trieb, und sagte Clara, sie solle hinaufgehen, ich würde ihr sehr bald folgen.
Als ich nach einer Viertelstunde hinaufkam, setzte ich mich ans Fenster, um zu rauchen, und roch den Wind, und Clara fragte mich durch die Zimmertür, ob ich mich beruhigt hätte. Ich sagte, daß ich auf sie warte; einen Augenblick später war sie neben mir in dem dunklen Zimmer, lehnte sich gegen meinen Stuhl und genoß die laue Wärme des Windes, ohne ein Wort zu sprechen. Damals waren wir nahezu glücklich, ich erinnerte mich nicht, daß wir uns je gestritten hätten; wir lagen lange Stunden nebenein-

ander, bevor wir einschliefen. Clara hat für alles Verständnis, und damals hatte sie mich gern; auch ich hatte sie gern, wir brauchten es uns nicht erst zu sagen. Und doch weiß ich jetzt, daß unser Unglück in jener Nacht begann.

Wäre Clara wenigstens über meine Unruhe ärgerlich gewesen, hätte sie nicht mit solcher Fügsamkeit gewartet! Sie hätte mich fragen können, was mich gepackt habe, hätte von sich aus versuchen können, es zu erraten, um so mehr, als sie es ja doch ahnte – aber verständnisinnig schweigen, wie sie es tat, das durfte sie nicht. Ich finde selbstgenügsame Menschen abscheulich, und zum erstenmal fand ich Clara abscheulich.

Jener nächtliche Wirbelwind hatte mir, wie das so geht, eine weit zurückliegende Freude wieder unter die Haut, in die Nase getrieben, eine der einfachen Erinnerungen, die geheim sind wie unser Körper, die mit ihm, man könnte sagen von Kindheit an, fest verwachsen sind. Der Strand, an dem ich geboren bin, bevölkerte sich im Sommer mit Badegästen; er kochte unter der Sonne. Es waren drei, vier Monate eines Lebens voll Überraschungen, immer wieder anders, bewegt, schwierig, etwa wie eine Reise oder ein Umzug. Die kleinen Häuser und Gassen wimmelten von Jungen, von Familien, von Frauen – halbnackt, so daß sie mir gar nicht wie Frauen erschienen: sie hießen ›weibliche Badegäste‹. Die Jungen dagegen hatten Namen, die mir vertraut waren. Mit ihnen schloß ich Freundschaft, ich nahm sie mit ins Boot oder entwischte mit ihnen in die Weinberge. Die Jungen dieser ›weiblichen Badegäste‹ wollten von früh bis spät am Strand sein; ich hatte Mühe, sie zum Spielen mitzunehmen hinter die niedrigen Mauern, auf die Hügel, den Berg hinauf. Zwischen dem Berg und dem Dorf lagen viele Landhäuser und Gärten, und bei den Gewittern am

Ende der Saison roch es im Sturm durchdringend nach verdorrten Pflanzen, nach auf den Steinen schlierig werdenden Blumen.
Nun weiß Clara, daß mich solche nächtlichen Windstöße an jene Tage erinnern. Und sie bewundert – oder bewunderte – mich so sehr, daß sie lächelt und schweigt, wenn sie sieht, daß mich diese Erinnerung überwältigt. Wenn ich ihr davon erzähle und sie teilnehmen lasse, fällt sie mir beinahe um den Hals. Dies ist der Grund, daß ich in jener Nacht – und Clara weiß gar nicht, warum – merkte: ich mochte sie nicht mehr.
In meinen Kindheitserinnerungen ist etwas, was die leibliche Zärtlichkeit einer Frau, und sei es Clara, nicht duldet. In jenen Sommermonaten – sie haben nun in der Erinnerung eine einzige Farbe – schlummern Augenblicke, die von einer Empfindung oder einem Wort plötzlich wieder entzündet werden können; und sogleich setzt die Verwirrung ein, die eine solche Distanz mit sich bringt; ich kann kaum glauben, daß ich in einer entschwundenen, fast schon abgetanen Zeit so viel Freude wiederfinde. Ein Junge – war das ich? – blieb nachst am Ufer des Meeres stehen, unter der Musik und den unwirklichen Lichtern des Cafés, und roch den Wind; nicht den gewohnten Seewind, sondern einen plötzlichen, kurzen Windstoß, der den Duft von exotischen, von der Sonne verbrannten Blumen mitbrachte, zum Tasten nahe. Jener Knabe könnte existieren ohne mich; und er existierte tatsächlich ›ohne mich‹, er wußte nicht, daß seine Freude nach so vielen Jahren, nicht zu glauben, in einem anderen, einem Mann wiederauftauchen würde. Aber ein Mann setzt eine Frau voraus, *die* Frau; ein Mann kennt den Körper einer Frau, ein Mann muß eine Frau umarmen, liebkosen, pressen, eine jener Frauen, die, dunkelbraungebrannt, unter den Lampions der Cafés am Meer getanzt haben. Der Mann

und der Junge kennen sich nicht und suchen sich, sie leben zusammen und wissen es nicht, und wenn sie einander wiederfinden, haben sie das Bedürfnis, allein zu sein.

Clara, die Ärmste, war in jener Nacht so zärtlich zu mir wie immer. Vielleicht noch zärtlicher, denn auch sie hat ihre Bosheiten. Wir spielen manchmal: zwischen uns wieder das Geheimnis aufrichten, ahnen, daß jeder für den anderen ein Fremder ist, und so der Eintönigkeit entfliehen. Aber nun konnte ich ihr nicht mehr verzeihen, daß sie eine Frau ist, eine, die den weit zurückliegenden Geschmack des Windes in den Geschmack von Fleisch verwandelt.

Die Freiheit

Mein Freund Alessio gesteht mir, daß er Kinder nicht liebt. Nicht weil sie lästig sind, sagt er, sondern weil sie – man brauche sie nur zu beobachten, dann begreife man es – in einer Welt leben, die nicht die unsere ist, weil sie ganz anders als wir sehen, fühlen und hören. Hier am Strand gibt es viele Kinder; wir sprechen natürlich nur von denen, die älter als drei Jahre sind, die schon allein herumlaufen und spielen. Es gibt reizende unter ihnen, zumal die mit blondem Haar; manchmal brüllt eines, macht dummes Zeug, reißt aus. Aber manchmal steht auch eines ganz still und aufgerichtet vor dem Meer, betrachtet den Sand, prüft ihn mit dem nackten Fuß, oder es setzt sich wartend hin: das veranlaßt dann Alessio, stehenzubleiben.
Wahrhaftig gehässig ist er den Größeren, den etwa Sechs- bis Achtjährigen gegenüber. Denn die leben nicht nur auf ihre Art, sondern sie wissen auch schon, warum sie so leben, und mustern ihn von oben bis unten und schätzen ihn ab. Wenn die ganz Kleinen sein Gesicht nicht mögen, reißen sie höchstens aus oder beginnen zu schreien; aber die anderen lassen nicht ab, sie haben gar keinen Grund abzulassen: sie betrachten ihn oder, schlimmer noch, sie geruhen ihn überhaupt nicht anzusehen.
»Und was wirst du jetzt tun?« fragte er eines Tages meinen Sohn, der sich an den Ast eines Ölbaums gehängt hatte und nicht recht wußte, ob er wieder auf den Stamm klettern oder sich fallen lassen sollte. Schließlich ließ er sich fallen, aber dann tat er, als könne er sich nicht mehr aufrichten und begann zu jammern, und Alessio betrachtete

ihn, ohne näher heranzukommen, halb erschreckt, halb grollend.
»Gerade so macht es Spaß«, sagte einer zum anderen. Alessio mit Wut, während mein Sohn schon auf die Füße sprang; Alessio aber war davon unangenehm berührt.
Alessio ist verheiratet, hat jedoch keine Kinder. Seine Frau erzählt der meinen, daß sie es nicht verhindern, welche zu bekommen. Ich bin überzeugt, hätte er einen Sohn, so würde er die Welt nur noch durch dessen Augen sehen. Nun – er hat keinen und bringt seine Zeit damit hin, sie allesamt zu hassen.
»Es ist nicht so, daß ich sie nicht leiden kann«, sagte er einmal zu mir. Wir hatten gerade eine ganze Bande vor uns, sie schwatzten und spielten auf dem Sand Karten. »Sieh nur, was für Gesichter! Als wären sie Berufsspieler. Was einen daran erschreckt, ist, daß sie, obwohl sie noch für nichts verantwortlich sind, sich benehmen, als wären sie es. Warum hat sich der dort das Taschentuch wie eine Bartbinde umgebunden? Das ist nicht nur Nachahmung. Sie haben andere Beweggründe. Sie kennen sie nicht einmal selbst. Und wenn sie Männer sind, werden sie dementsprechend handeln.«
Es ist wirklich so: wenn wir mit Alessio zusammen sind, verwandelt sich der Strand, der einen Augenblick zuvor nichts als Lärm und heiteres Treiben war, in eine Vorhölle voll unruhiger Seelen; für den Moment tritt eine Stille ein, die jeden, ob klein oder groß, isoliert und ihn in eine gewisse Angst versetzt, so daß er sich unbehaglich fühlt; das tritt zwar auf dem Gesicht nicht in Erscheinung, bleibt jedoch in der Seele haften.
Wir sprachen von Kindern. Alessio ist besessen von der Idee, daß jedes Kind in seiner Unbewußtheit die Instinkte, die unklaren Anwandlungen, die Stimmen in sich schon heraushört, denen es einmal als Erwachsener folgen

wird. Alessios Ansicht nach ist es ungeheuerlich, daß in einem Alter, wo das Kind nur spielt, wo es für seine Launen und Einfälle noch nicht einzustehen braucht, der Grundriß des künftigen Verhaltens vorgebildet wird, etwa wie sich eine Koralle unter Wasser bildet. Bei diesem Gespräch gerät er in Feuer. Offensichtlich redet er von sich selbst.

Mein Sohn sieht mir nicht danach aus, als horche er auf die Stimmen des Instinkts. Er ist eine kleine Kanaille und ein Spaßvogel, aber doppelbödig ist er nicht. Er denkt nur daran, sich zu vergnügen und zu tauchen. Alessio sagt, mit sieben Jahren sei er genauso gewesen.

»Siehst du«, setzt er mir auseinander, »es ist ja nicht so, daß man in diesem Alter ein Bewußtsein von sich selbst hätte und über seine Handlungen nachdächte, um sich über ihren Wert schlüssig zu werden. Das ist klar. Nicht umsonst leben solche Jungen in einer Welt, die anders ist als die unsere. Die Jungen denken nicht – sie handeln. Darum nennt man sie instinktiv. Aber gerade auf diese unschuldige Wahl kommt es an, die sich in ihnen abspielt: vor einer Gefahr zum Beispiel bricht der eine in Tränen aus, ein anderer türmt, wieder einer wirft sich zu Boden, der nächste pfeift – und sie wissen es nicht, aber als Männer werden sie das gleiche tun.«

»Na hör mal! Und die Freiheit?«

Alessio sagt, er pfeife auf die Freiheit, er wolle nichts davon hören. So ausfällig wird er manchmal; und dann, womöglich schon nach einer halben Stunde, kommt er auf das Gespräch zurück und entschuldigt sich beinahe. So macht er es auch bei seiner Frau, sie sieht immer ein wenig erschreckt aus. »Alessio«, sagt sie, »muß sich, auch wenn er jemanden gern hat, aufregen. Hinterher schämt er sich.« Meine Frau, die sie vor ihrer Ehe kannte, wie ich Alessio kannte, hörte von ihr eine schreckliche Geschichte von maßlosen Ausbrüchen, die mein Freund sich bei jeder Schwierigkeit in ihrer Liebe zu leisten pflegte. Auch ich wußte davon, aber mein Freund hatte mir doch nicht gesagt, daß er sich dieser bitteren Ausbrüche bediente, damit seine Braut ihm verzeihen und ihn sozusagen erlösen sollte. Alessio hat blaue Augen; wenn er niedergeschlagen ist, kann man nicht ohne Rührung mit ansehen, wie er sie, trüben Gedanken nachhängend, abwendet. Und das weiß er.

Am nächsten Tag strafte ich meinen Sohn, weil er irgend etwas getan hatte, und Alessio fragte mich: »Wohin geht er jetzt?«

»Er geht unter die Treppe und spielt den geprügelten Hund«, antwortete ich. Da erzählte er, während er mit mir hinausging, daß er als Kind, im Alter von sechs, sieben Jahren, das gleiche getan habe. »Manchmal war es mir ganz lieb, wenn ich geschlagen wurde, denn dann fühlte ich mich so richtig verzweifelt und konnte hochmütig in den Himmel starren oder mich mit der Katze auf den Balkon verkriechen und auf ihren Rücken heiße Tränen weinen. Niemand ahnte, daß in einem solchen Augenblick meine ganze Familie, das Dorf, die ganze Welt nur dazu da waren, mich zu quälen: und diese Lust war so groß, daß ich sie für keines Menschen Küsse eingetauscht hätte. Damals konnte ich mich so verhalten, es war etwas Unschuldiges. Aber wer merkt es, wenn er das mit fünfzehn Jahren, mit achtzehn, mit fünfundzwanzig wiederholt? Wenn er sich in der Niedergeschlagenheit so gehenläßt, wie ein Schwamm im Wasser versinkt? Ist er dann noch unschuldig, oder ist er ein Unglücklicher? Die Natur verleugnet sich nicht.«

»Sagen wir: er ist rührselig.«

Alessio verzog den Mund. »Es gab Tage, an denen ich brav sagte: Ja, Papa – und dabei dachte ich, wie schön es wäre,

ihm den Schlips wegzunehmen und ihn damit zu erdrosseln. Findest du das rührselig?«
»Offensichtlich.«
Aber Alessio weiß, daß ich gern Spaß mache, und war nicht gekränkt. Dagegen sagte er mir, mein Sohn schmecke in solchen Augenblicken schon die Leiden seines ganzen künftigen Lebens. Wir waren am Strand, ich unterhielt mich damit, die lang ausgestreckten Körper zu betrachten. Dort war eine Gruppe von Jungen, die irgendein Spiel erörterten; ich erkannte etliche Freunde meines Sohnes, aber ich sah ihn nicht. Ich suchte meine Frau: sie lag bäuchlings auf dem Sand und ließ ihre Schultern bräunen. Unruhig wechselte ich mit meinem Freund noch einige Worte; dann konnte ich mich nicht mehr halten. Ich sagte Alessio, er solle am Strandschirm auf mich warten, und kehrte nach Hause zurück.
Ich erinnere mich, daß ich Guido vor anderen eine schallende Ohrfeige gegeben hatte; mit ungerührter Miene, wie man sie in solchen Fällen aufsetzt; und die Ohrfeige war nur der Schluß eines bedrohlichen Hin und Her von Blikken gewesen. Schon am Abend vorher hatte es wegen einer anderen Ungezogenheit einen Sturm gegeben, und nun war mir klargeworden, daß der Junge sich in dem von Alessio beschriebenen Seelenzustand befinden konnte. Ich suchte ihn in dem kleinen Hof, in dem leeren Haus, in den Zimmern, die unordentlich und kahl wirkten, wie es so ist, wenn alle am Strand sind. Auf einem Stuhl lagen seine kurzen Hosen, aber er war nicht da.
Verärgert, jedoch mit klopfendem Herzen wollte ich gerade fortgehen, da hörte ich ein Knirschen im Hof. Ich hob den Blick. Wie kam es, daß ich ihn vorhin nicht gesehen hatte? Mein Sohn kauerte auf dem Dach des Abtritts, die Knie bis zum Kinn hochgezogen, und sah irgendwohin, aber weder auf mich noch auf die Straße. Er war so

braungebrannt, daß sein Gesicht keinerlei Ausdruck hatte.

»Was machst du hier?« fragte ich.

Guido ließ einen Augenblick verstreichen, dann antwortete er mit einem Grunzen.

»Warum hockst du hier auf dem Abtritt?«

»Nur so.«

Er betrachtete hartnäckig seine Fußspitzen. Ich wußte nicht, was ich noch sagen sollte; vor allem wollte ich mir nicht anmerken lassen, daß ich gekommen war, um ihn zu suchen.

»Deine Mutter sucht dich«, sagte ich.

Guido lächelte geringschätzig. Ein Lächeln, das ich so, von unten herauf, noch nie an ihm gesehen hatte.

»Gehst du nicht baden?«

»Laß mich in Ruhe«, brummte Guido. Das Lächeln erlosch, er machte wieder das verdrießliche Gesicht, das ich an ihm kenne. Aber dieses Lächeln war nicht nur geringschätzig gewesen – im Aufblitzen der Augen hatte etwas Grausames, Böses gelegen. Ich wußte genau: wenn ich ihn darauf ansprach, würde ich nur erreichen, daß er log. Darum begnügte ich mich damit, ihm gut zuzureden, ich sagte, er solle doch spielen kommen, und half ihm herunter.

Ich erinnere mich, daß Guido so barmherzig war, mir kein triumphierendes Gesicht zu zeigen. Aber dies gehört genau zu dem von Alessio beschriebenen Charakter.

Schwimmbad am freien Tag

Schön ist unser meergrünes Schwimmbad in der Sonne mit den Sträuchern ringsum, die die Häuser und die baumbestandenen Straßen verbergen, und weiter weg niedere Hügel – so schön, daß sich immer einmal einer von uns erhebt, einen Blick ringsum wirft, einen Schritt tut, dann tief atmend mit einem Seufzer die Augen schließt und sich schweigend wieder hinlegt. Wenn eine Frau das tut, sehen wir alle zu ihr hin; dann werfen wir einen Blick auf die Gittertür des Eingangs: niemand kommt herein. Wir wissen, daß die Sonne und das grüne Wasser genügen, um den Vormittag auszufüllen – von Zeit zu Zeit erhebt sich einer und wirft sich ins Wasser –, aber die geheime Angst eines jeden geht dahin, was er täte, wenn das Schwimmbad verlassen wäre und er sich an so vielem Licht und einem so heiteren Himmel allein freuen müßte.

In Wahrheit ›warten‹ wir alle. Wir sagen es uns mit spaßhaften oder lässigen Sätzen, wobei wir kaum den Kopf drehen und die Lippen bewegen, die vom Schweiß feucht sind. Die beiden Mädchen aus der Schule, die mit uns hier sind, sitzen oder liegen, je nachdem, wie es die Sonne erfordert oder wie sie gerade Lust haben. Wir leisten uns Gesellschaft, um uns abzulenken von dem verschiedengearteten Warten, von der ungewissen Leere, die die Versuchung, zu schweigen, in uns schafft.

Das Schwimmbad ist sehr groß, aber es kommt uns nicht in den Sinn, über die Körper hinwegzusteigen, das Becken zu durchschwimmen und die anderen von da aus zu betrachten. Im Schwimmbad ist man nicht neugierig. Obwohl man von befreudeten Gesichtern und Körpern umgeben ist, läßt man sich lieber von plötzlichen Einsamkeitsgefühlen überraschen. Es gibt Leute, die schreien und lachen: man könnte sagen, daß für sie das Warten zu Ende ist. Man blickt umher, man sieht Schaum, nackte Körper, spritzendes Wasser; es sind Jungen, es sind Spiele. Das ist noch nicht das Eigentliche, wenigstens nicht für uns.

Die Nacktheit des Himmels appelliert an die unsere. Es ist schwierig, in dieser ungewohnten Nacktheit Gedanken zu verbergen. Man rührt sich kaum, man meint jedem Blick so offen dazuliegen wie Kiesel auf dem Grund des Wassers. Unsere Einsamkeit ist wie eine Leere, eine Unfähigkeit der Gedanken, sich zu bewegen. Nur so bleibt uns etwas im Herzen, was uns gehört. Manchmal vergessen wir das und sagen plötzlich etwas mit lauter Stimme – aber es verhallt sogleich, es war überflüssig, die anderen wußten es schon.

Wer sich aus der Gruppe löst, um sich ins Wasser zu werfen, macht ein Gesicht, als wolle er sich entschuldigen; er lädt die anderen ein, ihm zu folgen, ihm Gesellschaft zu leisten. Die Mädchen sehen ihm nach und lächeln. Manchmal erheben sie sich gleichfalls, manchmal erheben wir uns alle und gehen ins Wasser.

Nicht einmal im Wasser entflieht man der Einsamkeit und dem Warten. Wir alle tauchen bis auf den Grund, tauchen, um den Zementboden zu berühren; das ist etwas Ungewohntes; jeder Augenblick, den wir tief unten in dem grünen Wasser zubringen, ist eine Art sich zu verbergen, allein zu sein. Wenn dann der, der getaucht hat, schweigsam zu den anderen zurückkehrt, so erweckt er als einziger den Eindruck, daß er nicht mehr auf etwas wartet.

Was also soll geschehen? Hin und wieder, wenn sich die Gruppe neu bildet, wird davon gesprochen. Es ist eine Frage, die uns leidenschaftlich erregt; mancher merkt es nicht sofort, wenn der Lebhafteste von uns davon anfängt, aber dann wird ihm die Sache auseinandergesetzt, und auch er wird neugierig. »Wir sind hier, um zu baden und uns zu sonnen«, sagen wir. Ja eben. »Wir sind hier, um zusammenzusein.« Jeder von uns denkt: wenn das Schwimmbad verlassen wäre, würde er es nicht aushalten, allein unter dem Himmel zu sein.

Eins der Mädchen lächelt; da sie halbnackt ist, merkt man, daß sie denkt, wir seien hier, um im Kreis um sie herumzusitzen. »Auch das stimmt«, sagt ein anderer. »O ja.« Aber alle sind wir unruhig, ob wir sitzen oder daliegen oder ob wir uns zusammenrollen; und in uns ist eine Leere, ein Warten, das uns einen Schauder über die nackte Haut jagt.

Das Abenteuer

Sandra verbrachte den Morgen in der Nähe des Bahnhofs. Sie war durch eine Allee mit Bäumen gegangen, die wie Sträuße von Blüten aussahen; dort betrachtete sie die Schaufenster, blieb stehen und drehte sich manchmal um. Dann bemerkte sie, daß die Allee mit ihren Häusern immer weiter abfiel, daß der Himmel dort unten leer war, daß die Allee in einer Art Biegung endete, es war wie ein Sprung in die Luft. Da blieb sie stehen und ließ den Blick unschlüssig umherschweifen, von einem Schaufenster mit Obst zu den Bäumen, zu den hohen Fenstern.
Dort war das Meer. Sandra holte tief Luft und verspürte doch nur den scharfen, sehr süßen Duft der Blüten. Da kehrte sie um und suchte das Café, das sie vorhin gesehen hatte. Ihr schien, sie erkenne es nicht wieder; fast ärgerte sie sich darüber, doch dann sah sie die kleinen, aus Weidenruten geflochtenen Tische, sie standen unordentlich im Schatten des Laubenganges, hinter einer Säule versteckt. Einige Leute saßen schon an diesen Tischen, mit einem zerstreuten Gesichtsausdruck, die Hände ineinandergelegt; Frauen waren nicht dabei. Sandra ging hinein, ohne die Männer zu beachten. Während sie an der Theke ihre Milch trank, kümmerte sich der Barmann überhaupt nicht um sie, und sie dachte: Was für ein Leben muß das sein, wenige Schritte vom Strand, Jahre um Jahre!
Sie sprach mit dem Barmann, sobald sie ihn bei einem Blick ertappte. Sie ließ sich erklären, wo die Piazzetta sei; aber er begriff nicht, was sie wollte, und stammelte ein paar Worte, wie alle jungen Männer auf dieser Welt sie in

einem solchen Fall stammeln. Da entschloß sich Sandra, ihm die Adresse unten auf dem Brief zu zeigen; sie mußte ihm erklären, daß es sich um eine Wohnung für die Saison handelte, und ihm den Namen der Besitzer sagen. Der Barmann begleitete sie bis zur Schwelle, zwischen die Tische, und machte sich ihr mit vielen Gesten verständlich: nun spaßte er. Sandra ging ärgerlich davon.
Die Piazzetta war nur wenige Schritte vom Bahnhof entfernt, man gelangte durch ein Gäßchen mit Steinstufen dorthin. Sandra hoffte auf Zimmer, die wenigstens so hoch gelegen wären, daß man über die Häuser der anderen Straßenseite hinweg aufs Meer sehen könnte. Nur wenn das der Fall war, wollte sie darauf verzichten, irgendwo auf den Felsen am Steilufer zu wohnen. Sie sah sich auf der verlassenen Piazzetta um: da war ein zartes Viereck von Himmel mit einzelnen weißen Wolken, die vom Meer kamen. Eines der Häuser hatte an der Seite eine niedrige Mauer, und Sandra erinnerte sich, daß in dem Brief etwas von einem Erdgeschoß mit Garten stand: also keine Aussicht aufs Meer, keine sonnigen Zimmer. Sandra blieb vor den vergitterten Fenstern im Erdgeschoß stehen, so enttäuscht und erbittert, daß sie gar nicht dazu kam, wirklich entmutigt zu sein. Wie weit war sie jetzt von zu Hause entfernt! Sie hatte den Blick zu dem kleinen Balkon im ersten Stock erhoben: eine dicke Frau, ein Tuch um den Kopf, trat heraus und hängte Wäsche auf. Wie häßlich und dick sie war! Und so etwas lebte nun am Meer.
Da tat sie, als spaziere sie nur so umher, und ging über die Piazzetta, die mit kleinen Steinen unregelmäßig gepflastert war. Am Ende kam sie in eine schmalere Gasse. Dort hob sie den Kopf, weil sie von oben eine rauhe Stimme hörte; etwas bewegte sich, und vor ihr prasselte ein Wasserguß herab. Sie fang gar nicht Zeit, in Verwün-

schungen auszubrechen, denn hinten in der Gasse erschien, leuchtend und fern, ein blaues Stück Meer.
Andere, heftige Stimmen kamen von der Piazza her, und wieder ertönte jene rauhe Stimme: Sandra ging weiter in die Gasse hinein, sie merkte, daß die Rufe ihr galten, drehte sich aber nicht um. Sie schritt bergab, sah auf den unbestimmt-duftigen Horizont und überließ sich der Lust des Gehens. Sie überquerte eine asphaltierte Straße und war am Strand.
Sandra war verzweifelt: jetzt, wo ihr die Piazzetta schon fast gefallen hatte, konnte sie mit der Empörung über den Lärm und über den unverschämten Wasserguß gar nicht fertig werden. Als zu Hause beschlossen worden war, sie solle allein hierher reisen und wegen der Wohnung verhandeln, hatte Tonino bemerkt: »Falls sie dort ankommt, ohne auf die Nase zu fallen...« Aber sie mußte einfach hier ankommen. Sandra betrachtete das Meer, betrachtete den Strand, der noch menschenleer war.
Auf der Straße gingen Leute vorüber, blieben auf dem Damm stehen, und einige saßen an den Tischen unter den Bäumen. Sie genossen die noch kühle Sonne; gebadet wurde noch nicht. Sandra betrachtete das Meer, ohne es eigentlich zu sehen; da holte ein Schritt sie ein. Jemand griff nach ihrem Arm. Sie wunderte sich nicht, sie drehte sich langsam um und sorgte für einen gewissen Abstand. Es war ein kräftiger Kerl, er sah aus wie ein Badewärter; nackte, braungebrannte Schultern; er lächelte, als wolle er einen Spaß machen, und sagte: »Ihr seid ausgerissen.«
»Na und?« gab Sandra unfreundlich zurück, sah von ihm weg, zog den Ellenbogen an und umfaßte mit dem Blick den hellen Himmel, ein an einem Fenster flatterndes Bettlaken, den Umriß des Vorgebirges hinter der Küste. Sie spürte den Wind an der Kehle, und ihr traten Tränen in die Augen. Sie hielt sie zurück, sie wollte sich durchaus be-

herrschen, aber eine dumme Träne lief ihr warm über die Wange. Der junge Mann wandte den Blick nicht ab. Er sah sie mit einem spöttischen Lächeln an. »Wir haben Euch gerufen«, sagte er. »Habt Ihr es nicht gehört?«
Rot vor Ärger sah Sandra wieder auf den jungen Mann. Er lachte nicht: die Hand, die sie am Ellenbogen gefaßt hatte, war noch nach ihr ausgestreckt; der Wind fuhr ihm durch die Haare. Sandra gab keine Antwort, sie war ihrer Stimme nicht sicher. Sie betrachteten einander eine Zeitlang, dann griff er wieder nach ihrem Arm, er streifte ihn nur und bewegte sich auf die Stelle zu, wo die Gasse einmündete – wie jemand, der weitergeht, um mit mehr Ruhe reden zu können. Und Sandra ging mit ihm weiter.
Der junge Mann sagte, der Vorfall mit dem Waschnapf sei ein Unverschämtheit gewesen, aber das habe weiter nichts zu bedeuten: Gesindel in der Gasse, das nicht wisse, was Sauberkeit und gute Sitte sei; aber man habe auch nicht bemerkt, daß sie dort vorüberging. Da sagte Sandra: »Genug davon. Was geht das Euch an?« Er war ganz betroffen. Nun lächelte Sandra und fragte ihn, ob er auf der Piazzetta wohne. »Wenn ich Euch lästig falle, gehe ich«, sagte er langsam. »Aber warum weint Ihr?« Sandra fuhr sich rasch über die Wange und sagte: »Ich weine doch nicht.«
»Vorhin«, erklärte der junge Mann. »Vorhin habt Ihr geweint, ich habe es gesehen. Fehlt Euch etwas?«
Da mußte Sandra lächeln, verzog das Gesicht und sagte schließlich: »Es war dumm von mir.«
»Ich heiße Nanni«, sagte er ganz einfach.
Sie blieben einen Augenblick am Eingang der Gasse stehen – denn von ihr war die Rede gewesen –, aber Sandra wandte sich sogleich dem Meer zu, und sie sprachen vom Meer. Als sie sich die Hand gaben, sagte Sandra ihm nicht ihren Namen und entfernte sich, ohne sich noch einmal umzudrehen, froh, daß sie mit der Sache so rasch fertigge-

worden war. Sie ging zum Strand hinunter und sah auf das Wasser; vor ihren Füßen schäumten die Wellen, und diesmal spürte sie den Salzgeruch. Sie war an dem langen Strand ganz allein, still vor der weiten Fläche, das Kinn erhoben. Ob dieser Nanni noch zwischen den Palmen der Allee stand? Dann hätte er wieder über sie lächeln können.

Sandra ging zuerst bis hinten zu den Badeanstalten, wo sich der Sand in dem Bett eines Wildbachs verlor, und stieg dann wieder zur Straße hinauf. Auf dem Rückweg durch die Allee betrachtete sie die Villen mit den schönen blühenden Gärten; dort würde es noch im August blühen. Ja, im August würden die Blätter verschwunden sein und Blüten zurücklassen, dicht und stark riechend. Als sie an die Stelle kam, wo die Gasse einmündete, sah sie diesen Nanni wieder.

Er stand still da und sah nach oben. »Ich suche eine Wohnung«, sagte Sandra. Der junge Mann machte auch diesmal keinerlei Späße. Er preßte die Lippen aufeinander und sagte: »Das ist schwierig.«

»Wieso schwierig?« rief Sandra. »Ich habe ja schon den Brief.«

»Seid Ihr allein?« fragte Nanni.

»Jetzt schon. Dann im August komme ich mit der Mutter her.«

Nanni zeigte, ohne bestimmte Absicht, ein zufriedenes Lächeln. Er war so groß, daß er ein wenig krumm dastand, und seine Haare zitterten im Wind.

»Seid Ihr nicht verheiratet?« fragte er.

»Ich bin erst achtzehn«, murmelte Sandra ärgerlich.

Da sagte Nanni, falls sie nicht schon mit jemandem verhandelt habe, könne er ihr Villen zeigen, er kenne die Hausverwalter und auch einige Besitzer. Sandra sah ihn ungläubig an und antwortete auf sein Lächeln hin, sie sei ganz und gar nicht gebunden und könne sich alle Wohnungen ansehen, die er ihr zeigen wolle. Aber die Villen seien zu luxuriös für sie. Nanni zuckte die Achseln und ging voraus.

Sie besahen zwei Villen. Die erste war ein reizendes, kleines Haus zwischen Magnolienbäumen; aber die Frau, die den Schlüssel dazu hatte, war nicht zu finden, und sie begnügten sich damit, durch die Fenster zu spähen, und sprachen von dem in Amerika lebenden Besitzer. Das waren keine Gespräche, wie man sie mit jemandem führt, der wirklich eine Villa vermietet. Da betrachtete Sandra Nannis Hände und fragte ihn, was für einen Beruf er habe.

»Als ich in Amerika war, war ich Ladearbeiter«, sagte Nanni lachend.

»Und jetzt?«

Jetzt arbeitete Nanni, wenn er durchaus etwas verdienen mußte, irgendwo als Kellner. Sandra schwieg; sie begnügte sich mit dieser Auskunft.

Die andere Villa lag über dem Meer. Es gab eine Terrasse, auf der man die Kühle genießen konnte, und einen Garten mit Oleander und Kieswegen. Das nur angelehnte Gittertor erschreckte Sandra, aber Nanni faßte sie am Arm und führte sie hinein. Sie fanden einen alten Gärtner, der gebeugt unter einem Heiligenbild stand; er musterte Sandra mit seinen roten Augen und sagte dann zu Nanni, das Haus solle verkauft werden, und es brauche wohl andere Käufer als ihn. Nanni scherzte eine Weile mit ihm und ließ sich die Schlüssel geben, wobei er Sandra ›die Signorina‹ nannte. Der Gärtner kam bis an die Schwelle mit und rief hinter ihnen her, sie sollten die Fenster nicht offenstehen lassen.

Das war freilich nicht das Erdgeschoß von der Piazzetta. In der drückenden Schwüle der geschlossenen Vorhalle kamen Sandra allerlei Gedanken: sie war allein mit einem

Mann, draußen schien die Sonne, aber dieser Nanni war ein kräftiger Bursche. Er hatte sie nicht einmal nach ihrem Namen gefragt. ›Womöglich hofft er auf ein Trinkgeld‹, sagte sie sich. Sie gingen durch die Säle; alle Möbel steckten in Überzügen. Und die großen Fenster, die blanken Füße eines Klaviers, die Kronleuchter ärgerten sie, denn der Lebensstil, den sie heraufbeschworen, war prächtig und unerreichbar.

»Es ist wirklich schön.«

Nanni in seinen Leinenschuhen ging unhörbar neben ihr her und öffnete und schloß Fenster. Im ersten Stock traten sie auf den Balkon des fast nur aus hohen Fenstern bestehenden Saales. Sandra blickte entzückt auf den Garten, auf die Allee – das Stimmengewirr der Vorübergehenden klang nur gedämpft hier herauf – und auf das Meer, das glänzende, offene, lichtblaue Meer, das dem, der auf dem Balkon stand, höher erschien.

»Es ärgert mich schon«, brummte Sandra, »daß es Leute gibt, die so glücklich daran sind.« Nanni lehnte am Geländer; er betrachtete sie schweigend mit seinen hellen Augen. »Hier fühlt man sich wohl«, sagte er dann.

Sie traten in das Zimmer zurück. Während er die Fenster schloß, fragte er plötzlich: »Wie heißt Ihr?« Sandra blieb auf der ersten Stufe stehen, wartete und sagte ihm ihren Namen. Da trat Nanni neben sie und küßte sie, während sie hinuntergingen, aufs Haar.

Als sie am Fuß der Treppe angelangt waren, war Sandra nahe daran, ihn zu fragen: ›Warum hast du mich geküßt?‹ Doch statt dessen sagte sie: »Es ist spät, ich habe mir die Wohnung noch nicht angesehen. Diese hier ist nichts für uns.« Aber sie war wütend, daß sie nichts anderes zu sagen wußte; und Nanni schwieg, seine großen Hände baumelten friedlich hin und her. Auf der Schwelle zur Vorhalle blieb sie stehen: draußen vor der Tür war der Sonnenvorhang halb heruntergelassen. Nanni drehte sich ruhig um und wartete auf sie. Sandra klopfte das Herz bis in den Hals, sie hätte am liebsten geweint oder geschrien – weil sie jetzt den Strand, die Leute wiedersehen würde, weil auch Nanni ihr nun genauso fremd werden würde wie die Villa, wie das Meer, wie dieser ganze blöde Morgen. ›Er weiß doch nun, daß ich Sandra heiße‹, sagte sie sich. ›Warum spricht er nicht? Warum?‹

Dann fand sie sich in Nannis Armen, sie spürte, wie seine Muskeln gegen ihre Schulter drückten; aber statt zu weinen oder sich zu empören, hob sie den Blick und sah ihn an.

Als Sandra aus dem Bad in die Vorhalle zurückkam, sagte Nanni zu ihr: »Heute morgen hast du schon zweimal geweint.« Sandra blieb mit einem leichten Lächeln auf der Schwelle stehen. Sie sagte sich: ›Vielleicht gehört die Villa doch ihm‹, aber sie mußte über sich selbst lachen.

Nanni stand in dem Sonnenstreifen und rauchte eine Zigarette. In dem Strahl sahen die Rauchspiralen wie Seide aus, wie Geäder in einem wertvollen Holz. Nanni betrachtete Sandra mit einem ruhigen Lächeln. Wieder zögerte sie, ein Wort zu sagen. Sie fürchtete, ihre Stimme werde noch rauh klingen, wie zerrissen.

Nanni rauchte die Zigarette zu Ende und warf sie durch den Spalt. Bei dieser Bewegung geriet die ganze leuchtende Wand durcheinander, und Sandra ging mit raschen Schritten zur Tür. »Wollen wir gehen?« flüsterte sie ihm über die Schulter zu. Nanni nickte wortlos und öffnete die Tür. Er ließ Sandra hinaus und schloß dann die Tür wieder ab. Während er den Schlüssel herumdrehte, verspürte Sandra ganz heftig den Wunsch, loszurennen, zu fliehen, ihn nie mehr wiederzusehen. Trotzdem sagte sie mit kekker Stimme: »Wenn ich jetzt ausrisse, würdest du sagen,

ich wäre ein dummes Ding.« Da sah Nanni sie überrascht an.
Sie gingen zusammen über den knirschenden Kies, und Sandra fragte ihn, ob er die Sprache verloren habe. Nanni sagte, jetzt müsse man etwas essen. »Ich habe keinen Hunger«, sagte Sandra. »Ich habe keinen Hunger, und jetzt müssen wir uns trennen.«
Sie setzten sich schweigend auf eine Bank. »Versteh doch«, sagte Sandra. »Du mußt mich allein lassen. Ich muß allein sein und weinen. Und dann habe ich zu tun. Wir treffen uns später.«
Nanni war, wenn auch ungern, damit einverstanden, aber er wollte genau wissen, wann sie sich wiedersehen würden. Auf dieser Bank, um vier Uhr. »Jetzt geh. Laß mich allein.«
Sandra blieb auf der Bank sitzen, denn die Allee war nun schon menschenleer. Sie hatte keinen Hunger. Sie spürte überhaupt nichts. Die hellblaue Luft und das in der Sonne fast unsichtbare Meer sagten ihr nichts. Alles war wie vorher, sie selbst auch. Tränen kamen ihr ganz und gar nicht. Sie hätte nur geweint, wenn jemand gekommen wäre, sie zu trösten. Sie konnte sich nicht entscheiden, ob sie sofort wieder zum Zug gehen sollte. Es tat ihr leid, das Meer zu verlassen. Es tat ihr leid, Nanni zu enttäuschen. Aber sie wußte ganz genau, daß sie in diesen Badeort nie zurückkehren würde.
Da stand sie auf, suchte die Stelle, wo die Gasse einmündete, und stieg hinauf, mit einem Schritt, so locker und kräftig, daß es ihr unwahrscheinlich vorkam. Sie mußte lächeln. Als sie auf die Piazzetta kam, erinnerte sie sich an den Waschnapf und hob den Blick. In der brütenden Sonne war alles still: dort oben wehte leicht ein Laken, das gegen den Himmel gebreitet war. Da ging sie auf das Haus mit dem Balkon zu, hart an der niedrigen Mauer entlang,

drehte sich nach der Gasse um und sah wieder das luftige Stück Meer. Alles war wie zuvor.
Als Sandra an die angelehnte Haustür klopfte, trat die dicke Padrona vom Morgen auf den Balkon heraus. Sie hatte noch immer das Tuch um den Kopf, aber als sie sich diesmal vorbeugte, um einige Wort zu sagen, hatte Sandra den Eindruck, das sei eine brave Frau. Sandra wedelte mit dem Brief, und die Frau sagte, sie werde hinunterkommen. Gleich danach klapperten auf der Treppe ihre Holzpantoffeln.
Sie gingen durch die drei schmalen, dunklen Zimmer; die Alte lief voraus, sperrte Fensterläden auf, richtete Bilder gerade; auf den Fensterbrettern lag mit Blumengewinden verziertes Papier. Sie blieben in dem Garten stehen, der voller Gestrüpp war, und sprachen von den Bequemlichkeiten und von der Nachbarschaft. »Das hier ist vor allem ein anständiges Haus«, sagte die dicke Alte. »Es wohnt niemand hier als mein Nanni...«
Bei dem Namen Nanni schwiegen sie, und Sandra wunderte sich, daß sie nicht rot wurde. Sie wußte schon, was nun kommen würde. »Jetzt ist er oben. Er ißt eine mächtige Schüssel Salat. Wollen Sie mitessen?«
Sandra sagte zu der Frau, sie danke ihr sehr, aber sie müsse sich beeilen. »Nehmt wenigstens ein paar Pfirsiche mit. Wartet.« Sandra sah ihr nach, wie sie auf die Zimmertür zulief und dann nach hinten zur Treppe, und sie sagte kein Wort. Die Alte klammerte sich an das Geländer und stieg keuchend hinauf. »Wartet. Ich mache Euch ein Paket.« Sandra sah ihr nach, bis sie um die Wendung des Treppenabsatzes verschwunden war, dann stieß sie leise die Haustür auf und war draußen. Sie überquerte die Piazzetta; ihr Herz war in Aufruhr. In der Gasse begann sie zu laufen und hielt erst inne, als sie am Bahnhofsgarten war.

Die Wiese der Toten

Das Fenster, von wo aus man die Verbrechen mit ansehen konnte, ging auf einen mit Gras bewachsenen Platz, der hinten von Holzbaracken abgeschlossen wurde. Unter dem Fenster lief ein Kanal, einer von denen, die überall sind, aber langsam fließen und durch ein schwarzes Gitter unter den Häusern hervorkommen. Früher benutzten den Kanal die Selbstmörder; doch jetzt kommt das nicht mehr vor. Am Morgen fand man auf dem einsamen Platz das Opfer, es lag in seinem Blut, erschlagen oder auch erwürgt. Traurig stimmten einen die buntgekleideten, manchmal eleganten Mädchen. An der Allee, zweihundert Meter entfernt, war ein Ballsaal mit großen, weinumwachsenen Laubengängen und einem Bocciaspielplatz. Von dort kamen diese Mädchen. Es kamen auch Männer – Sportler, Arbeiter, Geschäftsleute –, und die endeten fast immer durch Messerstiche.

Von dem kleinen Fenster aus sah man in den Mondnächten den Schauplatz ganz deutlich. Ein Paar bog um die Ecke, ein Mann und eine Frau oder zwei Männer, manchmal sogar zwei Alte; sie gingen am Kanal entlang und, merkwürdig zögernd, auf den freien Platz. Fast immer sprachen sie miteinander, oder sie machten, wenn sie schwiegen, finstere Gesichter; sie waren geradezu vertieft in ihren Zorn, und auch wenn sie Verzweiflung zeigten oder wenn einer den andern beruhigte, taten sie das ganz intensiv. Auf diese Art gelangten sie im Mondschein bis auf die Wiese; hier störte sie plötzlich das Gras, so daß sie den Kopf hoben und rundum blickten. Ihre Worte hallten klar in der

Nacht. Fast nie waren es laute Rufe oder hysterische, aus der Tiefe hervorbrechende Schreie. Im Gegenteil: sie sprachen mit einer leisen Müdigkeit, als hätten sie einander diese Dinge immer wieder und wieder gesagt und es handle sich nun nur noch darum, alles noch einmal zusammenzufassen, um abzuschließen. Immer kam vor dem Verbrechen dieser Meinungsaustausch. Vielleicht hatten in der Vergangenheit auf dem menschenleeren Platz Unbekannte einander angefallen; aber das kam schon eine ganze Zeit nicht mehr vor. Im übrigen – wie hätte man jemandem in diesem toten Winkel, wo kein Mensch je durchkam, einen Hinterhalt legen sollen? Nein, dorthin ging man mit seinesgleichen, als mache man einen Spaziergang. Ich möchte wetten, daß das Opfer, wenn es seinen Schrei ausstieß, erstickt, als wäre es ein Seufzer, und wenn es, selten genug, danach auf dem Gras liegenblieb, röchelte und noch um sich schlug, plötzlich zu der Einsicht kam, es habe immer gewußt, daß es so enden werde.

Auch der Mörder fehlte nicht, der nach vollbrachter Tat unentschlossen stehenblieb, um den Himmel, den niederen Horizont zu betrachten. Wahrscheinlich fragte er sich, wie der Platz wohl am hellen Tag aussähe, und suchte ihn seines mondhaften Schreckens zu entkleiden und ihn sich vorzustellen als irgendeinen beliebigen Ort unter der Sonne, wie die ganze Stadt hinten von Hügeln umrahmt. Das waren die Augenblicke, wo man über die Häuser hinweg den Lärm des Orchesters oder aufprallende Bocciakugeln hörte. Da riß der Mörder aus. Er riß aus und verschwand – wohin, das konnte man nie begreifen. Viele kehrten wahrscheinlich in den Ballsaal zurück, sie gingen, je näher sie kamen, immer langsamer und warfen erschöpft einen Blick in den großen Eingangsspiegel. Einmal hat einer die Straße überquert und sich die Hände im Wasser des Kanals gewaschen. Aber das tat nur ein einziger.

Das Opfer blieb unter dem Mond bis zum Morgen liegen. Wenn ich nachts aus dem kleinen Fenster sah, fragte ich mich: wer konnte etwas wissen von den blutunterlaufenen Stellen des Toten oder von der großen Blutlache? Diese Dinge würden bis zum Morgen dasein; jetzt verrannen die Minuten still, das Orchester hatte schon eine Zeitlang zu spielen aufgehört; auch die Leidenschaft, die Habgier, die Wut waren verschwunden, die die Nacht für einen Moment erfüllt hatten, verschwunden wie die Dünste beim Aufgang des Mondes. Es war nicht einmal kalt. Einen einzigen Menschen gab es, der die ganze Nacht in den Knochen eine leichte Kälte spürte – und der war ausgerissen. Das Opfer ruhte in Frieden.

In einer Nacht waren es zwei. Erst kam einer mit einem Mädchen und erdrosselte es. Nach einer halben Stunde bogen im Mondschein zwei ältere Männer um die Ecke, sie schwankten ein wenig und wären beinahe in den Kanal gefallen. Aber die Betrunkenen wissen schon, was sie wollen. Sie kamen auf die Wiese, einer warf dem andern irgendeine alte Gemeinheit vor. Zwei Schritte von dem ersten Opfer entfernt vernahm man einen rauhen Seufzer, und einer der beiden blieb aufrecht und putzte sich das Messer an den Hosen ab. Danach ging er davon – unter dem Mond.

Es war wohl nicht mehr der Mühe wert, weiter hinzusehen: für diese Nacht war es zu Ende. Wer die Sache vorhin nicht mit angesehen hatte, hätte die beiden dunklen Haufen, die regungslos nebeneinander lagen, nie für Menschen gehalten. Es war tiefe Nacht; das Wasser gurgelte im Kanal, der Mond allein regierte. Da klang eine rauhe Stimme laut durch die Nacht – das kleine Fenster war hoch oben; ist es möglich, daß man es von dort aus hörte?

Die Stimme sagte: »Frau, er ist doch nicht zu Hause?«

Und ihre Stimme: »Gehen wir noch einmal herum, dann muß ich rasch fort.«
Das Zwiegespräch hörte auf. Offenbar hatten die beiden sich nichts anderes zu sagen, sie schwiegen still. Doch kurz darauf begann das Mädchen von neuem:
»Wir wollen morgen wieder hierher gehen, dann sind wir allein.«
»Was willst du damit sagen? Daß mir der Weg zu weit gewesen ist?«
Sie jammerte: »Schämst du dich nicht vor dem Mond?«
»Frau, er ist doch nicht zu Hause?«
Jetzt redeten, redeten sie. Jeder mit einer Stimme, die noch verlorener klang, einsam, so, als sei er davon überzeugt, daß der andere ihm nicht zuhöre, als höre nur der Mond ihm zu. Die Nacht war vorgerückt, Wolken zogen langsam vor dem Mond vorüber und verbargen den Platz, die Baracken, jedes Ding. Mich bedrückte der Gedanke, daß die beiden Toten sich so unnütz bemühten. Aber allmählich wurden die Stimmen leiser, und unter einer dichten Wolke, die größer war als die anderen, schwiegen sie endgültig.

Elsa Morante

Aracoeli

Roman. Band 5892

Manuel, der 43jährige Protagonist und Ich-Erzähler dieses Romans, Inbegriff eines gescheiterten Menschen, reist der Erinnerung an das einzig geliebte Wesen seines Lebens nach, reist in das Heimatdorf seiner vor 36 Jahren gestorbenen Mutter Aracoeli. Ihr Name bedeutet ›Altar des Himmels‹. Je tiefer Manuel allerdings auf seiner Fahrt zu dem abgelegenen andalusischen Dorf in seine Erinnerung hinabtaucht, um so bewußter wird er sich seiner eigenen Lebenslügen wie auch seiner Illusionen über Aracoeli.

Arturos Insel

Roman. Band 5981

Mit ihrem frühen poetischen Roman hat die Dichterin Elsa Morante die Weltliteratur um eine der schönsten Knabengestalten bereichert. Arturo, der hier rückblickend seine Kindheitserinnerungen erzählt, ist Mittelpunkt eines ungewöhnlichen Dramas: der mutterlos aufwachsende Junge, der seinen Vater vergöttert, muß sich eines Tages eingestehen, daß er seine noch fast kindliche Stiefmutter liebt. Immer eindringlicher verwandelt sich die Sehnsucht des Vierzehnjährigen nach der Mutter in verhaltene erste Liebe zu der sechzehn Jahre alten Nunziata, der zweiten Frau seines Vaters.

Fischer Taschenbuch Verlag

fi 140/2

Ignazio Silone
Das Geheimnis des Luca

Roman
Fischer Taschenbuch Band 5755

Nach einer fast lebenslangen Zuchthausstrafe kehrt Luca Sabatini in sein Heimatdorf in den Abruzzen zurück – aufgrund eines Gnadenerlasses. Vor vierzig Jahren war in der Nähe des Dorfes Cisterna ein Kaufmann überfallen und ermordet worden. Luca wurde der Tat verdächtigt und von den Carabinieri verhaftet, obgleich die meisten Dorfbewohner an seiner Schuld zweifelten. Aber keiner sagte zu seinen Gunsten aus. Noch jetzt, nach so langer Zeit, sind ihm alle Türen verschlossen, als wäre er ein Aussätziger. Nur Andrea Cipriani, ein junger Lehrer, sucht den einsamen alten Mann auf, mit dem sein Vater in der Jugend eng befreundet war und für dessen Mutter er selbst als Schüler Bittgesuche aufgesetzt hatte, um hinter das Geheimnis zu kommen. Doch Luca schweigt, und auch die Dorfbewohner schweigen. Auf Schritt und Tritt begegnen Andrea Ausreden und Verstocktheit, selbst der Prister Don Serafino unternimmt nichts zu Lucas Rehabilitierung. Für Andrea wird der »Fall Luca« zum Prüfstein für seine Gesinnung. Er läßt nicht locker, er vertieft sich in die Akten, er redet mit dem Staatsanwalt, möchte eine Wiederaufnahme des Prozesses erreichen, aber Luca wehrt sich. Schließlich werden aus vielerlei Erinnerungen die Ereignisse von damals, die dem Gericht verborgen bleiben mußten, deutlich: Luca hatte sich in der Mordnacht mit einer Frau getroffen und, um ihre Ehre zu schützen, geschwiegen.

Meisterlich gelingt es dem großen italienischen Schriftsteller, diese spannende Geschichte eines Justizirrtums vor den lichten Hintergrund einer romantischen Liebesgeschichte zu stellen und Land und Leute jenes wilden, von der Zivilisation noch wenig berührten Teiles Italiens dichterisch zu gestalten.

Fischer Taschenbuch Verlag

fi 129/3

Cesare Pavese

»Als Mensch ist er an seiner Einsamkeit und Schwermut zerbrochen: aber seine unerfüllte Sehnsucht nach dem einfachen Glücklichsein hat tiefe Spuren in all seinen Werken hinterlassen. Man konstatiert das mit der immer gleichen Ergriffenheit.«
(Salzburger Nachrichten)

Am Strand
Roman. Band 5303

Der böse Blick
Erzählungen. Band 5347

Der Genosse
Roman. Band 5302

Der schöne Sommer
Roman. Band 5899

Der Teufel auf den Hügeln
Roman. Band 5965

Die einsamen Frauen
Roman. Band 5305

Die Selbstmörder
Erzählungen. Band 5348

Nacktheit
Erzählungen. Band 5349

Unter Bauern
Roman. Band 5304

Fischer Taschenbuch Verlag

fi 136/6